Ingrid Schmitz
Spiekerooger Utkieker

W0064846

LEDA

Ingrid Schmitz
Spiekerooger Utkieker
Inselkrimi

2. Auflage 2017

ISBN 978-3-86412-097-8
© Leda-Verlag 2016. Alle Rechte vorbehalten
Leda-Verlag, Rathausstraße 23, D-26789 Leer
info@leda-verlag.de
www.leda-verlag.de

Satz: Heike Gerdes
Titelillustration: Carsten Tiemeßen
Druck und Bindung: cpi books GmbH
Printed in Germany

Spiekerooger

Ingrid Schmitz

Utkieker

InselKrimi

LEDA

Ingrid Schmitz
schreibt seit 2000 hauptberuflich Kriminalgeschichten. Begonnen hat sie mit Krimikurzgeschichten, danach folgten Herausgaben (kulinarischer) Kriminalanthologien, aber auch eine Biographie über die beiden VOX-*Goodbye-*  *Deutschland*-Auswanderer Didi und Hasi.

2006 erschien ihr erster Kriminalroman *Sündenfälle* mit der Serienfigur Mia Magaloff. Es folgten 2007 *Mordsdeal*, 2009 *2 Leben – 1 Tod*. Im Mai 2014 erschien mit *Liebeskiller* der vierte Fall im Leda-Verlag. Zu ihren Projekten gibt sie regelmäßig Lesungen an fast allen Orten. Sie ist Mitglied bei den *Mörderischen Schwestern*, im *Syndikat* und in der *International Association of Crime Writers*.

Mehr unter www.krimischmitz.de

Inhalt

1. Die Überraschungen

Gekonnt drehte er den Revolver in seiner Hand. Er ließ die Trommel seitlich herausklappen und schaute hinein. Mit einem satten Klack drückte er sie wieder zurück. Noch immer saß jeder Handgriff. Wann hatte er das zuletzt gemacht? Es war schon lange her. Einerseits gut, andererseits schlecht – weil er gerne mit dieser Waffe geschossen hatte. Nur so, zum Spaß. Er zielte auf die Tür und drückte gerade in dem Moment ab, als sie aufgerissen wurde. Ein ohrenbetäubender Knall.

»Nein!«, schrie Mia zu Tode erschrocken. Die Handtasche in der Linken und die Mappe in der Rechten fielen zu Boden. Sie torkelte in den Raum und hielt sich mit letzter Kraft am Lederschwingstuhl der Essecke fest. »Nein!«, rief auch Mario. »Das wollte ich nicht!«

Er fing sie auf, bevor sie auf den Boden sackte.

Mia nahm langsam ihre Hände vom Bauch und schaute, ob sie bluteten. Taten sie nicht. In Tränenbächen floss die Erleichterung aus ihren Augen. Sie wich der Wut.

Mario drückte und küsste sie. Der sonst so polternde Scherzbold war auf Flohgröße mit Hut geschrumpft. Er gab ihr die Waffe in die Hand.

Erst jetzt beruhigte Mia sich langsam wieder.

»Und?« Unsicher, ob es der richtige Zeitpunkt für seine Frage war, stellte er sie dennoch: »Wie war er?«

Mia runzelte die Stirn. »Wer? Der Richter? Mein Ex? Der Termin?«

»Du bist mir noch böse.« Mario nahm ihre Hände. »Glaube mir, ich …«

»Nein, bin ich nicht!« Mia zischte es, wie eine

Schlange, kurz bevor sie ihr Opfer angreift. »Im Gegenteil. Ich freue mich! Ich freue mich, dass ich noch lebe und dass ich nun geschieden bin! Wir sollten das endlich feiern.«

»Also los!«, sagte Mario. Er strahlte. Die Scheidung brachte ihn wieder einen Schritt weiter.

Während Mia die fallengelassenen Sachen aufhob und kurz darauf ins Badezimmer verschwand, legte Mario seinen Big Size Revolver zurück in den Originalkarton. Karneval war er der Cowboyheld damit gewesen. Er holte den roten Acht-Schuss-Ring aus der Trommel und atmete den Geruch tief ein. Diese Schreckschuss hatte er mit elf bekommen und in einer Kiste mit seinen Habseligkeiten gefunden. Ebenso wie er sollte sie bei Mia ein neues Zuhause finden. Darüber wollte er gleich mit ihr reden und dann gab es eine zusätzliche Überraschung für Mia. Eine, über die sie sich ganz bestimmt freuen konnte. Hoffentlich.

Mario hörte die Dusche rauschen. Zeit genug, das Wohnzimmer zu dekorieren. Er nahm den jungen Farn von der Fensterbank, schüttete den Sand aus dem Glastopf auf die Holztischplatte und legte die weißen und blauen künstlichen Muscheln darauf, stellte die rotweiße Leuchtturmlampe aus dem Regal dazu. Fertig. Halt! Nicht ganz. Er eilte in die Küche und kam mit dem gekühlten Sekt und zwei Gläsern zurück, zog seinen Pulli aus, unter dem er Mias Lieblingshemd trug, und warf einen schnellen Blick in den Flurspiegel und unter die Arme. Perfekt, wie immer.

2. Die Bedenkzeit

Mias gute Laune war zurückgekehrt. Die Aufregungen der letzten Stunden hatte sie unter der Dusche abgeseift. Ihre langen dunklen Haare waren nur kurz geföhnt, sie wellten und kräuselten sich sowieso, wie sie wollten. Fertig. Nur schnell noch ein paar Sprühstöße ihres aktuellen Lieblingsparfums *007-Women*, das auch Mario so gerne an ihr roch. auf Hals und Dekolleté.

Nur einen Spalt breit öffnete Mia die Wohnzimmertür und lugte um die Ecke.

»Ohhhh! Was ist das?« Verzückt trat sie ein. »Wann hast du das denn alles gemacht?« Die Frage war überflüssig und nur so herausgerutscht.

Stolz warf Mario sich in die breite Männerbrust und streckte ihr das gefüllte Sektglas entgegen.

Mia nahm es, küsste ihn zärtlich auf den Mund und setzte sich auf die Couch. Er blieb stehen.

»Nanu, so feierlich?«, sagte sie und hoffte, dass es nicht das war, was ihr die Phantasie durch den Kopf jagte.

Er strich sich mit der Hand flüchtig über die hohe Stirn. »Ja … ich … ich habe eine Überraschung für dich. Eigentlich sind es zwei …«

»Mit der von vorhin?«

»Ohne.« Abrupt hob Mario das glattrasierte Kinn. Achtung! Nun wurde es hochoffiziell.

»Mia! Ich habe mir Gedanken um dich … um uns gemacht und bin der Meinung, dass wir … dass wir doch gut …«

»… heiraten könnten?«, fiel sie ihm ins Wort. »Vergiss es!« Mia hatte es gar nicht so empört sagen wollen, wie es klang. Aber gegen das Heiraten war sie ab sofort allergisch.

Empört sagte Mario: »Nein, nein, nicht heiraten ... Vielleicht ... Ach, vielleicht ist es wirklich zu früh für meine erste Überraschung. Kommen wir lieber zur nächsten.« Er setzte sich zu ihr und nahm sie in seinen muskulösen Arm, strich ihr eine dunkle widerspenstige Locke aus dem Gesicht. »Ich liebe deine Locken ...«, hauchte er, »... und ich liebe dich!« Er räusperte sich. »Du wirst doch bald fünfzig und kannst sicherlich einen Urlaub gebrauchen.«

»Danke, dass du nicht Kur gesagt hast.«

»Bitte. – Und du liebst doch das Meer und den Strand.« Er zeigte auf seine Tischdeko.

Mia überlegte kurz, wer den Sand wohl wieder wegmachte. Nun griff Mario hinter das Sofakissen und holte einen Umschlag hervor, den er mit einer schwungvollen Geste überreichte.

Anstatt nachzusehen, was sich darin befand, sah sie ihn lange an. »Ein gemeinsamer Urlaub?«, fragte sie und der Gedanke daran machte sie fast traurig. Natürlich mochte sie Mario sehr. Auch im Bett war er ihr nicht unangenehm. Ja, man konnte fast sagen, er entsprach genau dem, was sie sich von einem Mann wünschte, wenn es um das Thema Sex ging. Nicht zu viel, nicht zu wenig, aber nicht mittelmäßig und keinesfalls langweilig.

Mario hob die Augenbrauen. »Warum entsetzt dich ein Urlaub mit mir so?«

»Soll ich ehrlich sein?«

»Immer!«

»Nach unserem letzten Fall waren wir jeden Tag, jede Stunde zusammen. Lieber würde ich ein paar Tage alleine wegfahren. Verstehe mich nicht falsch. Ich genieße deine Nähe, aber ich brauche ein wenig Zeit, um über mich, über uns nachzudenken. Da ist so viel auf mich eingestürzt in letzter Zeit.«

Mia griff zum Sektglas. Es war leer. Mario schenkte nach.

Ziemlich laut sagte er: »Wenn du die Beziehung beenden möchtest, dann sage es lieber gleich.«

»Beziehung?«, fragte Mia zurück.

Sie hörte regelrecht, wie er einschnappte, deshalb versuchte sie ihn zu beschwichtigen. »Nein, nein, keinesfalls möchte ich unsere Freundschaft beenden. Ich werde dir sicher in naher Zukunft ein Angebot machen, von dem ich aber jetzt noch nicht weiß, ob ich es wirklich will.«

Marios Miene hellte sich auf. »Zusammenziehen?«

Sie grinste. »Aus rein finanziellen Gründen, versteht sich.«

»Sicher, rein finanziell.« Die Stirn kräuselte sich. »Übrigens wäre der Urlaub, den wir ... ich meine *du* ... du kannst ihn auch alleine antreten ... kostenlos.«

»Das kann ich nicht annehmen! Wohin würde die Reise gehen?«

»Nach Spiekeroog. Sieben Tage. Du liebst doch die Nordsee, oder hat sich das die letzten vierundzwanzig Stunden geändert?«

»Nein, das nicht ...«

»Hier kommen die Teilnahmebedingungen: Die Unterkunft ist deshalb kostenlos, weil ich, sagen wir mal: einen Gutschein dafür habe. Ich kenne da jemanden, der eine Ferienpension auf Spiekeroog hat. Essen und Getränke übernehme ich, als Geburtstagsgeschenk sozusagen – *wenn* du es nicht übertreibst.« Er hob den Zeigefinger.

»Oha, das hört sich gut an, dann müsste ich nur die Fahrtkosten übernehmen.«

Mario schüttelte den Kopf: »Nicht ganz, nur die Fahrtkosten der Fähre, etwa achtundzwanzig Euro plus Kurtaxe, hin und zurück. Ich bringe dich nach

Neuharlingersiel. Damit ich sicher sein kann, dass du mir nicht durchbrennst. Ach ja, und du müsstest alle Kosten außer der Reihe übernehmen. Falls du in einen Kaufrausch verfällst, komme ich natürlich nicht dafür auf. Unterschreibst du unseren Vertrag?«

Mia strahlte. Das war ihr schönstes Geburtstagsgeschenk, gleich nach dem Streichler, den sie letztes Jahr von ihren Trödelmarktschwestern geschenkt bekommen hatte. Ja, sie würde mit Mario zusammenbleiben wollen, ganz gewiss. Aber auf seiner Tasche liegen mochte sie nicht. Männer hatten die Eigenschaft, einem so etwas zu gegebener Zeit aufs Butterbrot zu schmieren. Darauf mochte sie sehr gerne verzichten. Der nächste einigermaßen passende Job war der ihre. Das Bildhauern ab sofort Geschichte, die Trödelmärkte reines Hobby.

»Wann geht es los?«, fragte Mia.

»Übermorgen – damit du an deinem Geburtstag auf der Insel bist.«

3. Die Abreise

Bereits am Abend vor ihrem Urlaub hatte sich Mia von Mario so richtig verwöhnen lassen, seelisch und körperlich. Nur kurz war die Stimmung gekippt, als er alles über Mias Scheidungstermin – jeden Satz, jede Mimik von ihr und ihrem Ex-Mann Bodo – wissen wollte. Sie hatte keine Lust gehabt, darüber zu reden, hatte längst mit einem dicken Filzstift einen Schlussstrich darunter gezogen und hoffte, dass er nie verblasste.

Mia schob die Bettdecke beiseite und setzte sich auf. »Zwei allerletzte Sätze dazu: Bodo wandert nach Arabien aus und wird dort einen Harem gründen. Ich wünsche ihm jedenfalls viel Glück und dass er die Übersicht behält.«

»Ach komm, das hast du doch erfunden«, sagte Mario.

»Nein, das hat er gesagt.«

»Dann hat *er* es erfunden.«

»*Dem* traue ich alles zu, auch wenn ich ihm sonst nichts mehr glaube.«

Bis spät in die Nacht gaben sie sich realistischeren Zukunftsplänen hin, die nur für die nächsten drei Monate galten. Darüber schliefen sie irgendwann ein.

Der Wecker riss Mia aus ihrem Traum. Mario schnarchte ungestört weiter. Sie setzte sich auf, rieb den verspannten Nacken. Nur sein Brustbereich war mit dem Oberbett bedeckt. Die andere Hälfte der Decke hatte sie wohl im Schlaf zu sich gezogen. Für einundfünfzig Jahre war sein Körper athletisch. Sie liebte die kräftigen, aber nicht übermäßig vielen Haare auf seinen muskulösen Beinen. Nur dazwischen sah es momentan nicht so kraftvoll aus. Nun lag er da, so bloß und klein, so verletzlich, so bemitleidenswert – und doch nicht, wenn sie an die großen Taten dachte, die dieser Sonderling, dieses sexte Weltwunder, diese Nacht vollbracht hatte.

Nur nicht berühren. Sie durften keine Zeit mehr verlieren und mussten sich spätestens in einer Stunde auf die Autobahn begeben, damit sie die Fähre in Neuharlingersiel nicht verpasste. Mia flüsterte ihm ein zärtliches »Aufstehen« ins Ohr und küsste ihn auf die stoppelige Wange. Er streckte die Arme nach ihr aus. Sie entkam rechtzeitig.

Das schnelle Frühstück verlief harmonisch. Bis sie im Wagen saßen und losfuhren, gab es keine Hektik, kein Geschrei und keine Vorhaltungen, so wie es mit Bodo … Ach, sie hatte ja damit abgeschlossen.

Zu früh über die Harmonie gefreut, dachte Mia. Mario gelüstete es während der langen bevorstehenden Fahrt, Pfeife zu rauchen, was Mia zwar nicht mit Worten ablehnte, aber durch ihren gespielten Erstickungsanfall verhindert hatte.

»Warst du schon mal auf Spiekeroog?« Sie war eine Meisterin des Ablenkungsmanövers. Solange er erzählte, dachte er vielleicht nicht ans Rauchen.

»Ja, aber nicht lange. Drei Tage.«

»Ein Quickie sozusagen.«

Nun hustete Mario. »Ja … sozusagen.«

»Soll ich etwas von dir ausrichten, wenn ich die Ferienhausbesitzerin begrüße?« Mia hatte ihn fest im Blick. »Du hattest mir gar nicht gesagt, dass es eine Frau ist, die dir … uns … also mir die Wohnung kostenlos zur Verfügung stellt.«

Mario winkte ab. »Frau oder Mann, das ist doch egal.«

»Och … es wäre mir schon wichtig.«

Er lockerte den Hemdkragen und holte tief Luft. Der

Hals war puterrot. »Wie süß! Du bist ja eifersüchtig«, sagte er. Es klang gekünstelt.

Mia lachte auf. »Ich? Nein, nur achtsam.«

Es wurde mucksmäuschenstill im Wagen. Sie ließ ihre Gedanken schweifen und schwor sich erneut, dass sie sich nie wieder in ihrem Restleben betrügen lassen würde. Dass sie selbst auch nie wieder ... Na ja, das war ein anderes Thema – kein bedeutendes, ein einmaliger Ausrutscher sozusagen und sehr lange her. Sie sah unauffällig zu ihm hinüber. Er kaute am Fingernagel, räusperte sich, drehte am Knopf für den Radiosender, stellte ihn wieder aus. Stille. Nicht einmal Irene von der Navigation meldete sich. Was sollte sie auch sagen? Fahren Sie weiter geradeaus auf der A 31 ... Richtung Neuharlingersiel ... fahren Sie weiter geradeaus auf der ... und das alle drei Minuten? Dann lieber schweigen.

»Lass mich sofort raus!«, sagte Mia.

Mario wurde bleich. »Aber wieso?«

»Weil ich muss. Halte bitte an der nächsten Raststätte. Einen Cappuccino könnte ich auch vertragen.«

»Hier gibt es keine Raststätten, noch nicht einmal Tankstellen.«

Mia glaubte ihm nicht. »Du scherzt. Unser deutsches Autobahnnetz wimmelt nur so vor Raststätten, und alle sehen sie gleich aus und überall schmeckt es gleich.«

»Wann bist du zuletzt Autobahn gefahren?«

»1975.« Mia grinste.

»Selbst wenn es nur zwei Jahre her gewesen wäre«, sagte Mario, »auf dem Gebiet hat sich eine Menge getan. Raststätten sind der Geheimtipp, wenn man sonntags mal leckeren Kuchen oder eine warme Mahlzeit möchte. Alles zum Mitnehmen. Eben nur nicht auf der A31.«

»Und wenn man mal *muss*?«, fragte Mia.

»Kann man auf dem Parkplatz anhalten oder muss sich noch zwei Stunden gedulden.«

»Parkplatz!«
»Dauert noch eine halbe Stunde.«

Mia kam erleichtert zurück, als Mario gerade den Pfeifenkopf ausklopfte. Sie öffnete die Wagentür des Materias und schnüffelte. »Glück gehabt«, sagte sie nur.

Dass sie mit ihrem Wagen fuhren, hatte nichts mit dem unerwünschten Rauchen zu tun, sondern es war eine Kleidungsfrage. Sie wollte keinesfalls auf den Koffer verzichten. Marios roter Toyota FT gab dafür nicht viel Platz her. Der ohnehin winzige Kofferraum war mit einer flachen Lautsprecherbox gigantischen Ausmaßes belegt. Angeblich hatte er den Wagen so übernommen. Angeblich. Es gab so vieles, was sie Mario einfach glauben musste. Alles ständig anzuzweifeln, brachte sie nicht weiter. Obwohl sie sich schon länger kannten, mehr oder weniger beruflich, also von seiner Arbeit als Hauptkommissar und ihrer als Privatermittlerin, mussten sie sich als Partner erst einmal gründlich kennenlernen. Mit dem Sex hatten sie schon mal begonnen.

Hatte Mario eben noch über Mias »Glück gehabt«gelacht, so wurde er nun unerwartet ernst: »Mia, versprich mir eins: Wenn du auf Spiekeroog bist, kümmer dich nicht um die Angelegenheiten anderer. Konzentrier dich auf dich selbst. Fang nicht an, nach irgendwelchen Tätern oder Mördern zu suchen, höchstens nach Muscheln. Nicht jedes verkohlte Strandgut ist eine Leiche, nicht jeder, der schweigsam ist, ein Triebtäter. An deiner Stelle würde ich auch die Pensionswirtin nicht direkt zu deiner Freundin machen. Geh lieber spazieren, oder schwimmen, oder in die Sauna. Lass dich danach gründlich durchkneten und genieße die frischen Meeresfrüchte oder den fangfrischen Fisch. Es gibt so viele schöne Dinge, die du nur für dich allein machen kannst, so wie du es ja wolltest. Du wolltest doch Ruhe haben, um über alles nachdenken zu können.«

»Du hast ja nur Angst, dass ich mir einen ostfriesischen Mann anlache oder ›dem Fischer sin Fru‹ werde.«

Mario lachte nicht darüber. »Ich meine es ausnahmsweise einmal ernst. Bitte versprich es mir.«

»Ich setze es mit auf meine Liste ›Zum Nachdenken‹«, sagte Mia.

4. Die Ankunft im Fährhafen

Der Autoverkehr stockte. Zeit für Mia, das Begrüßungsschild am Ortseingang zu lesen: *Herzlich willkommen in Neuharlingersiel – Nordseeheilbad – Gemeinde in der Samtgemeinde Esens im Landkreis Wittmund im Nordwesten Niedersachsens.*

Jetzt wusste Mia es ganz genau. Das goldene zweimastige Segelschiff mit Wimpeln auf königsblauem Hintergrund hätte sie gerne als Familienwappen gehabt.

Sie seufzte laut auf: »Hach, watt schön!« Hier und jetzt fing ihr Urlaub an.

Mario parkte auf dem großen Platz für Tagesausflügler, direkt am Fährhafen. Nach einem kurzen Recken und Strecken ging er zum Parkkartenautomaten, wo er sich in die Schlange einreihte. Mia hielt es nicht länger aus. Den Trolley ließ sie im Kofferraum. Erst einmal den Ort besichtigen. Glücklicherweise hatten sie Zeit gespart, indem sie den restlichen Weg bis hierher Landstraße gefahren und so besser durchgekommen waren. Sie musste sofort zu den Fischkuttern, die in ihren verschiedenen Farben und mit den Schleppnetzen malerisch aussahen. Tief atmete sie die Meeresluft ein und machte ihre *Nikon* schussbereit.

»Ich geh zum Hafenbecken! Kommst du nach?«, rief Mia im Gehen Mario zu, was er nur mit einem Nicken bestätigte. Sie war aufgeregt wie ein Kind. Gleich beim ersten Kutter blieb sie stehen und drückte den Auslöser im Sekundentakt. Mit kleinen Schritten ging sie weiter, fotografierte heimlich auch die Menschen, die am Rand des Weges in Strandkörben saßen oder an ihr vorbeigingen. Ein älteres Pärchen schleckte Eis und warf den Spatzen hin und wieder ein Stück Waffel zu. Mit lautem Tschilpen schlugen die sich wie die Halbstarken.

Mia musste sich bremsen. Wenn sie so weiterknipste, war der Akku bald leer und der Chip voll. Aber das Licht an diesem herrlichen Sonnentag war perfekt und es gab so viel mit der Kamera festzuhalten: die schönen roten Giebelhäuser mit den Geschäften, das Eiscafé und Restaurant, die Fischer auf ihren Kuttern ... und und und.

Sie ging zum Hochwassertor, das sperrangelweit offen stand, drehte sich um und sah noch ein Schild. Es benannte das Jahr der Entstehung des Fischereihafens: *1693*! Himmel! Unvorstellbar, dass 1693 genau an dieser Stelle auch schon jemand gestanden hatte. Eine Frau in ärmlicher Kleidung, gekrümmt von der Arbeit oder befallen von einer damals noch unheilbaren Krankheit oder Seuche, sah sehnsüchtig hinaus aufs Meer oder nahm sich vor, in selbstmörderischer Absicht ins Wasser zu gehen, weil sie ein Kind der Schande unter ihrem Herzen trug. Im letzten Moment war sie jedoch von einem jungen Fischer gerettet worden. Er päppelte sie mit Lebertran wieder auf, nahm das mit einer Sturzgeburt zur Welt gekommene Kind als das seine an, ehelichte sie und schenkte ihr viele weitere Kinder, bevor sie dann doch mit siebenundzwanzig Jahren an einer Kiefervereiterung starb.

Mias Phantasie galoppierte mit ihr durch. Zurück im Hier und Jetzt ging sie hinüber zur niedrigen Steinmauer mit den zwei Bronzeskulpturen. *Der junge und der alte Fischer*. Der Alte lehnte sich auf einen umgedrehten Weidenkorb, der auf dem Mäuerchen stand, und schaute aufs Meer. Er streckte den Ankommenden seinen Hosenboden entgegen. Er glänzte in der Sonne golden und fühlte sich glatt und warm an. Der junge Fischer saß auf dem Mäuerchen mit Blick auf die ankommenden Besucher. Fehlte nur noch, dass er den hübschen Frauen hinterherpfiff.

Mia schwenkte den Blick wieder aufs Wasser. Sie war regelrecht verliebt in die Krabbenkutter, in Schwarz-Rot, Blau-Weiß und Rot-Schwarz-Weiß. Der Rot-Weiße gefiel ihr auch sehr gut. Sein Fischernetz hing mit Tauen und Stangen am beweglichen Mast und sah aus wie eine übergroße Hängematte. Mia ging neugierig darauf zu, doch da kam auch schon Mario an, die Hände tief in den Jackentaschen vergraben. Er legte einen Arm um sie und sah ihr lange in die Augen. Die runzlige Stirn machte ihn zehn Jahre älter.

Er schien sich Sorgen zu machen und fürchtete den Abschied ebenso wie sie. Es war verrückt, sie hatte es doch so gewollt und dennoch … Mia kämpfte mit den Tränen, sah nach oben, damit sie versickerten. »Das ist vom Wind«, sagte sie schnell.

Sie gingen zurück zum Wagen. Mia bestand darauf, den Koffer selbst zu ziehen. Das Haus mit den Fahrkartenschaltern war nicht weit entfernt.

In der schicken Eingangshalle fühlte sie sich sofort wohl. Wände in Pastellblau mit Weiß gehalten, indirekte Deckenbeleuchtung, schwarzweiße Fliesen – die Mia so mochte –, mit hellem Holz vertäfelte Schalter, über denen Monitore liefen und die Aufnahmen der Web-cams vom Hafen zeigten, vermutlich, um die Wartezeit zu verkürzen und die Vorfreude zu steigern. Davor mit schwarzen Absperrbändern vorgegebene Wege zu den Schaltern. Ach ja, in der Ecke links ein Kiosk, an dem Mario stand und irgendetwas kaufte.

Zwei von drei Schaltern waren geöffnet. Mia wählte den rechten, wie viele das vor ihr getan hatten. Sie beantwortete die zahlreichen Fragen des Mannes hin-term Schalter, bezahlte und bekam zur Belohnung ein Ticket. Für den Koffer gab es einen schicken Anhänger und den Hinweis auf einen bereitstehenden stählernen und nummerierten Gepäckcontainer hinter dem Haus.

»Weißt du, was mich wundert?«, fragte Mia Mario. »Die Überfahrt dauert doch nur eine halbe Stunde. Warum muss ich für die kurze Zeit meinen Koffer abgeben?«

»Aus Sicherheits- und Platzgründen«, antwortete er, wie aus der Pistole geschossen. »Damit man bei Wind-stärke zwölf nicht von den herumfliegenden Koffern erschlagen wird und damit jeder Fahrgast einen Sitzplatz bekommt. Merk dir die Nummer des Containers, dann findest du dein Gepäck schneller wieder.«

Mia war dankbar für den Tipp. Alles Weitere würde sie alleine herausfinden müssen und darauf freute sie sich auch. Wie sehr hatte sie sich einen Inselurlaub gewünscht! Dass sie das mit ihren fünfzig Jahren noch erleben durfte. Halt! Das stimmte nicht ganz. Noch war sie neunundvierzig Jahre, elf Monate und dreihundert-vierundsechzig Tage alt.

Nun hieß es also Abschied nehmen. Wie sie das hasste! Auch wenn sie sich nur für einen einzigen Tag von jemandem verabschieden musste, tat es ihr in der Seele weh, kamen Verlustängste und Tränen. Ob es mit dem plötzlichen Tod ihrer Mutter und dem Abschied für immer zusammenhing? Oder empfand sie diesmal einen Trennungsschmerz der Liebe? Dafür war ihre Liebe – wenn es überhaupt Liebe war – viel zu frisch. Arm in Arm schlenderten sie zur Anlegestelle der Fähre.

»Die wollen alle auf die Fähre?«, fragte Mia mit Blick auf die Menschenmenge, die sich in Zweierreihen aufgestellt hatte.

»So, wie es aussieht. Hoffentlich ist auf der kleinen Insel genügend Platz für alle«, spielte er den Entsetzten.

Mia sah ihn von der Seite an. In Wirklichkeit hätte sie Mario lieber eine andere Frage gestellt, zum Beispiel, ob es wirklich Liebe war, die er für sie empfand. Sie gab zu, dass ihr selbst die Antwort schwerfallen würde.

Mario drückte sie plötzlich an sich. Er zeigte auf die See und flüsterte: »Da kommt die *Spiekeroog*.«

Es hörte sich dramatisch an, so als sei es das U-Boot, mit dem sie nun in den Krieg fahren müsste und von dem beide wussten, dass es niemals zurückkehren, dass sie nie zurückkehren würde.

Mias Hals war wie zugeschnürt.

Mario wühlte in seinen Taschen, zog eine flache Geschenkbox mit roter Schleife hervor und überreichte sie Mia.

»Noch darf ich dir nicht zum Geburtstag gratulieren, das bringt Unglück, aber mitgeben kann ich dir mein Geschenk schon mal. Im Inneren befindet sich eine Zeitschaltuhr. Die Box lässt sich erst morgen öffnen. Solltest du es früher versuchen, zerstört sie sich von selbst. Ich weiß ja, wie neugierig du bist.«

Mia lachte laut und war froh, so ihre Tränen als Lachtränen tarnen zu können. Warum war sie heute nur so nah am Wasser gebaut? »Darf ich mich denn schon dafür bedanken, oder bringt das zehn Jahre schlechten Sex?«

»Darfst du, wenn du mir dabei tief in die Augen schaust.«

Sie küssten sich so lange, bis die weiße Fähre mit dem orangefarben gestrichenen Mast am Pier angelegt hatte und erste Fahrgäste ausstiegen.

Ein älterer Mann sah sie, pfiff durch seine wenigen Zähne.

Mia wurde verlegen.

5. Die Fährfahrt

Nur zögernd löste sich Mia aus Marios Umarmung. Teenieverhalten – aber schön. Sie hatte alle anderen vorgelassen und stand schon auf dem Aufstieg der Fähre, als Mario ihr einen vorerst letzten Kuss gab.

»Wir fahren nicht nach Amerika«, rief der Mann am Aufstieg, der für die Hydraulik zuständig war und darauf wartete, dass alle an Bord gingen.

»Denk dran. Keine Skandale mit den Ostfriesen«, rief Mario.

»Danke, du Scherzkeks. Deine Sprüche vermisse ich jetzt schon.«

»Du wirst es überleben. Wir sind ja nicht aus der Welt. Ich schicke dir jeden Abend eine Gute-Nacht-SMS, damit du weißt, dass ich an dich denke.«

Der Fährmann zog die Wollmütze tiefer.

Auch eine Frau um die vierzig hatte wohl alles mitbekommen. Sie schüttelte den schwarzgetönten Frisch-vom Friseur-Bob und schob sich mit prallgefüllten Einkaufstaschen an ihr vorbei. »Sie sind bestimmt nicht verheiratet«, murmelte sie im Vorbeigehen.

Mia hatte sich flink einen Platz auf dem Oberdeck gesichert, um möglichst lange winken zu können. Sie setzte ihre große, dunkle Sonnenbrille auf und knöpfte den hellen Trenchcoat ein wenig höher, schlug den Kragen hoch. Ihre dunklen Locken flogen im Wind hin und her. Die Sonne schien an diesem herrlichen Apriltag zwar volle Kraft voraus, aber der Wind und mit Sicherheit erst recht der Fahrtwind waren da eher ruppig. Nun setzte der kraftvolle Dieselmotor ein, der ein neueres Modell zu sein schien, weil er nicht auf jedem Zylinder einzeln stampfte, sondern erstaunlich leise war. Zumindest klang es auf dem Oberdeck so. Nur der Schiffsboden vibrierte ein wenig. Hinter den stattlicher werdenden Heckwellen wirkte Mario an der Anlegestelle immer kleiner, aber nicht unbedeutender für sie.

Erst als er nur noch als schwarzer Punkt zu erkennen war, ging Mia ein Deck nach unten in den Hauptsalon der Fähre, der erstaunlicherweise vereinsamt war. Der Großteil der Passagiere bevorzugte es wohl, sich auf dem Oberdeck den Fahrtwind um die Nase wehen zu lassen. Mia sollte es recht sein. Umso mehr Platz hatte sie für sich.

Sie setzte sich auf die dunkelrot gepolsterte Bank an den Tisch und sah durch das rechteckige Fenster. Dreißig Minuten blieben ihr, den Wellengang zu beobachten. Ein Mann ganz am Ende des Salons vertrieb sich die Zeit mit einer Flasche Bier.

Nun kam die Dreiste in den Hauptsalon. Sie trug Taschen mit sich, aus denen Flaschen ragten. Eine Fahne roch Mia jedoch nicht, als die Frau sich vor sie stellte. Ihr starrer Blick aus eisblauen Augen war unheimlich. »Warum ist denn der junge Mann nicht mit auf unsere schöne Insel gekommen? Musste er zu seiner Frau?« Der Spott troff ihr dabei aus den Mundwinkeln.

Mia war ja schon direkt und stellte manchmal freche Fragen, aber diese Frau war um Klassen besser. Normalerweise hätte sie eine schlagfertige Antwort parat gehabt, so was wie: »Nein, er musste zu seinem Mann.« Stattdessen provozierte sie anders: »Gibt es auf Spiekeroog keine Wasserflaschen mehr?«

Empört, nein, eher entsetzt sah die Dreiste sie an. Ihr Gesicht verzog sich zu einer Grimasse, so dass Mia ein Stück zurückwich. »Was soll denn diese Anspielung? Meinen Sie etwa, ich habe Schnaps darin? Denken Sie das wirklich?« Ihre Stimme überschlug sich. Die Bobfrisur wippte. Sie tippte mit dem pflasterbestückten Zeigefinger auf Mias Brust: »Fassen Sie sich mal an die eigene Nase. Sie haben wohl gestern Abend heftig gefeiert, was? Man riecht es noch. Oder haben Sie heute Morgen schon den Alkoholpegel gleichgehalten, wie? Sie sollten sich was schämen, mich zu verdächtigen, dass *ich* ...«

»Aber ... aber ... das habe ich nicht ge... Das war ein Scherz, weil Sie mich ...!«

»Das war ernst gemeint! Aber wissen Sie was?« Sie beugte sich vor und flüsterte: »Solche Leute wie Sie sollten elendig verrecken! Verrecken sollten sie, am Alkohol und an der Pest!«

Mia schlug auf den Tisch. »Jetzt gehen Sie zu weit! Das ... ist ...« Sie rang nach Luft und Worten. Was war das denn? Ein Fluch?

Die Verflucherin hob den rechten Arm und machte eine abfällige Handbewegung. Gummisohlenquietschend verschwand sie aus dem Salon.

Mia war nicht so schnell sprachlos zu bekommen, aber diese Hexe hatte es geschafft. Wie hatte Mario gesagt: Versprich mir, dass du dich in nichts einmischst, was dich nichts angeht ... oder so ähnlich ... Genau, was ging es sie an, wenn eine offenbar frustrierte Frau mit ihren Flaschen klapperte. Mia hatte sich nur für die dreisten Fragen ein wenig rächen wollen, aber dass es gleich missverstanden wurde ... Manche Leute besaßen einfach keine Nerven. Austeilen ja, einstecken nein.

Zu Beginn der Überfahrt hatte Mia gedacht, eine halbe Stunde bis zur Ankunft sei lang, aber durch diesen Zwischenfall hatte sich die Zeit rasant verkürzt. Sie ging wieder auf das Oberdeck, schloss ihren Kurzmantel. Die Hexe saß auf einer Bank am hinteren Ende. Heimlich machte Mia ein Handyfoto von ihr. Das würde sie später Mario übermitteln, mit der dazugehörigen Geschichte. Auch das Schild *Möwen bitte nicht füttern!* fotografierte sie, weil allein die Vorstellung sie zum Lachen brachte, was passierte, wenn alle Passagiere genau das tun würden.

In der Ferne sah Mia bereits die Insel mit ihren Wiesen und weißen Häusern, leuchtendrot die Dachziegel. Endlich kam ein wenig Freude auf, obwohl ihr der Fluch immer noch in den Knochen steckte. Ach, Blödsinn, so eine durfte ihr nicht die Urlaubsstimmung vermiesen.

Mia rief ihre persönliche Suchmaschine im Kopf auf: Einiges wusste sie aus dem Internet über Spiekeroog. Sehr gerne hätte sie sich vorher die Touristikbroschüre nach Hause schicken lassen. Dafür war leider die Zeit zu knapp gewesen. Sie liebte es, in diesen Hochglanzprospekten zu blättern und sich so schon einmal an den Ort zu träumen. Zwar waren das alles gestellte Heile-Welt-Fotos, auf denen die Familien lachend über den Sand liefen oder die Oma der aufmerksamen Enkelin auf einer Bank etwas vorlas, aber warum nicht? Im Urlaub waren die Menschen viel entspannter oder rissen sich für die wichtigsten Tage im Jahr zusammen. Na ja, nicht alle. Sie kannte es von Urlauben an anderen Orten. Aufs Handy schauende Menschen, die am Strand spazierengingen oder laut telefonierend im Restaurant saßen und nicht nur den Daheimgebliebenen, sondern auch allen Anwesenden ausgiebig schilderten, was die ohnehin gerade sahen. Mia hatte das Handy jedenfalls nur für Notfälle mitgenommen. Sie wollte die Momente auf der Insel genießen und achten. Ja, und natürlich würde sie während der sieben Tage den Großteil ihrer Getränke und das Essen selbst bezahlen. Mario musste es ihr nicht finanzieren. Das wäre ja noch schöner ... Er hatte ihr bereits den kostenlosen Aufenthalt ermöglicht und ein Geschenk in die Hand gedrückt. Das sollte genügen. Was es wohl war? Sie war das Stehen an der Reling leid und fand ein paar ockerfarbene Bänke weiter ein kuscheliges Plätzchen. Der 120-Kilo-Mann hatte sie mit den Worten »Keine Angst, ich beiße nicht!« dazu animiert und neben sich auf den freien Platz geklopft.

Mia wandte sich von ihm ab und öffnete die *Cowboy-Bag*. So hieß ihre weiche, geräumige graue Handtasche, laut Aufschrift. Der kleine Geschenkkarton lag obenauf, sie drehte ihn in alle Richtungen. Die rote Schleife öffnete sich dabei. Oh ... wenn sie noch ein wenig mehr drehte ... fiel vielleicht auch das Papier ... ? Im Geiste hörte sie Marios mahnende Worte und drückte die Magnetknöpfe der Tasche wieder zusammen. Wenn ein Mann solch einen Einfluss auf sie hatte, dann war das schon mal ein gutes Zeichen, oder etwa nicht? Fragte sich nur, wie lange der Zustand anhielt.

6. Ankunft auf Spiekeroog

Gleich war es so weit, dann legte die Fähre an. Zu Mias Besinnungsprogramm gehörte es auch, Eindrücke auf sich wirken zu lassen. Was spürte sie jetzt? Den Wind, der um ihre Nase wehte. Er forderte sie auf, zu inhalieren. Sie schmeckte das Salz auf den sonnengewärmten Lippen. Für einen Moment schloss sie genüsslich die Augen, freute sich, dieses wunderschöne Bild wiederzubekommen, sobald sie die Lider wieder öffnete. Nein, es war kein Traum! Höchstens der Traum von einer ruhigen Zeit auf der Insel.

Der Schiffsmotor heulte auf und riss sie aus der Entspannung. Alles auf dem Schiff vibrierte. Unter den Passagieren kam Hektik auf.

Sitzen bleiben! Ruhe bewahren!, mahnte sie sich innerlich. Das einzige Rettungsboot, das sie beim Betreten der Fähre gesehen hatte, reichte niemals für alle. Im Vorbeigehen war ihr auch nur ein Rettungsring aufgefallen. Einer für alle? Das passte nur bei Nylonstrümpfen. Ah ja, die Rettungswesten. Nun gut, aber … Obwohl … niemand schrie, und sie hörte keine Bitte-bewahren-Sie-die-Ruhe-Durchsage des Schiffskapitäns. Das ließ hoffen. Außerdem befanden sie sich ja nicht auf dem Atlantik. Die lauten Motorengeräusche wurden leiser. Zur Not müsste sie ans Ufer schwimmen. Wenn eine hundertjährige Japanerin den Weltrekord von 1 500 Metern in einer Stunde fünfzehn aufstellte, schaffte sie das allemal, falls sie nicht vorher erfror. Sie stand auf und stellte sich in die Schlange der wartenden Fahrgäste. Angekommen.

Mia sah in die Runde. Abgesehen von den Einzelpersonen und Pärchen sah sie nur Familien mit

Kleinkindern. Die Schulferien waren jetzt, Ende April, vorbei. Dafür befanden sich mehr Geschäftsleute auf der Fähre, die sie am Business-Outfit meinte erkennen zu können. Aber wo war die Verflucherin? Mia hatte sie völlig aus den Augen verloren.

Mit einem sanften Rums hielt das Schiff am Fähranleger. Der Aufstieg, der nun ein Abstieg war, wurde ausgefahren. Fähren-Flyer wurden verteilt ... und dann der spannende Moment: Mia betrat zum ersten Mal in ihrem Leben eine autofreie Insel. Ein einzigartiges Erlebnis. Sie stellte sich etwas abseits und atmete tief durch. Freiheit.

Ab zum Koffer. Wie war noch mal die Nummer des Gepäckcontainers? Da sah sie ihren leuchtendroten Trolley im offenen Behälter stehen. Sie zog ihn heraus, verschätzte sich mit dem Gewicht und musste ihn auf den Boden krachen lassen.

Mia trollte sich damit zur Straße, obendrauf prangte der Aufkleber *Krefeld – schön hier.*

Fast unendlich zog sich die Straße *Wüppspoor* vom Hafen in den Ort. An der Telefonzelle blieb Mia stehen und zog die aus dem Internet ausgedruckte Straßenkarte aus ihrer Tasche. Das mit dem Maßstab hatte sie noch nie kapiert. Sie schaute auf den Plan. Die Anzahl der Straßennamen hielt sich in Grenzen und sie waren relativ einfach zu merken: *Süderloog, Noorderloog, Westerloog* und dann *Slurpad, Tranpad* und *Noorderpad.* Oder gab es noch andere?

»Wo ist Mario?«, meldete sich eine sanfte Frauenstimme von hinten.

Mia schrak herum und sah eine rotblonde Naturschönheit mit Sommersprossen. Sie zog einen Bollerwagen hinter sich her und blieb auf ihrer Höhe stehen. »Moin. Sie sind doch Mia Magaloff, oder?« Sie klappte die Deichsel des leeren Bollerwagens hoch und streckte ihr die Hand zum Gruß entgegen.

Mia drückte kräftig zu und nickte. »Ja, bin ich. Mario ist nicht mitgekommen. Er ... er war verhindert.«

»So? Seltsam.«

»Ja, nicht? Vielen Dank, dass Sie mich abgeholt haben«, sagte Mia und hievte ihren Koffer auf den dunkelgrünen Bollerwagen mit den Rasenmäherrädern. Marke Eigenbau. Auf dem seitlichen Brett stand in Schreibschrift *Grüne Fee*. Fast war Mia versucht, den Koffer wieder herauszunehmen, denn er hatte ja auch Rollen und war leicht zu ziehen. Nein, das wäre unhöflich gewesen.

»Hm ...«, die Frau im leichten grünen Kleid sah auf den Wagen. »Ich wollte schnell etwas bei *Feinkost Sanders* einkaufen. Wenn Sie mitkommen möchten, es liegt auf dem Weg.« Sie blieb abrupt stehen: »Ach, Entschuldigung. Ich habe mich gar nicht vorgestellt. Ich heiße Fee ... Mir gehört das Fee-rienhaus *Zur grünen ...*«

»... *Fee*«, sagte Mia, die nur noch Grün sah.

»Genau, wo Sie untergebracht sind. Meinen Nachnamen Conrad, mit C, müssen Sie sich nicht merken.«

»Meinen auch nicht. Nenn mich Mia. Wir können uns gerne duzen.« Mia stellte ihren Koffer wieder auf eigene Rollen.

Doch, sie wäre nicht abgeneigt, sich mit dieser Fee näher bekanntzumachen. Sie musste herausbekommen, wie eng die Verbindung zu Mario wirklich war. Möglichst innerhalb der nächsten vierundzwanzig Stunden.

Fee und Mia betraten den Supermarkt. Mia staunte, wie reichhaltig das Angebot in dem kleinen Geschäft war. Schließlich befanden sie sich auf einer Insel, wo alle Nahrungsmittel mit der Fähre rüberkamen. Da musste gut kalkuliert werden. Während Fee einen

Gang weiter Lebensmittel in den Korb packte, ging Mia direkt zur Kassiererin. Es war *die* Gelegenheit. Die blonde Frau an der Kasse machte einen sehr netten Eindruck. Mia zückte ihr Handy, öffnete die Galerie und streckte der Blonden das Foto entgegen. »Moin. Kennen Sie diese Frau?«, fragte Mia betont langsam und in astreinem Hochdeutsch.

»Moin.« Die Nette bekam eine rosigrote Gesichtshaut und ausgeprägte Denkerfalten auf der Stirn. »Warum wollen Sie das wissen?«

Mia sah sich verstohlen nach Fee um. »Ich ermittle privat.«

»Kenn ich nicht.« Die Kassiererin zupfte an ihrem blauen T-Shirt.

Mia vergrößerte das Foto, in dem sie zwei Finger auf das Display setzte und sie gleichzeitig auseinanderstrich. »Und jetzt?«

Fee kam dazu. »Wir mögen es nicht gerne, wenn man Selfies mit uns macht.«

Mia zeigte nun ihr das Foto: »Oder kennst du diese Frau?«

Fee sah aufs Handy, zur Feinkostverkäuferin, zu Mia und wieder aufs Handy. »Nein«, sagte sie.

Die Kassiererin scannte die Ware ein.

»Was willst du von ihr?«, fragte Fee Mia. Es klang schroff.

»Das ist auf die Schnelle nicht erklärt. Sagen wir mal so: Ich möchte ihr ins Gewissen reden.«

Der Fluch. Sie musste mit dieser Hexe über den Fluch sprechen. Bestimmt verteilte sie ihn an jeden, der ihr unliebsam war. Nicht auszudenken, was das mit besonders sensiblen oder womöglich depressiven Menschen machte. Mia hatte das tiefe Bedürfnis, der Verflucherin gründlich die Meinung zu sagen.

Als die beiden Frauen, mit Koffer und Bollerwagen im Schlepptau, das Ferienhaus erreichten, staunte Mia erst einmal darüber, wie schön es war. Die roten Backsteinwände mit den weißen Sprossenfenstern und das orangerote Ziegeldach wirkten für sich alleine. In Kombination mit den Blühpflanzen in den Hängeampeln und Kübeln auf der Terrasse war es die ostfriesische Landlust pur. An der Südwand befand sich der Wintergarten, den sich Mia immer für ihr Haus gewünscht hatte. Natürlich bestand er nicht nur aus Glas, sondern auch aus weißen Holzsprossen, passend zu den Fenstern. Mia seufzte beim Anblick der dunkelbraunen Rattanmöbel und des roten Terracottabodens. Ja, hier fühlte sie sich sofort wohl.

»Gefällt es dir?«, fragte Fee.

»Gefallen?«, rief Mia.

Fee zuckte zusammen.

»Gefallen ist gar kein Ausdruck! Das ist phantastisch schön!«

»Da bin ich aber erleichtert«, sagte Fee. »Ich bin mir sicher, Mario hätte es auch gefallen. Genauso wollten wir unser Traumhaus bauen lassen – nach der Hochzeit. Aber dann habe ich in letzter Sekunde vor dem Traualtar nein gesagt. Keine Entscheidung in meinem Leben habe ich bisher mehr bereut.« Sie strich ihre rotblonde Locke aus dem sommersprossigen Gesicht. »Mittlerweile sind wir gute Freunde, telefonieren und treffen uns regelmäßig. Ich bin so froh, dass er mir verziehen hat.«

»Ich nicht!«, brummelte Mia und merkte an Fees freundlicher Aufforderung, ins Haus zu kommen, dass die es nicht mitbekommen hatte. Musste nicht sein. Mia hatte wohl auch so manches nicht mitbekommen.

7. Bittere Sahnewölkchen

Hätte Fee ihr nichts von ihrer Beziehung zu Mario erzählt, Mia hätte die Teezeremonie genossen, zu der sie eingeladen worden war. Als die Kluntjes in die Tassen fielen, schilderte Fee, dass sie sich sofort in Mario verliebt hatte, als sie ihn das erste Mal am Strand traf. Er war – nicht nur damals – ein gut durchtrainierter Mann, und er wusste immer schon, was er wollte. Sie war damals Studentin mit Modelmaßen gewesen und himmelhochjauchzend in ihn verliebt.

Als der heiße Ostfriesentee auf die Kluntjes traf, knisterte es gewaltig. Mia wollte lieber nichts von Fees erster Nacht mit Mario und seinen Vorzügen wissen. Sie wollte im Glauben bleiben, sie alle zu kennen.

Als sie beide die Sahne in den Tee gossen und in ihre Tassen schauten, schwebte nur Fee auf kleinen Wölkchen. Sie vertraute Mia an, dass sie Mario immer noch liebe und ihre Entscheidung, ihn nicht zu heiraten, sehr gerne rückgängig machen würde. Er wäre sicher ein toller Ehemann und Vater geworden – aber da sei ja nun sie … (und diesen abschätzigen Blick von ihr würde Mia so schnell nicht vergessen) … und da wolle sie natürlich nicht dazwischenfunken, dennoch sei es sehr schade, dass er nicht mitgekommen sei.

Mia und Fee hoben gleichzeitig ihre hauchdünnen Porzellantassen mit dem blauen Muster und tranken einen Schluck. Fee schloss genüsslich die Augen. Mia verzog das Gesicht. Ihre Sahnewölkchen schmeckten bitter.

8. De Utkieker

Gegen Abend ging es Mia etwas besser. Warum stellte sie sich so an, was Fee und Mario anging? Auch Mia hatte so ihre Vergangenheit. Im Grunde hatte sie wohl eher Angst vor der Zukunft mit Mario.

Statt mit Fee zu Abend zu essen, wie es ihr angeboten worden war, ging Mia lieber spazieren. Auf dem Rücken den Rucksack und in der Hand den Inselplan, wanderte sie an der *Kogge* vorbei, dem Gebäude, in dem sich die Touristeninformation befand, und ging weiter zum Hauptstrand. Der breite, weiße Sandstrand und das Wellenrauschen hatten etwas Beruhigendes. Bald würde sich die See wieder zurückziehen. So wie sie es ungefähr alle sechs Stunden tat. Ein ewiges Kommen und Gehen. Ein Auf und Ab. Auch bei ihr: Gute Gefühle hoch, Schlechte Gefühle runter.

Der Sonnenuntergang machte sie melancholisch. Es war der Untergang ihrer Liebe, der Liebe zu Mario. Mia sah Richtung Dünen und erkannte auf dem höchsten Punkt eine Skulptur, die sie sich unbedingt näher anschauen musste. Von dort aus hatte sie bestimmt die beste Aussicht. Sie kraxelte den schmalen, in der Mitte gewölbten Steinweg hoch. Links und rechts als Begrenzung, zwischen den Weidepfählen, war ein Draht gespannt. Mia vermied es lieber, sich daran festzuhalten. Oben angekommen blieb sie japsend und überwältigt vor dem über drei Meter großen nackten Mann aus Bronze stehen. Auch wenn seine Proportionen etwas verschoben waren, sah er toll aus! Von unten nach oben betrachtete sie ihn genauer. Riesengroße Füße, überlange Beine, der Schamhaarbereich bronzegelockt. Nur das wichtigste Teil des Mannes wirkte, im Verhältnis zu den anderen Gliedmaßen, eher stummelig klein. Vielleicht wollte man die Touristen nicht verschrecken. Der Rest schien wieder im Verhältnis normal groß zu sein. Er hatte seine Arme hochgenommen und angewinkelt, die verschränkten Hände wie einen Schirm vor die Stirn gelegt, wohl damit die Sonne ihn nicht blendete. *De Utkieker* stand auf dem Bronzeschild und er selbst auf dem Betonsockel. Er hielt Ausschau aufs Meer.

Gerade als Mia den kompletten Text auf dem Schild lesen wollte, regte sich etwas unterhalb von ihr.

Langsam stieg eine grün gekleidete Gestalt mit langen Beinen über den Draht des halbhohen Zaunes. Um den Hals trug der Mann ein Fernglas. Er zeigte sich nun in seiner vollen Größe von über zwei Metern.

Mia ließ sich auf den Betonsockel sacken, so sehr hatte sie sich erschrocken. Hier oben war sie mutterseelenalleine mit ihm, bei einbrechender Dunkelheit. Sie hätte weglaufen müssen. Aber was nützte es? Er würde sie ruckzuck einholen. Mia rang nur nach Luft, brauchte ein paar Minuten, bevor überhaupt an eine Bewegung zu denken war.

Nun reckte er ihr seine große Hand entgegen und flüsterte: »Hallo, du schönes Wesen. Keine Angst, ich tue dir nichts. Ich bin der Utkieker. Hier steht es!« Mia stand auf und drehte sich um. Dort, wo sie gesessen hatte, befand sich die Messingtafel. Er las ihr vor: »*De Utkieker – gewidmet dem unermüdlichen Wächter über das Kleinod Spiekeroog.* Ja, staune nur«, sagte er. Stolz klang mit, doch anstatt sich in die Brust zu werfen, krümmte er sich wie ein Flitzebogen. Die blonden, verfilzten Haare hingen ihm im Gesicht. Er sprach Mia ins Ohr: »Dieses Denkmal ist mir zu Ehren aufgestellt worden. Ich habe zum Beispiel Spiekeroog vor den Piraten gerettet. Das war 1398.«

Mia wollte nur weg hier.

Er lachte aus vollem Herzen. »Das war natürlich ein Scherz. Das mit den Piraten. Nicht das mit dem Denkmal.« Nun redete er ganz normal weiter, richtete sich wieder zur vollen Größe auf und hob den langen Zeigefinger. »Denke nicht, ich sei verrückt! Das bin ich nicht! Es reicht, wenn alle anderen das denken. Du nicht! Bitte! Du musst mir helfen! Wir müssen das Unglück von Spiekeroog abwenden, sonst kommen keine Touristen mehr und alle Bewohner sind gezwungen, die Insel zu verlassen, um sich eine neue Heimat zu suchen. Weißt du, was danach passiert?«

Mia schüttelte den Kopf.

»Die alten Häuser verfallen und Tausende von Seehunden werden die Insel bevölkern, eine Sturmflut …«

»… das Unglück von Spiekeroog abwenden? Welches Unglück?« Mia sah zu ihm hoch.

Er spielte mit der Klappe des Kunststoffkastens, in dem das Gipfelbuch für Eintragungen lag. Auf – zu, auf – zu … Er ließ sie schließlich fallen. Es krachte.

Mia hoffte vergeblich, dass jemand auf sie aufmerksam wurde. Auch der Strand war wie leergefegt. Abendessenszeit.

Er sah auf den Boden wie jemand, der etwas ausgefressen hatte und nicht darüber reden wollte. Aber dann … »Noch nichts … noch ist nichts passiert. Aber es wird passieren! Jemand hat etwas Böses vor! Doch er wird es nicht selber machen, er wird es machen lassen!«

»Was?«, versuchte Mia es noch mal.

Er schwieg.

Beim Stichwort ›böse‹ fiel Mia die Verflucherin ein. Sie nahm ihr Handy hervor und suchte nach dem Foto der Hexe. »Kennst du diese Frau?«

Kurz riss er die Augen auf und kniff sie wieder zusammen. »Ich bin mir nicht sicher.« Er griff in seine Gesäßtasche und holte ein gebogenes ledernes Notizbuch hervor. Sand rieselte heraus. Die Seiten waren vergilbt und vollgekritzelt. Mia hatte Mühe, Buchstaben darauf zu erkennen. So stellte sich ihre Pausenmalerei dar, wenn sie telefonierte.

»Besondere Körpermerkmale?«, fragte er.

»Wie bitte?«

»Die Frau. Die du suchst. Hat sie besondere Körpermerkmale? Oder wie spricht sie? Wie bewegt sie sich? Was hat sie für einen Charakter?« Er grinste dabei. Für Mia wirkte er so, als sei er der bereits wissende Lehrer und wollte sie nur abfragen.

»Besonderheiten? Bobfrisur. Laute Stimme. Nervös, trampelig, und was das Schlimmste ist: Sie hat mich verflucht. Deshalb suche ich sie. Ich will sie zur Rede stellen.«

Der Utkieker verzog die Mundwinkel nach unten. »Mit einem Fluch macht man keine Scherze. Sie muss es ernst gemeint haben. Umso schlimmer. Ich werde die Frau für dich finden! Telefonnummer?«

»Wie bitte?«

»Deine Telefonnummer, damit ich dir Bescheid geben kann, wenn ich sie gefunden habe.«

»Hm … die von der *Grünen Fee* kenne ich noch nicht«, sagte Mia.

»Handy?«

»Ach so …« Mia zögerte kurz, ob sie ihm die Nummer geben sollte, und ob es wirklich so wichtig war, was sie der Verflucherin sagen wollte. Klar! Es war wichtig, wenn sie der Gedanke daran nicht mehr losließ! Sonst könnte sie sämtliche Erholungsversuche auf dieser Insel vergessen und gleich nach Hause fahren. Sie kramte ihr Handy hervor und tippte unter Kontakte auf ICH. Sich solch eine lange Nummer zu merken, war nur etwas für Genies. Sie las laut vor und nannte dazu ihren vollständigen Namen.

Er steckte das Büchlein wieder in seine Hosentasche und flüsterte: »Ich muss wieder auf meinen Posten.« Im Gehen hob er seinen langen Arm und winkte, dann drehte er sich um und kam wieder. Er beugte sich zu ihr. Mia wich zurück. Er kam noch näher.

»Ich *heiße* Ubbo Kramer, aber ich *bin* der Utkieker. Merk dir das.«

»Gib mir am besten auch deine Handynummer«, sagte Mia.

Er schüttelte den Kopf. »Ich melde mich.«

»Ist doch billiger, wenn ich dich anrufe«, versuchte Mia es noch einmal.

»Habe eine Flatrate«, antwortete er und verschwand hinter einem Dünenhügel.

Stand da nicht *Betreten der Dünen verboten*? Was für eine schräge Type, dachte sie. Bestimmt hatte er zu viel Seeluft eingeatmet und Unmengen an Salzwasser geschluckt. Nein, für verrückt hielt sie ihn dennoch nicht. Da kannte sie viel schlimmere Fälle.

9. Der unheimliche Anrufer

Mia saß kerzengerade im Bett. Sie sah auf den Boden, auf dem ihr Handy hin und her vibrierte und nun die *Tatort*-Melodie spielte. Ihre Armbanduhr zeigte sechs Uhr morgens an. Viel zu früh, um sich aufzuregen.

Sie krächzte: »Ja, bitte?« in das Mobiltelefon.

»Wer ist da?«, kam es ebenso leise zurück.

»Das frage ich mich auch«, sagte Mia. Diese Nummer und die fistelnde Frauenstimme kannte sie nicht.

»Zuerst du.«

»Mia hier.« Es gab Momente im Leben, da musste selbst sie nachgeben, wenn es schnell gehen sollte.

»Ich hab eine Überraschung für dich. Komm sofort zur Museumspferdebahn, zum Bahnhof West! Sofort! Hörst du. Ich warte dort auf dich!«

War das nicht Marios – zur Frau verstellte – Stimme? Hatte er von einem anderen Handy aus angerufen? Ja klar! Er war hier! Das war die Überraschung! Er war nicht nach Hause gefahren, hatte in Neuharlingersiel übernachtet und wollte ihr persönlich zum Fünfzigsten gratulieren, hatte es ohne sie nicht mehr ausgehalten. Mia sprang aus dem Bett und schlüpfte in Jeans, T-Shirt und Sneakers. Sie nahm den Inselplan mit. Laut Karte war es nicht weit bis zum Bahnhof. Es zählte sowieso zu ihren Vorhaben, mit der einzigen noch existierenden Museumspferdebahn zu fahren. Da konnte sie sich den Bahnhof schon mal anschauen. Auf der Fähre hatte sie einen Flyer gelesen, in der die Historie beschrieben war. Von Fotos wusste sie, dass der Waggon mit lasierten Holzbänken ausgestattet war und nur von einem Pferd gezogen wurde – bis zur Endstation Westend/ Sturmeck und zurück. Endstation Westend – Endstation Sehnsucht. Sie musste sich beeilen, wollte Mario sofort in die Arme schließen. Ein verrückter Kerl, sich diese Uhrzeit für seine Überraschung auszudenken – doch dann kam ihr wieder das Gespräch mit Fee in den Sinn. Na, der konnte was erleben!

Ihr Herz raste. Mia kam kaum hinterher. Mit der flachen Hand wischte sie sich die Schläfen trocken. Der Bahnhof war weiter von ihrer Ferienwohnung entfernt als gedacht. Es war neblig, windig und bitterkalt. Sie zog den Reißverschluss ihrer Outdoorjacke bis zur Nasenspitze, zog die Kapuze auf den Kopf.

Schemenhaft erkannte sie die kleine aber feine Bahnhofsstation im Friesenhausstil. Am dunkelgrün vertäfelten Giebel waren eine Uhr und der gelbe Schriftzug *Museumspferdebahn* angebracht. Die weißen Sprossenfenster reichten teilweise bis zum Boden. Zum Schutz der wartenden Fahrgäste dienten eine Überdachung und ein Windfang, vor dem eine weiße Holzbank stand. Mia trat näher heran. Informierte sich kurz auf der Klapptafel über die Abfahrtszeiten. Erste Abfahrt 12:00 Uhr. Sie blickte von der Tafel auf und erschrak. Direkt dahinter stand eine weitere Holzbank, auf der eine Person saß, die Mia erst einmal nur von der Seite erkennen konnte. Das war eindeutig nicht Mario, auch nicht verkleidet. Da hätte er sich eine graublonde Kurzhaarperücke aufziehen und die mit Strasssteinen besetzte Samtjacke ausstopfen müssen, um diese Oberweite zu erreichen. Protzig wirkte auch die goldene Armbanduhr. Die glänzte zu sehr, um echt zu sein.

Mia ging um die Informationstafel herum und empörte sich: »Wieso rufen Sie mich um sechs Uhr morgens an? Das muss aber eine sensationelle Überraschung sein, wenn ich Ihnen das verzeihen soll!«

Es war sensationell! Die Frau war tot.

Mia sah sich um. Das einzige Gleis verschwand im Nebel, im Nichts. Sie war alleine mit einer Leiche.

Entsetzen, Faszination, Neugier, Wut, Trauer, Ekel – die berühmte Gefühlsachterbahn fuhr die fünfte Runde. Sie hätte kotzen können, wenn sie nicht mit Denken beschäftigt gewesen wäre. Es galt, so schnell wie möglich zu handeln. Mia verspürte den Drang fortzulaufen, damit sie niemand mit dieser Tat in Verbindung bringen konnte. Aber sie blieb stehen. Unterlassene Hilfeleistung würde man ihr sicher nicht mehr vorwerfen können. Höchstens einen Mord, wenn jetzt jemand käme und sie so sähe.

Sie schrie auf. Dieser Jemand kam tatsächlich hinter dem Bahnhofsgebäude hervor. Es war der Utkieker.

Seine Stimme klang außergewöhnlich hoch. So wie die einer Frau, so wie die Stimme der Frau am Telefon.

»Ich habe eine Überraschung für dich!«, sagte er. »Na, was sagst du dazu? Habe ich es nicht vorausgesagt? Das Unheil ist auf der Insel!« Er stellte sich neben die Bank, auf der die Tote saß, als warte sie auf die Bahn ins Jenseits.

Mia sah hin und her. So richtig begriffen hatte sie das alles noch nicht. Der Utkieker zitterte in seinen grünen Jägersachen. Er musste sie wohl geerbt haben. Sie waren viel zu kurz und verschlissen. Sie schaute in seine tiefseeblauen Augen, die im Tränenwasser schwammen.

Er holte tief Luft, rang nach Fassung: »Sie ist erst gestern angekommen. Ich kannte diese Frau flüchtig, habe mich nur kurz mit ihr unterhalten können. Sie sagte, sie sei ein Model von diesem pompösen Promi. Genau hier hatte ich sie getroffen und sie staunte über unsere schöne Museumsbahn und das kräftige Pferd.«

Das brachte Mia nicht unbedingt weiter.

Der Utkieker reckte die Arme zum Himmel. »Bitte, glaube mir, Mia! Alle anderen halten mich für verrückt, aber du hast dich von Anfang an vernünftig mit mir unterhalten, hast mich ernst genommen. Ich bin nicht verrückt! Nein, wirklich nicht! Auf dieser Insel lauert eine Gefahr! Du musst mir helfen!«

»Das kann ich nicht! Das ist Sache der Kriminalpolizei«, sagte Mia.

»Pah, die Polizei. Vor der müssen wir uns in Acht nehmen. Bitte erzähle ihnen nichts von mir! Auch nicht, dass ich dich angerufen habe und schon gar nicht, was ich dir gesagt habe. Hörst du? Versprich es mir!«

Er schwankte hin und her wie ein Fahnenmast bei Sturm. In letzter Sekunde hielt er sich an der Lehne der Bank fest. Sein langer Oberkörper kollidierte mit der Toten. Diese bekam eine bedrohliche Schräglage.

Er richtete sich auf. Die Blässe wich langsam aus seinem grobkantigen Gesicht. Wie bei einem Fieberthermometer stieg nun die Röte nach oben. »Wir müssen den Täter finden, damit nicht noch mehr passiert! Ich habe lange meditiert, um so eine wie dich hierherzubekommen. Eine Hilfe für mich. Eine, die mit mir Spiekeroog rettet.«

Es rumste im Hintergrund. Die Tote war seitlich auf die Bank gekippt.

Der Utkieker nahm Reißaus. Er verschwand im Nebel.

Mia blieb fassungslos stehen. Rein körperlich wäre sie nicht in der Lage gewesen, ihn aufzuhalten, bis die Polizei kam. Dabei war er ein wichtiger Zeuge, weil er die Tote als Erster gefunden hatte und zu Lebzeiten mit ihr ... War er es womöglich selbst gewesen?

Unter normalen Umständen hätte Mia erst einmal in Ruhe nach Hinweisen gesucht, natürlich ohne Spuren zu verwischen. Aber in diesem Fall war es nicht so einfach. Die Pompöse lag steif wie eine Schildkröt-Puppe seitlich auf der Bank. Mia wusste, dass die Leichenstarre sechsunddreißig Stunden anhielt und nach drei Stunden einsetzte. Doch wann hatte sie begonnen? Unter der Toten lugte ein handgeschriebener Zettel hervor. Hatte er auf der Bank gelegen? War ihr vorher in der Panik nicht aufgefallen. Auch nicht die fast leere Wasserflasche mit dem krümeligen Restinhalt, der vor der Bank stand. Es kribbelte in Mias Fingern. Sollte sie den Zettel hervorziehen und, nachdem sie ihn gelesen hatte, einfach wieder zurücklegen? Natürlich, ohne Fingerabdrücke zu hinterlassen. Lieber nicht. Er könnte aufgeweicht sein und zerreißen. Die Flasche ignorierte sie. Da blieb ihr nichts anderes übrig. Sie selbst hatte noch nie Fingerabdrücke abgenommen. Sie bückte sich zum Schriftstück, versuchte die krakelige Schrift zu lesen. Rätselhaft. Auch das Alter der Toten. Mia schätzte sie auf mindestens fünfzig.

Mittlerweile löste sich der Nebel langsam auf. Die Sonne versuchte durchzukommen. Nun erkannte sie in der Ferne den Deich mit dem Tor für die Bahn und der Fußgängerbrücke darüber.

Da pfiff jemand. Sie fuhr zusammen. Nervös schaute sie sich um, spürte dann aber die Vibration an der rechten Hand. Kein guter Signalton für die SMS-Nachrichten. Es war die versprochene Gutenacht-SMS von Mario, geschrieben um 4:04 Uhr. Sie musste im Orbit steckengeblieben sein. Auf dem Display erschienen ein kurzer Text mit falschen Buchstaben dazwischen und unzählige Emoticons dahinter. Alles für sich sehr seltsam. Der Höhepunkt war jedoch, dass er seine Ex-Verlobte Fee in die SMS einkopiert hatte. Ob sie die Liebesbotschaft besser deuten konnte?

Nicht nur die SMS beunruhigte Mia, sondern auch, dass schon bald die ersten Touristen, mit ihren Strandutensilien bepackt, wie eine Karawane zum Meer marschieren würden. Dem Inselplan nach zu urteilen, konnten sie aus sämtlichen Richtungen kommen. Alle Wege führten irgendwie zum Strand.

Sie wählte den Notruf 110, die Leitstelle. Ohne den wahren Grund zu nennen, ließ sie sich die Nummer der Spiekerooger Inselpolizei geben. Wenn um diese Uhrzeit niemand zu erreichen war, hatten sie sicherlich eine Rufumleitung eingerichtet. Unter normalen Umständen hätte sie auch zu Fuß zur Wache gehen können. Nur wollte sie die Tote keinesfalls alleine hier liegen lassen.

Mia bekam die kurze Festnetznummer genannt. Die konnte sie sich gerade noch so merken. Worum es denn genau gehe, hakte die Beamtin von der Leitstelle noch mal nach, aber da hatte Mia sie längst abgewürgt, denn ihr war während des Telefonats etwas Erstaunliches aufgefallen.

Diese füllige Frau steckte nicht nur im pompösen Outfit, inklusive protzigem Billigschmuck, sondern anscheinend auch in einer schweren Krise. Unter der Bank befand sich, etwas nach hinten geschoben, die offenstehende Handtasche. Mia bückte sich tief, erkannte die Tablettenpackung wieder, auf der leere Blister lagen. Psychopharmaka. Die hatte ihr mal ein Neurologe andrehen wollen, als sie einen besonders schlimmen Fall zu klären gehabt hatte. Sie hatte sich strikt geweigert. Hier waren alle Pillen feinsäuberlich und gleichmäßig herausgedrückt, als sei das zur selben Zeit geschehen. Also musste es sich bei dem Brief um einen Abschiedsbrief handeln. Also war es ein Suizid. Erleichtert war Mia dennoch nicht. Das war ihr alles viel zu einfach.

10. Moin – Polizei!

Es dauerte nicht lange, bis der Polizist kam. Glück gehabt. Mia hatte sich im Geiste schon von einem Pulk Touristen umgeben gesehen, denen sie Rede und Antwort stehen musste, wobei sie ihre Handys zückten und ohne Unterbrechung knipsten oder womöglich filmten – sie und die Tote.

Der blau Uniformierte stellte das Rad an der Pizzeria gegenüber ab. Mia vertrat sich die Beine. Sie fühlten sich taub an, als beginne nun auch bei ihr die Totenstarre.

»Moin! Polizei! Tommssen! Bitte stehenbleiben!«

An seinem Hosenbund, unter der offenen Jacke, sah Mia die Handschellen baumeln. Sie kam an ihre nervlichen Grenzen.

»Wie heißen Sie?«, fragte der Inselpolizist. Er fuhr sich durch die roten Haare, die vom Wind immer wieder vor die Augen geweht wurden. Vor sieben Jahren schien Mia in seinem Alter gewesen zu sein.

Ihr Herz pumpte ein paar Takte schneller. »Ich habe Sie angerufen. Mein Name ist Mia Magaloff ... ich ...« Sie ratterte alles herunter, was für ihn von Interesse sein könnte.

Er ignorierte es, auch Mias entgegengestreckte Hand, zog sich stattdessen Latexhandschuhe an. Halb gebückt prüfte er die Vitalzeichen der auf der Bank halb liegenden Frau. Er schüttelte den Kopf, trat einen Schritt zurück und betrachtete nun alles in Ruhe. Als er die Wasserflasche sah, nickte er und ließ seinen Blick zur anderen Bank schweifen.

Mia hob fix das Papiertaschentuch auf, welches ihr vorhin aus der Tasche gerutscht war.

»Die Kollegen kommen gleich«, murmelte er.

Ihr war es egal, wer wann kam. Sie wollte nur schnell weg hier.

»Moin. Tido hier.« Der Polizist hielt sein Funktelefon dicht ans Ohr. »Sagst du dem Ortsbrandmeister Bescheid und bringst das Absperrband mit? Wir haben hier eine Tote. Aurich informieren wir später, erst mal sichern. Jo.« Er stellte sich neben Mia, zückte sein Notizbuch. »Ihren Ausweis bitte.«

Mia zeigte ihn vor. »Unter der Bank steht die Handtasche der Frau«, sagte sie, während er die Personalien notierte. »Sieht nicht nach einem Raubmord aus.«

»Hm.«

»In der offenen Tasche befinden sich leere Tablettenstreifen. Sie könnte sie alle auf einmal genommen haben – oder dazu gezwungen worden sein.« Alles schon vorgekommen, dachte Mia.

»Hm.«

»Ich bin durch Zufall hier vorbeigekommen«, plapperte sie weiter, weil sie die Stille nicht ertrug. »Ich … ich wollte den Sonnenaufgang am Meer sehen.«

»See.«

»Wie bitte?«, fragte Mia.

»… an der See sehen, den Sonnenaufgang.«

»Ja … ja, genau den.« Sie lächelte verkrampft. »Müssen Sie nun eine erste Befragung durchführen? Also, ich heiße Mia Magaloff und bin neunundvierzig … nein, ein Jahr älter. Bin als Touristin hier. Gestern angekommen und bleibe sieben, nein, nur noch sechs Tage hier. Ich komme vom Niederrhein und mir gefällt die Insel sehr. Wenn da nicht dieser Zwischenfall passiert wäre, ich würde jetzt noch im … oder wäre schon längst am …«

Tido Tommssen wischte sich über die Stirn, gab ihr den Pass zurück. Erneut rief er seinen Kollegen an: »Wo bleibst du denn? Schick auch den RTW mit dem Doc für den Totenschein. Nein, sieht nicht danach aus. Jo. Nein, keine Sirene.«

Er sah an Mia vorbei. »Schiete. Da kommen die ersten Heuler.«

Mia schrak herum. Sie sah aus dem Westen kommend eine Gruppe Jugendlicher, bepackt mit Sonnenschirm, Luftmatratze und Kühlbox. Kleinlaut fragte sie: »Darf ich jetzt gehen? Ich habe eine Ferienwohnung in der *Grünen Fee*, also einen festen Wohnsitz.« Sie schrieb ihre Handynummer, die sie vom Display ablas, mit Kajalstift auf ein sauberes Tempotuch und überreichte es dem Polizisten.

Der steckte es knurrend ein, nicht bevor er es nach allen Seiten umgedreht hatte. »Halten Sie sich zur Verfügung und verlassen Sie vorerst nicht die Insel.« Tommssen ging der Gruppe entgegen und rief: »Gehen Sie woanders lang! Gesperrt!«

»Ich seh nix!«, protestierte der in der Jogginghose.

»So muss das sein!«, sagte Tommssen. »Weitergehen, aber flink.«

Er kam wieder zu Mia. Sie sah den RTW um die Ecke biegen.

»Gehen Sie!«, sagte Tido. »Ich melde mich.«

11. Schon gehört?

Geschafft! Mia schloss die Tür zu ihrer Ferienwohnung auf und war froh, Fee nicht begegnen zu müssen. Die lag vermutlich noch, von Mario träumend, in den Kissen.

Sollte der Falschspieler sich im Laufe des Tages bei ihr melden, würde sie ihn nicht auf seine SMS und schon gar nicht auf Fee ansprechen – noch nicht – und natürlich auch nichts von der Toten erzählen. Auch wenn das zur Folge hatte, dass sie ihn dann nicht um Rat fragen konnte, was den Utkieker anging. Es wäre nicht auszuschließen, dass Mario seinen ostfriesischen Kollegen den Tipp gab, sich diesen Ubbo Kramer einmal vorzuknöpfen, zu fragen, wieso der mit dem Fund einer Leiche prahlte, wenn er nichts damit zu tun hatte.

Mia legte sich kurz aufs Bett. Nur ein paar Minuten die Augen zumachen und tief durchatmen – mehr nicht. Ihr Gehirn spielte nicht mit, die Gedanken spukten: Solche Serientäter sollte es geben, die dabei sein wollten, wenn ihre Opfer entdeckt wurden, damit sie sich am Entsetzen der anderen weiden konnten. Manchmal informierten die Mörder sogar selbst die Polizei, behaupteten, sie hätten den Täter flüchten sehen, und beschrieben ihn haarklein. Soll es geben ... ja, ja ... alles schon gehört ... alles schon gesehen ... alles ...

Mia wachte ein paar Stunden später aus ihrem Kurzschlaf auf. Zehn Uhr ... Sie durfte unmöglich den heutigen Tag im Bett verbringen. Ab unter die Dusche – ihr Ort der Besinnung und Ideen.

Mia glaubte nicht an einen Suizid. Daran änderte auch der Abschiedsbrief nichts. Die gekrakelten zwei Sätze, die sie in der Eile entziffert hatte, klangen erzwungen.

Meine Lage erfordert es zu gehen und *Es gibt kein Zurück mehr.* Wer schrieb so etwas freiwillig? Sätze, die sie schon tausendmal gehört hatte, im Fernsehen, im Theater, im Kino.

Alles war zu perfekt für eine Selbsttötung und wirkte arrangiert und nicht wie eine Verzweiflungstat. Verzweiflung ja, aber weil sie dazu gezwungen wurde. Außerdem, wenn man wirklich in Not war und die Absicht hatte, sich mit einer Überdosis Tabletten zu töten, wählte man dafür nicht die Öffentlichkeit, wo man jederzeit gefunden werden konnte. Nein, das fand im Schlafzimmer statt, meistens im Bett, auf der Couch oder dem Sessel. Nicht im Morgengrauen auf der Bank einer Bahnhofsstation. Mia musste herausbekommen, ob die pompöse Frau zu Lebzeiten wirklich Psychopharmaka genommen hatte und wenn ja, warum genau. Den Namen, sie brauchte dringend den Namen. Vielleicht brachte sie das ein Stück weiter. Ob der Utkieker solche Tabletten nahm? Wäre er dann nicht ruhiger? War er deshalb so nervös, weil er seine Pillen der Frau gegeben hatte?

Nein, Mia gehörte nicht zu den Menschen, die jemanden vorverurteilten – normalerweise. Nur, weil er manchmal kariert redete und durchgeknallt wirkte, musste er kein Mörder sein. Ein angehender Verrückter vielleicht, aber kein Mörder. Sie wusste nicht warum, aber sie vertraute dem einsamen Utkieker, so wie er ihr vertraute. Mia musste ihm helfen. Sie schüttelte den Kopf. War sie nicht auf dieser Insel, um über *ihre* Zukunft nachzudenken?

Erst einmal frühstücken. Am besten im *Inselcafé Gerdes*, wo hoffentlich auch ein paar Spiekerooger oder Touristen saßen, denen sie vielleicht die ein oder andere Frage stellen konnte.

Bereits von außen sah das Café einladend aus. Praktisch, dass daran sofort die *Inselbäckerei Gerdes* anschloss. Ein breiter, weißer Gebäudekomplex mit weißen Sprossenfenstern, dazu das dunkle Gaubendach. Nur hier und da gab es dunkelgrüne Kontraste, zum Beispiel in Form einer schmalen Umrandung der Fenster, der großen, geschwungen Schrift *Inselcafé* und ganz besonders bei der restaurierten grün-weißen Doppeltür mit Ornamenten und Fensterglas. Vor dem Café sah es nicht minder imposant aus. Gesäumt von hohen Bäumen, standen auf der rot-grauen Steinterrasse runde schmiedeeiserne Tische mit sonnengelben Tischdecken, daran die passend rötlichen Holzlamellen-Stühle. Rustikale Deko hier und da. Nicht zu vergessen, und nachts bestimmt wunderschön anzusehen, die nostalgischen Laternen. Alles war farblich harmonisch abgestimmt.

Mia stellte sich vor den Jägerzaun und fotografierte die Landhaus-Idylle.

Leider spielte das Wetter nicht mit. Im Gegensatz zum ersten Tag auf der Insel, an dem die Sonne voller Kraft geschienen hatte, war der heutige eher wolkenverhangen und trübe. Zu schade, Mia hätte gerne auf der Terrasse Platz genommen.

Sie öffnete langsam die Tür und bekam freie Sicht auf einen unendlich langen, hellen Flur mit alten Steinfliesen, zum Teil im Rautenmuster verlegt. Links und rechts ging es zu den Gaststuben ab. Mia entschied sich für die rechte.

Ohne zu zögern, setzte sie sich auf die Eckbank mit dem Binsengeflecht, links von ihr stand ein gusseiserner Kamin. Im Winter war es hier bestimmt sehr kuschelig warm. Sie fühlte über die Rauputzwand. Auch die Terracottafarbe gefiel ihr sehr.

»Moin«, rief Mia laut, als vier Männer den Raum betraten.

»Moin.« – »Moin.« – »Moin.« – »Moin.«

Sie unterhielten sich weiter, deutsch, ostfriesisch an-
gehaucht, und setzten sich am Tisch gegenüber. Dass
sie keine blauen Hemden mit weißen Streifen und rote
Halstücher trugen, bedeutete noch nicht, dass es keine
Ostfriesen waren. Meistens waren es die Touristen, die
sich so verkleideten. Die Ostfriesen selbst kleideten
sich eher in Jeans und T-Shirts, jung wie alt. So, wie
diese hier.

Zwischendurch bekam Mia mit, wie sie immer wieder
begutachtet wurde. Die Männer rückten zusammen und
nuschelten in ihre Bärte, so was wie »'ne Utwärtige«und
»Die will bestimmt zu Enna.«

Mia stellte sich erst einmal taub und studierte die
Frühstücksangebote der Speisekarte. Französisches
Frühstück, Kleines Frühstück, Buffet … das klang schon
mal gut. Cappuccino, Kaffee … überlebenswichtig für
sie als Kaffeetante.

Nach der Bestellung nahm sie einen unverfänglichen
Blickkontakt zum Ältesten der Runde auf und wagte
sich vor.

»Schlimme Sache«, sagte Mia in die Runde.

»Wat?«, fragte der Jüngste.

»Das mit der Frau heute Morgen, die sie gefunden
haben – am Bahnhof. Schon gehört?«

Die Männer nickten. »Auch 'ne Utwärtige«, sagten
sie fast zugleich.

»Eine Touristin?«, fragte Mia.

»Klar!«

»Sie kannten sie?«

»Maiko kannte sie«, sagte der Älteste, der anscheinend
die Worte hütete wie einen Schatz, damit nicht zu viele
verschwendet wurden.

»Wo finde ich diesen Maiko?«

Die Männer lachten. »Hier.«

Maiko zeigte mit dem Daumen auf sich. Es war der mit der runden Brille.

»Sie kannten sie?«, fragte Mia. Was die konnten, konnte Mia schon lange.

»Sind Sie Kommissarin?«, kam zurück.

»Nein – leider nicht«, sagte Mia. Die wirklich gerne eine geworden wäre, wenn sie gewusst hätte, wie kreativ der Beruf sein konnte.

»Vielleicht war sie eine Kundin von Enna, Enna Weert. Die mit dem Wasser«, brummte er.

Mia verstand zwar nicht ganz, aber, wenn er schon mal sprach, sollte er das weiter tun. »Wie heißt sie?«

»Enna Weert.«

»Ich meine die *eventuelle* Kundin. Die jetzt tot ist.«

Er schüttelte den Kopf und grinste. »Hab ich vergessen.«

»Hören Sie, ich bin zwar keine Kommissarin, aber ich ermittle in dem Fall.«

Die Männer zogen gleichzeitig ihre Augenbrauen hoch. Maiko wollte es genau wissen: »Sind Sie Privatdetektivin?«

»Ja. Ja, so ähnlich …«

Er kratzte sich am fast kahlen Kopf. »Sie hieß Karla … Karla Dickmann und kam aus Düsseldorf. Das hat sie uns bei einem Tee mit Klönschnack gesagt. Aber ob es stimmt?«

Maiko zuckte mit den Schultern.

Der Älteste legte den Zeigefinger auf seine Lippen und gab einen Zischlaut von sich.

»Mehr weiß ich nicht«, reagierte Maiko sofort.

12. Kommen Sie mit!

Mia hatte mit Widerstand gerechnet, aber dass es so schlimm werden würde … Nach dem Zischlaut des anscheinend Ältesten war bei allen vieren die Luft raus. Sie sprachen kein einziges Wort mehr mit ihr. Stattdessen sahen sie der großen, schlanken Bedienung zu, wie sie von ihrem mitgebrachten Tablett ein Stövchen nach dem anderen auf den Tisch stellte und kurz darauf mit einem Tablett voller dampfender Teepötte wiederkam, Milch, Kluntjes und je ein Gläschen Rum dazu servierte. Sie bedankten sich bei Suzana, und begannen mit ihrer Tee-Zeremonie, die Mia bereits kannte, allerdings in schlechter Erinnerung hatte.

»Möchten Sie auch ein Elführtje?«, fragte die Kellnerin, die sich nun ganz Mia widmete.

»Nein danke, lieber einen Cappuccino. Sagen Sie mal, wo kommt Ihr außergewöhnlicher Name her? Den habe ich vorher noch nie gehört.«

»Suzana? Ich komme ursprünglich aus Kroatien, lebe aber seit einigen Jahren auf Spiekeroog.« Sie steckte eine blonde Haarsträhne hinter das Ohr. Ihr Haar war glatt und halblang und sie machte eine tolle Figur in ihrem weißen, langärmeligen T-Shirt mit schwarzer Weste und der langen, schwarzen Schürze, die sie komplett um die Hose gewickelt hatte.

»Kennen *Sie* vielleicht eine Karla Dickmann aus Düsseldorf?«, fragte Mia.

Suzana schüttelte den Kopf. »Tut mir leid. Die Gäste müssen sich mir nicht vorstellen, und ich möchte nicht über die Gäste reden.«

Das konnte Mia nicht einfach so hinnehmen. »Aber diese Spiekerooger haben behauptet, mit ihr Tee getrunken zu haben.« Sie zeigte unauffällig zu ihnen hinüber.

Suzana lachte leise.

Mia wusste Bescheid und glaubte ihr mehr als den Männern.

»Es sind keine Spiekerooger, sondern Insulaner«, sagte Suzana. »Sie wurden auf der Insel *geboren* und leben hier. Die Spiekerooger *leben* nur auf der Insel, so wie ich. Mehr möchte ich wirklich nicht sagen. Entschuldigen Sie bitte, ich habe zu tun. Haben Sie schon gewählt?«

»Was? Ach so. Bitte das französische Frühstück – wenn ich schon mal auf Spiekeroog bin ...«

Mia zog ihren Kalender aus der Tasche und blätterte darin. In Wirklichkeit hatte sie ihre Ohren auf dreifache Größe ausgefahren. Vergeblich. Sie bekam nichts Sachdienliches mit.

Die Zeit war schnell vergangen, nach ihrem reichhaltigen Frühstück und der misslungenen Recherche. Mia winkte Suzana heran, gab vor, bezahlen zu wollen, was auch indirekt stimmte.

»Eine Frage habe ich noch«, leitete sie ein, »wo kann ich diese Enna Weert finden, und was für ein Geschäft hat sie?«

Die Blonde reichte ihr den Bon. Mia gab fünf Euro Trinkgeld. Einfach nur so, weil Suzana so nett war, nicht, um sie gesprächiger zu machen. Doch mit dem Namen Enna Weert hatte Mia wohl einen Nerv bei ihr getroffen.

»Pah.« Sie beugte sich vor und flüsterte: »Bitte, das ist nur privat: Diese Frau existiert nicht für mich. Mit der will ich nichts zu tun haben. Das könnte der so passen, dass ich ihr die Kundschaft schicke.«

»Aber ...«

»Nein, wirklich nicht.«

In dem Moment riss jemand die Tür auf. Zwei höchstens Neunzehnjährige betraten das Café.

Erst auf den zweiten Blick erkannte Mia, dass der Größere kein Junge, sondern ein Mädel war. Ihre Trainingshose mit den seitlichen Neonstreifen war ein paar Nummern zu klein und saß eng am fülligen Körper, darüber trug sie ein knappes Kapuzenshirt und ein viel zu kleines Base-Cap mit irgendwelchen Zeichen.

Der Junge passte zweimal in sein T-Shirt und die Worker-Jeans, wenn er sich Mühe gab. Seine schwarze Kappe mit Netzstoff an den Seiten knickte die Ohren etwas nach vorne. Alles in allem hatte es den Anschein, als hätten die beiden ihr Outfit getauscht.

»Hi«, sagte der schlaksige Junge mit heller Stimme.

Das Mädchen brummte: »Hi, Chicos!«

Ihre Rucksäcke krachten auf den Boden und sie auf die Binsengeflechtstühle. »Ey, Checker, krass. Die Chicos schädeln ab und chillaxen.« Sie zeigte auf die Rumgläser.

»Geilo meilo«, sagte er mit erhobenem Zeigefinger und kleinem Finger, was wie Teufelshörner aussah.

Mia liebte solche Situationen und war gespannt, was als Nächstes geschehen würde. Da ging es auch schon los.

Dieser Checker griff in seine Zelthose. Er holte ein Handy hervor, das noch größer als seine Hand war, und machte ein Foto nach dem anderen, wedelte mit der freien Hand, was wohl bedeutete, dass sie näher zusammenrücken sollten.

Die Männer husteten ihm was. Der mit der Kappe hielt sie sich vors Gesicht.

»Bleib mal flauschig«, sagte der Checker in seine Richtung. »Is doch bloß fürs Internet. Wirst jetzt berühmt«, und an seine Begleiterin gewandt: »Was meinst, Chica, wie viele Clicks Insulaner bringen?«

»Möp nicht. Keine Ahnung. Hasse mal 'ne Tabakwurst?«

Checker checkte, was sie meinte, und griff in seine Hose.

Mia hoffte inständig, mit ihrer heimlichen Übersetzung richtig zu liegen.

Chica nahm die Zigarette wie einen Joint an und inhalierte kräftig. Nachdem sie sich vom Verschlucken der eigenen Spucke erholt hatte und wieder Luft bekam, fragte sie: »Wat willste denn hier abreißen?«

»Draußen wird geraucht!«, rief der Ostfriese mit der Kappe.

»Bleib geschmeidig.« Sie zog noch einmal, drückte die Kippe aber sofort aus, als sich der mit dem weißen Bart, der größte der Männer, erhob.

Er war es auch, der den anderen Ostfriesen etwas zuraunte, nachdem er sich wieder gesetzt hatte. Da Mia weiter weg saß, verstand sie es leider nicht.

Chica sprang auf und ging zu den Männern. »Was'n? Menschenfresser?«, fragte sie.

»Jo!«, sagte der mit der Kappe.

»Hier auf Spiekeroog?«

»Jo!«, sagten alle.

»Is nich wahr!«

»Doch!«, meldete sich der Weißbärtige. »Hier haben sie heute Morgen eine Tote gefunden, am Bahnhof. War übel zugerichtet. Serienmörder. Hat es auf Touristen abgesehen.«

Der Älteste, der mit der Kappe, zog sie tiefer ins Gesicht.

Der andere drehte sich seitlich ab.

Chica witterte eine Sensation. Mit vor Aufregung heller Stimme ging sie zurück zu ihrem Tisch und fragte: »Haste gehört, Checker? Menschenfresser! Erwischen, filmen, ins Netz stellen und zehn Millionen Klicks … Bäm! Exclusivrechte an Sender … Laser!«

Checker hob die Hand zum High Five. »Korrekt, Alter. Wo?«, fragte er die Ostfriesen.

Die Männer tuschelten wieder.

Mia schüttelte den Kopf.

»Hey, Mann, wo?«, fragte nun Chica die Männer.

»Was wo?«, kam zurück.

Sie rollte mit den Augen. »Na, wo finden wir den Pornofooder?«

Mia musste laut lachen, wie blöd konnte man sein?

Maiko mit der runden Brille meldete sich zu Wort. »Man sagt, er treibt sich nur im Morgengrauen an den Sehenswürdigkeiten herum. Dort lauert er auf seine Opfer.« Er hob kurz die Hände wie ein Zombie und riss die Augen auf. Genüsslich grinsend griff er zur Teetasse, trank sie aus, stellte dann seinen Löffel hinein. »Seid auf der Hut! Der international gesuchte Massenmörder ist aus dem Gefängnis geflohen – aus dem Hochsicherheitstrakt.«

Der große Weißbärtige beugte sich nach vorne: »Der Killer hat eine Schusswaffe, doch er benutzt lieber das Messer – zum Aufschlitzen. Manchmal gebraucht er auch Gift für seine Opfer, damit er sie in Ruhe aufschlitzen kann.«

Checker wippte mit den Beinen.

Chica beleckte sich die Lippen. Ihre Augen glänzten fiebrig.

»I'm in! Läuft!«, rief der Checker.

»Yipp«, sagte Chica. »Wir teilen uns auf, Bro.«

»Welche?«, fragte Checker die Ostfriesen.

»Welche was?«, fragten sie gleichzeitig.

»Welche Sehenswürdigkeiten habt ihr?«

Mia zog die Inselkarte hervor. Unauffällig. Sie hatte keine Lust, sie aus der Hand gerissen zu bekommen. Mit einer schnellen Bewegung legte sie die laminierte Speisekarte darunter und hob beides hoch.

Sie vertiefte sich darin, weil sie es nun auch wissen wollte. Welche Sehenswür…

Ein Rums erschütterte die Stille. Chica schlug hinter Checker die Caféhaustür zu. Die Männer am Stammtisch sahen sich kurz an und brachen in ein donnerndes Gelächter aus.

Suzana kam an ihren Tisch. »Habt ihr wieder eure Späße gemacht?«

»So sind wir nun mal, Deern. Die anderen machen Witze über uns und merken nicht, wie wir Witze über sie machen.«

Mia wusste natürlich sofort, dass es von den Männern maßlos übertrieben war. Von einem Serienmord war nie die Rede gewesen und übel zugerichtet war die Tote auch nicht, wenn man mal von ihrem pompösen Outfit absah. Wie skrupellos dieses Pärchen doch war! Sie spiegelten Mias Beobachtungen wider, die sie in letzter Zeit gemacht hatte. Egal wo, überall standen oder gingen die Menschen mit ihren Handys in der Hand. Kein Unfall war zu schlimm, um gefilmt oder fotografiert zu werden, keine Situation war peinlich genug, um sie mit einem Handyfoto oder -filmchen im Internet nicht noch peinlicher zu machen. Meistens waren es junge Leute, aber sie hatte auch ältere gesehen. Für all diese Voyeure schämte sie sich. Machte ja sonst keiner.

Mia hatte sich in Rage gedacht und raffte ihre Siebensachen zusammen. Sie wollte sich die Sehenswürdigkeiten ansehen – nur so, als Touristin, versteht sich. Bei den geringen Entfernungen durfte das kein Problem sein.

Sie stand auf und verabschiedete sich von den Männern mit einem »Holl di munter!«, was so viel wie: Auf Wiedersehen! Bleib gesund! hieß. Das hatte sie vom Prospekt abgelesen.

Die Männer grüßten mit einem »Jo«zurück. Mehr hatte sie auch nicht erwartet.

Doch weit kam Mia nicht. Sie wurde an der Tür abgefangen.

Der rothaarige Polizist von heute Morgen stand breitbeinig davor. Er hielt eine Hand am Ledergürtel, an der auch Pistole, Taschenlampe und Handschellen befestigt waren.

»Da sind Sie ja! Habe Sie überall gesucht«, sagte er zu Mia. »Kommen Sie mit! Mein Kollege möchte Sie sprechen.«

13. Auf der Polizeistation

Die Insulaner tuschelten. Mia kam sich wie eine Schwerverbrecherin vor, fehlte nur noch, dass die Handschellen klickten. Ihre angestrebte Grundsatzdiskussion über miese Gefühle bei rauem Umgangston ging unter. Da hätte sie sich auch mit einer Möwe unterhalten können, die hätte wenigstens gelacht.

Im Eilschritt sausten sie den Slurpad entlang. Der Polizist schob sein Fahrrad. Würden sie jetzt geradeaus gehen, kämen sie direkt zum Utkieker-Denkmal, wo sie den Utkieker alias Ubbo Kramer das erste Mal getroffen hatte. Aber so bogen sie nach rechts in den Tranpad ein. Das zweite Haus auf der linken Seite war die Polizeistation, was man bereits von weitem gut erkannte. Der blaue Leuchtkasten mit der Aufschrift POLIZEI, unübersehbar. Wenn er nicht dort hängen würde, könnte man glatt vermuten, dass es sich um das Backsteinwohnhaus einer Großfamilie handelte.

Mia wurde vorgelassen. Nach einem kurzen Gang durch den Flur kamen sie ins Büro. Zwei Schreibtische standen sich gegenüber, Büropolsterstühle davor. An den Wänden ringsherum befanden sich Tische, auf denen das Fax, der Drucker, ein ältliches und ein offensichtlich moderneres Funkgerät standen. Dazwischen Papiervordrucke, Ablagekörbchen, Kaffeepad-Maschine und so weiter. Mia wurde von ihren Betrachtungen abgelenkt. Der Polizist warf seinen Schlüsselbund aus zwei Meter Entfernung auf den Tisch, der hinter seinem Schreibtisch stand, ungeachtet der Klarsichthülle, die dort lag. Die gab dem Schlüssel zusätzlichen Schwung und schleuderte ihn gegen die Rose in der Blumenvase, die umkippte und zerbrach.

Nach dem Scheppern machte sich sofort ein übler Gestank nach faulem Wasser breit. Mia hätte flüchten können. Sie blieb dann doch vor dem Schreibtisch stehen, in der Haltung eines Tauchers, der jeden Moment ins Wasser springt – ins eiskalte Wasser.

»Werden Sie nicht albern«, sagte der Polizist, der mit einer Zelltuchrolle aus der Kaffeeküchenecke auf sie zielte. Er hockte sich vor den selbst verursachten Tatort und riss ein Tuch nach dem anderen ab, drückte es mit spitzen Fingern in die Flüssigkeit. Die triefenden Tücher warf er in den Papierkorb neben sich und stellte diesen nach nebenan ins Zimmer. Noch ein Büro? Oder Wohnzimmer? Oder Vernehmungszimmer? Mia reckte den Hals.

»Zur Sache!«, sagte er, als er wiederkam. Er wischte sich die feuchten Hände an der Hose ab, und rollte, auf dem Stuhl sitzend, seine Beine unter die Tischplatte.

Mia setzte sich ihm gegenüber. Er hätte sie ja auch mal dazu auffordern können.

»Bis mein Kollege aus Aurich hier eintrifft, nehme ich schon mal Ihre Personalien auf. Name?« Er zog die

Computertastatur zu sich heran.

»… und Ihrer?« Mia hatte seinen entweder vergessen oder noch nicht gesagt bekommen.

»Polizeihauptkommissar Tido Tommssen. Lenken Sie nicht ab. Also, Name?«

»Sie haben sich doch heute Morgen bereits alles notiert«, meinte Mia.

»Spielt keine Rolle. Also: Name, Adresse …?«

Sie leierte es herunter, wobei Mia bei der Mobilnummer wieder Schwierigkeiten hatte.

Das Telefon dudelte. Er sah auf das Display, hob den Hörer ab und knurrte hinein: »Spiekerooger Polizeistation, PHK Tommssen! Ja, danke für den Rückruf. Wie?« Zum ersten Mal sah Mia den großen Rothaarigen in der blauen Uniform lächeln. »Ja, ich bin von Kiel abkommandiert worden. Soll für drei Monate auf der Insel Vertretung machen. Warum habt ihr mir so plötzlich meinen Begleiter abgezogen? Okay, das geht natürlich vor. Es kommt auch keiner aus Aurich? Verstehe. Sicher, ich kümmere mich so lange alleine darum. Die Fünften und der Doc waren schon da. Sitze gerade am ersten Bericht und befrage eine Zeugin. Gut, ja, dir auch. Tschüß.« Tido Tommssen legte auf und warf sich in die Brust. »Jetzt weht hier ein anderer Wind!«, sagte er zu Mia. »Mein Kollege aus Aurich wird nicht kommen, wie Sie ja gehört haben. Sie müssen mit mir vorliebnehmen.«

Mia nickte, aber nicht aus dem Grund, den er hätte meinen können, sondern weil sie sich in ihrer Ansicht darüber bestätigt fühlte, was ihr Gegenüber für ein Typ war. Er könnte ihr viel Ärger bereiten, wenn sie nicht aufpasste.

Sie zögerte, fragte dann aber doch: »War es Mord?«

Er winkte ab. »Übertreiben Sie nicht! So, wie es aussieht, haben wir es mit einem natürlichen Tod zu tun, was auch der Arzt auf dem Totenschein bescheinigt hat. Brauche nur Ihre Personalien, für den Polizeibericht. Wann haben Sie was gesehen? Schildern Sie bitte den genauen Ablauf.«

»Das habe ich auch berei...« Mia war fassungslos, brauchte einen Moment.

Er sah in sein Notizbuch. »Ja ja, Sie waren gegen 6:15 Uhr am Bahnhof vorbeigekommen, weil Sie am Strand den Sonnenaufgang sehen wollten. Mal eine persönliche Frage: Will man im Urlaub nicht mal ordentlich ausschlafen? Außerdem ist es ein Riesenumweg zum Strand. Wer macht denn so was?«

»Ich!« Mia schlug auf die Tischplatte.

»Haben Sie die Frau gekannt?«

»Vom Ansehen her nicht. Wenn Sie mir sagen, wie sie heißt und woher sie kam, werde ich darüber nachdenken, ob ich sie kennen müsste.« Mia hatte den Namen zwar von den Insulanern im Café gehört, aber auf die konnte sie sich nicht verlassen. Wer hieß schon Karla Dickmann?

Tommssen stutzte, sah in die Akte. »Gut, dann frage ich direkt: Kennen Sie eine Karla Dickmann aus Düsseldorf?« Er beugte sich nach vorne, sah ihr direkt in die Augen. »Sie kommen doch vom Niederrhein, aus Krefeld, ist doch gar nicht so weit weg. Wollten Sie hier eine gemeinsame Kur machen? Eine Abnehmkur? Hatten Sie sich verabredet?« Sein Kopf lief puterrot an. Bestimmt hielt er sein Lachen zurück.

Auch Mias Wangen glühten. »Das geht zu weit!«, rief sie und hob den rechten Zeigefinger. »Nein, ich kenne keine Dickmann. Nein, ich brauche keine Abnehmkur! Ja, ich fühle mich wohl so!« Mia log in dieser Beziehung gerne. Niemand durfte ungefragt ihren Nerv treffen. Da war sie empfindlich, aber ganz empfindlich!

Sie setzte sich kerzengerade hin und zog den Bauch ein. »Nicht mit jedem, der vom Niederrhein und aus der Umgebung kommt, bin ich verwandt oder verschwägert, und wir Niederrheiner sind auch nicht alle übergewichtig.«

»Nicht alle Ostfriesen tragen Gummistiefel und Ostfriesennerze, und doch gibt es welche«, sagte er.

»Warum fragen Sie das alles?«, hakte Mia nach. »Wenn es sich doch um einen natürlichen Tod handeln soll und nicht um einen Suizid oder erzwungenen Suizid.«

»Wie kommen Sie nur auf Suizid?«, fragte Tommssen.

Mia drehte sich auf dem Stuhl hin und her. Gerne hätte sie sich um die eigene Achse gedreht. Sie stoppte. »An die Handtasche unter der Bank und die Tabletten haben Sie doch sicher gedacht, den Abschiedsbrief gesehen, oder?«

Tommssen grinste sie an: »Welcher Abschiedsbrief? Welche Tabletten? Das müssen Sie geträumt haben.«

»Aber ich … Sie …« Mia kochte innerlich. »Ich habe Sie extra darauf aufmerksam gemacht!«

»Ich habe nichts gehört und gesehen«, sagte er. »Der Arzt hat sein Kreuz an der richtigen Stelle gemacht. Kein Zweifel. Karla Dickmann war bei ihm in Behandlung. Er muss es ja wohl am besten wissen, woran sie gestorben ist.«

»Wurde das Wasser in der Flasche schon untersucht?« Mia hätte sich die Antwort selbst geben können. Auch die Existenz der Flasche konnte sie nicht beweisen.

»Leitungswasser«, murmelte Tommssen, gedanklich weit entfernt.

»Es wird also keine Obduktion geben?« Sie zeigte auf die Akte, die vor ihm lag.

Er öffnete tatsächlich den Heftordner, einfach nur so.

»Dazu besteht kein Grund. Wie gesagt, der Arzt kennt das Krankenbild.«

Mia empörte sich: »Das ist ja … Das ist ja unglaublich, was Sie da sagen!«

Tido Tommssen hob die Augenbrauen. »Wirklich?« Er ging zur Kaffeepadmaschine und kam mit einer vollen Tasse zurück, aus der er einen ersten Schluck schlürfte. »Das war's dann. Einen schönen Aufenthalt auf der Insel.« Er begleitete sie zur Tür.

14. Der unschuldige Mario

Mia brauchte lange, um sich zu beruhigen. Hätte sie doch nur Fotos vom Tatort gemacht. Aber so … Sie musste versuchen abzuschalten. Heute war ihr fünfzigster Geburtstag. Sie mochte jetzt nicht alleine sein. Nicht heute. Gerade weil sie ihre Ruhe haben wollte, war sie an diesem Ehrentag auf die Insel geflohen, und nun das.

Ihre Trödelmarktschwestern spielten die Beleidigten, seit sie gehört hatten, dass dieses Jahr – ausgerechnet dieses Jahr! – nicht gefeiert werden sollte. Mia ahnte, wie es nun vor ihrer Haustür in Krefeld aussah. Man hatte etwas von einer Aktion gemunkelt. Oder war es eine Demonstration? Auf alle Fälle acht Blumensträuße, daneben fünfzig Geburtstagskerzen und ein großes Schild, auf dem *WARUM?* stand. Was sollten die Nachbarn nur denken? Nicht, dass sie etwas falsch verstanden.

Mia war durchaus bereit, einen Kaffee auszugeben und Kuchen zu backen, nur nicht an diesem einen speziellen Tag. Alle Geburtstage danach sollten ihr egal sein und spätestens ab dem achtzigsten würde sie sich sowieso nicht mehr wehren können, wenn der Männergesangsverein und der Bürgermeister aus dem Dorf kamen, sich kurz von der ebenfalls erschienenen

Presse ablichten ließen und dann wieder zur nächsten Feier hetzten.

Bevor Mia das Restaurant aufsuchte, in dem sie sich selbst eine lukullische Party geben wollte, verordnete sie sich einen ausgiebigen Strandspaziergang. Wie praktisch die Wege auf der Insel waren! Sie führten kreuz und quer und überall hin.

Die Spiekerooger waren gescheit, dass sie auf ihrer Insel das Autofahren verboten. Was das wohl für ein Gedränge wäre, wenn Tausende von Touristen mit ihren Blechkarren anrückten. Aber womit rückte eigentlich die Feuerwehr an? Hatten sie eine Handdruckspritze aus dem 19. Jahrhundert, die kräftige Männer an Gurten hinter sich herzogen, oder musste das Pferd von der Museumspferdebahn jederzeit einsatzbereit sein oder ein Pferd vom Reitstall, den es hier auch gab?

Werde nicht albern, Mia, sagte sie zu sich selbst.

Auch wenn sie der festen Überzeugung war, dass die Feuerwehrmänner mit modernsten Fahrzeugen und Gerätschaften zum Einsatz fuhren, nahm sie sich vor, nach ihrem Spaziergang am Strand über die Noordertün zu gehen und das Gebäude der Feuerwehr zu erkunden.

Der Strandspaziergang zog sich in die Länge. Im wahrsten Sinne des Wortes. Sie war nach zwei Stunden strammen Fußmarsches fix und fertig. Dabei wäre sie so gerne zum östlichsten Punkt der Insel gegangen, zur Ostbake. Als sie bemerkte, dass die Hacken ihrer Füße blutig waren, gab sie das Vorhaben auf und zog die Schuhe aus. Oh je, zwei dicke Blasen. Ab ins Wasser. Salz desinfizierte doch, oder etwa nicht? Egal. Sie brauchte dringend eine Abkühlung.

Gegen Abend machte sich Mia humpelnd auf den Weg zum ältesten Haus Spiekeroogs, dem *Alten Inselhaus* von 1705. X-mal war sie daran vorbeigekommen und jedes Mal hatte das tiefgezogene Dach sie beeindruckt. Es hatte rote Dachpfannen. Nein, eigentlich grün bemooste. Das Rot war kaum mehr zu erkennen.

Bereits beim Eintritt ins *Inselhaus* musste sie sich bücken, um durch die grün-weiß gestreifte Tür mit Fensterglas zu kommen. Mia schätzte, dass nur Menschen mit maximal 1,65 Metern geraden Hauptes durchgehen konnten.

Staunend blieb sie im Flur stehen. Müsste sie ihren ersten Eindruck vom *Inselhaus* in einem Wort beschreiben, hieße es ›Zeitreise‹. So könnten die Wohnstuben im achtzehnten Jahrhundert ausgesehen haben. Nun waren sie zu einem Restaurant-Café umfunktioniert worden. Das dunkle Balkenwerk des Dachstuhls war teilweise sichtbar gelassen, die Zwischenräume der niedrigen Decke hell vertäfelt. Weiße Putzwände. An einigen befanden sich Motivkacheln, wie man es von den Delfter Kacheln aus dem 18. Jahrhundert kannte. Vom Flur gingen wieder mehrere Gaststuben ab. Am oberen Türrahmen der wohl niedrigsten Tür hing eine gepolsterte Rolle mit der Aufschrift *Wahr dien Kopp*. Mia mied sie ganz und bevorzugte die nächste Stube. Auch hier wieder dunkle, rustikale Tische mit Binsengeflecht-Stühlen auf alten Steinfliesen. Dunkelblaue Gardinen mit Volant an den weißen Sprossenfenstern, kunstvoll verzierte Petroleumlampen aus Glas und bemaltem Steingut, betrieben mit Glühbirnen. Barockspiegel, Dunkle Ölbilder … Mia holte tief Luft.

Ein Hauch von köstlichem Bratkartoffelduft folgte dem *Inselhaus*-Besitzer, der sich persönlich um seine Gäste kümmerte. Hatte Mia vorhin noch ein Bedürfnis nach lukullischem Luxus gehabt, so verlangte sie nun nach Bratkartoffeln à la Großmutter, dazu Sahneheringsfilet und fertig.

Auf vielen Tischen standen *Reserviert*-Schilder. Sie suchte einen freien Fensterplatz. Mia bestellte ihr Menü und ein Glas Champagner dazu. Zur Feier des Tages. Sie sah nach draußen und bewunderte den verwunschenen Garten. Vieles war naturbelassen statt bis zur Unkenntlichkeit gestutzt. Erste Frühlingsblumen blühten. Ein Traum. Ja, hier auf Spiekeroog konnte man es aushalten. Die Luft, die See, der Strand, die wunderbaren Geschäfte und Lokale, das leckere Frühstück … Aber was war das alles ohne den richtigen Partner an der Seite, mit dem man die schönen Eindrücke teilen konnte, damit sie doppelt so schön wurden?

Sie tröstete sich. Sie war nicht die Einzige, die alleine gekommen war. Am Nachbartisch saß eine attraktive Frau, noch keine dreißig, oder doch schon? Lange, dunkle Haare, leicht gebräunte Haut, gepflegt, geschminkt, modern gekleidet im Business-Look, als käme sie direkt aus der Großstadt und hätte hier das Geschäft ihres Lebens abgeschlossen. Dazu passten auch ihre Haltung und Mimik. Die Schultern gestrafft, die Mundwinkel zu einem diebischen Grinsen verzogen, und dann diese unnatürlich glänzenden Augen. Jetzt wusste Mia auch warum, sie hatte eine fast leere Flasche Rotwein vor sich stehen und goss nun den Rest in ihr Glas.

»Haben Sie auch etwas zu feiern?«, fragte Mia vorwitzig, wie sie nun mal war.

»Ja, das kann man so sagen.« Sie erhob das Glas: »Auf die Liebe! Die verdammte Liebe!«

Oh, darauf trank Mia gerne. Punktgenau brachte der Inhaber das Glas Champagner. Sie schickte ihn sofort noch einmal los. »Auf die verdammte Liebe und meinen Geburtstag!«, sagte Mia. »Ich gebe einen aus.«

»Das nehme ich gerne an.« Die große Frau kam mit ihrem Rotweinglas zu Mia und stieß so heftig damit an, dass ihr beinahe das Glas aus der Hand rutschte.

Na, wenn das mal gut ging. Selbst schuld, dachte Mia und fragte ihre neue Bekanntschaft laut: »Wie lange sind Sie schon auf Spiekeroog?«

»Vier Tage. Aber ich komme seit fünf Jahren auf die Insel und werde ab sofort für immer bleiben.« Sie setzte sich auf den Stuhl vor Kopf. Ihr Kostümrock zeigte mehr von ihren wohlgeformten Beinen.

»Oh, wie schön!«, rief Mia aus und überlegte, ob sie sich jemals vom Niederrhein, von ihrer Heimat für immer trennen könnte. Aus Liebe? Hm … schwer zu sagen. Sie bewunderte die Menschen, die es konnten, oder sollte sie sie bedauern?

»Wie man's nimmt«, sagte die Neu-Spiekeroogerin. »Es gibt noch vieles zu klären, bis es so weit ist. Aber auch das bekommen wir hin.«

»Wir?«, fragte Mia, die mit ihrer Neugier im Leben weit gekommen war.

»Mein zukünftiger Mann und ich. Endlich habe ich einen fürs Leben gefunden. Mit ihm kann ich glücklich werden. Haben Sie auch einen Mann?« Sie öffnete den obersten Blusenknopf. Vermutlich wurde ihr allein bei dem Gedanken an ihn heiß.

Mia druckste herum.

»Haben Sie einen oder haben Sie keinen?« Der Tonfall wurde aggressiv.

»Ja, ich meine nein … Also, ich weiß nicht so recht, ich …« Mia trank lieber aus ihrem Glas, damit sie das gleiche Level erreichte und die Antworten mehr aus dem Bauch heraus kamen.

»Kenne ich«, sagte die Schöne. »So einen Mistkerl hatte ich auch mal. Mehrere gleichzeitig. Die waren sogar bereit, dafür zu bezahlen. Ich bin doch keine Schlampe! Habe ich natürlich nicht angenommen. Ausgenutzt haben die mich. Kamen an wie die Stechmücken.« Sie sah auf ihren Arm und schlug zu.

Gab es hier wirklich Mücken? Inselmücken? Mia reichte ihr das Glas Champagner, das mittlerweile serviert worden war, und hielt ihres hoch.

Bevor die Erfreute anstieß, wünschte sie ihr zum Geburtstag viel Glück. Glück bei den Männern! »Wie alt sind Sie denn geworden?«

»45 E«, sagte Mia.

»So jung? Alle Achtung! Ich hätte Sie auf fünfzig geschätzt.«

Kinder und Besoffene ..., dachte Mia, doch dann wurde sie traurig. »Schade, dass meine Mutter nicht mehr lebt. Sie hätte wieder einen dicken Strauß rote Rosen von mir bekommen. Schließlich hat sie mir mein Leben geschenkt.« Sie wischte sich eine Träne aus dem Augenwinkel. »Ich vermisse sie so sehr!«

»Ich vermisse meine nicht!«, rief die Rabentochter und straffte den Körper. »Meine Mutter hat sich nie um mich gekümmert. Erst als ich erwachsen war. Weil sie mein Geld wollte. Von da an terrorisierte sie mich aufs Übelste. Wäre mein Vater nicht gewesen ... ich hätte nicht länger leben wollen. Doch dann starb er zu allem Elend, und ich musste mich alleine durchs Leben kämpfen.«

Mia bedauerte es, dass die Stimmung kippte. Sie räusperte sich mehrmals, bekam den Kloß aus dem Hals nicht weg. »Ent ... schuldigen Sie bitte, ich muss mal kurz ver ... schwinden.« Ihr liefen die Tränen die Wangen hinab.

Als Mia sich wieder gefangen hatte und an ihren Tisch zurückkam, war die Frau verschwunden, als sei alles nur ein Traum gewesen.

Der Inhaber kam fröhlich in die Stube und servierte die Bratkartoffeln und den Fisch, fragte, ob sie noch einen Wunsch habe. Hatte sie, aber den konnte er ihr nicht erfüllen. Mia verneinte. Auf halbem Weg rief sie ihn zurück.

»Bringen Sie mir danach …«, sie zeigte mit Messer und Gabel auf ihren Teller, »einen Cappuccino und ein Stück Apfelkuchen mit Sahne bitte!«

Das Leben ging weiter. Zum Glück.

Mia hatte ihre Bestellungen nicht bereut. Nicht nur die Bratkartoffeln mit Speck, sondern auch der lauwarme Apfelkuchen aus dünnem Strudelteig und die samtige Sahne waren ein absolutes Gedicht. Einziger Nachteil: Sie drohte zu platzen. »Einmal nach Hause kugeln, bitte«, sagte sie bei der Bezahlung. Die mittlerweile eingetroffenen und an den Tischen sitzenden Gäste lachten laut.

Mia gab sich einen Ruck. Genug Geburtstag gefeiert. Wichtige Aufgaben standen an, da durfte sie keinesfalls schlappmachen. Zwar war ihr ganzes Blut jetzt im Magen und nicht im Gehirn, aber sie versuchte es dennoch und nahm ihren Kalender hervor, blieb noch kurz sitzen. Sie versuchte, sich den Wortlaut des Abschiedsbriefes in Erinnerung zu rufen. Wie war das noch … *Ich, Karla Dickmann, scheide freiwillig* … und dann … *Habe mein Leben gelebt*, nein, … *verpfuscht* …

Verflixt, wie war das noch? Falsch, ganz falsch. Weg, alles weg, als habe jemand ihre Gedächtnisfestplatte gehackt und alles gelöscht.

Ihr Handy vibrierte in der Tasche, weil sie ihm das Klingeln verboten hatte. Mario! Mia sah auf das Display, auf dem groß sein Name stand und ihr gemeinsames Foto vor der Fähre erschienen war, das sie vor der Abfahrt gemacht und als Hintergrundbild eingestellt hatte. Da war die Welt noch in Ordnung gewesen.

Sie drückte auf *Annehmen*.

»Zum Geburtstag viel Glück! Zum Geburtstag viel Glühück! Zum Geburtstag … zum Geburtstag … zum Geburtstag viel Glüüüüüück! Hallo, mein Schatz! Ich wünsche dir alles, alles …«

Mia schluckte. Es war so schön, seine Stimme zu hören, sie war so vertraut, so tief, so männlich. Er war so verdammt männlich, so testosterongeladen, so schwanzgesteuert, so betrügerisch.

»Hallo, Mario«, sagte Mia.

»Mehr nicht?«, fragte er.

»Wie geht es dir? Amüsierst du dich?« Mit Wucht warf sie die liegen gebliebene Serviette auf den abgeräumten Tisch.

»Das wollte ich dich fragen.«

»Ich stehe jedenfalls nicht vorm Traualtar und schreibe morgens um 4:04 Uhr keine unverständliche SMS an zwei Frauen zugleich.« Sie bemühte sich, leise zu sprechen, und zischte es mehr.

»Sie hat dir also unsere Geschichte erzählt?«

»Ja, hat sie und dass ihr immer noch Kontakt habt und dass sie dich noch immer liebt und ihre Absage kurz vor der Heirat bereut hat und meint, du wärst bestimmt ein liebevoller Vater.«

»Oho! Das ist ja mal eine schöne Nachricht.«

»Gibt es noch mehr Verflossene? Oder Kinder … von denen du weißt?« Sie schluchzte, bevor sie weitersprechen konnte: »Natürlich hat jeder von uns eine Vergangenheit, aber ich dachte, wir wären immer ehrlich zueinander …«

»Mia!« Er lachte.

Das machte sie noch wütender. »… und haben es nicht nötig, uns zu hintergehen …«

»Mia, hör doch …« Ihm verging das Lachen.

»… weil wir offen miteinander reden können.«

»Ich …«

»Brauchst du mich nur als Boxenstopp, bis sie dir endgültig ihr Ja gibt?«

Er wurde laut: »Darf ich jetzt auch mal reden?«

»Bitte.«

»Ich habe nichts dazu zu sagen. Es ist, wie es ist. Du musst dich damit abfinden. Fee gehört zu meiner Vergangenheit. Sie gehört zu meinem Leben. Wir haben viel miteinander durchgestanden.«

»Ach!«, zischte Mia. »Wir nicht?«

»Wir auch. Sehr viel sogar. Du gehörst selbstverständlich auch zu meinem Leben und dich liebe ich!«

»Klar, und Fee auch … und Brigitte, Claudia, Carmen oder wen gibt es da noch? Mit wem muss ich mich noch abfinden? Ich dachte, du hättest mir zugehört, als ich von Bodo und seinen Affären sprach und dass ich mir so etwas nie mehr gefallen lassen würde. Solange ich lebe!«

Stille.

»Noch da?«, rief Mia.

»Ja, sicher!«

»Ich aber nicht!« Sie hämmerte auf den *Aus*-Knopf. Ein Billig-Display wäre zersprungen.

Mia bestellte sich beim Hinausgehen, im Flur, eine Flasche Rotwein zum Mitnehmen. Ab zur Ferienwohnung und heulen … oder trinken … oder beides – oder beides lieber nicht. Sie ließ die Flasche zurückgehen.

15. Strandkorb 232

Nun war ihr Geburtstag also vorbei. Mia begrüßte das sehr. Fünfzig Jahre und einen Tag war sie nun alt. Wie ein schwerer Sack war sie nach einem Kurzbesuch im Bad auf die Kissen gefallen. Diese Nacht hatte sie noch nicht einmal geträumt, ein Glück.

Die Uhr zeigte erst 5:30 Uhr. Hellwach, die Gedanken versammelten sich zur Teambesprechung. Mal ging es um den Utkieker, mal um Mario, mal um die tote Karla Dickmann und um Enna Weert, deren Kundin sie gewesen sein sollte. Außerdem lag immer noch der Fluch auf Mia. Diese Hexe musste sie sich auch noch schnappen. Mia war es satt, sich ständig irgendwelche Zusammenhänge einzureden.

Sie schrieb dem Utkieker eine SMS. Gut, dass er sie das letzte Mal angerufen hatte und die Nummer nicht unterdrückt war. Sie hatte sie schnell mit Namen abgespeichert. Jetzt war das ihr Glück und vielleicht auch seines. *Neun Uhr am Utkieker-Denkmal?* Mia musste ihn treffen, fragen, ob er Neuigkeiten für sie hatte. Doch dann löschte sie die SMS wieder und legte ihr Handy auf den Stuhl neben sich. Ihr war eine viel bessere Idee gekommen: In Ruhe am Strand die Sonne begrüßen und danach im *Inselcafé* gemütlich frühstücken. Ab acht Uhr war das möglich.

Ihr Ziel für den heutigen Tag: Zur Ruhe kommen und Punkte auf der To-do-Liste streichen, *ohne* sie zu erledigen. Also erst einmal heiß duschen und ab zum Strand, sich in einen Strandkorb setzen und einfach nur das Leben genießen. Hoffentlich standen dort einige zur freien Verfügung, ohne Gitter. Müsste eigentlich, die Schulferien der Bundesländer waren vorbei.

Mia freute sich wie ein kleines Kind, als sie an einer Gruppe mit Strandkörben ankam und sie freie Auswahl hatte. Sie nahm den, der am nächsten zur See stand. Mit der Wolldecke aus der Wohnung machte sie es sich in der goldenen Mitte gemütlich. Ihren Krimi holte sie nicht hervor. Das, was sie hier auf der Insel erlebt hatte und höchstwahrscheinlich noch erleben würde, war ihr Krimi genug. Stattdessen schrieb sie all das auf, was sie über die Tote wusste und was sie noch wissen musste, um in der Angelegenheit weiterzukommen. Moment … wie war das mit der Ruhe und dem Leben genießen? Sie hielt kurz inne …

… war es für den Täter wirklich so günstig, auf einer Insel zu morden? Ja, war es. Aber nur, wenn er sofort mit der Fähre auf das Festland verschwinden konnte. Für Mia war es sonnenklar, dass Karla Dickmann getötet worden war. Das mit den verschwundenen Tabletten und dem Abschiedsbrief hielt sie erst recht nicht von diesen Gedanken ab. Das Motiv? Welches Motiv mochte er haben? Von einem Profiler wusste sie, dass es nur sehr wenige Motive für einen Mord gab: verschmähte Liebe, Kränkung des Selbstwertgefühls und Habgier. Wobei die Grenzen manchmal fließend waren. Neunzig Prozent der Morde waren Beziehungstaten. Mörder aus reiner Lust am Töten gab es sehr selten. Letzteres beruhigte Mia jetzt nicht unbedingt.

Sie stand auf und schlang die Decke um ihren Körper. Noch war es kühl und windig. Die vom Wetterbericht meinten, es gäbe im Laufe des Tages nur Sonnenschein. Na ja … auch denen musste sie erst einmal glauben.

Da hörte sie eine Stimme, keine innere, sondern eine hohe. Eindeutig die Checker-Stimme. Checker – der nach seiner Chica rief. Mal hieß sie Bro, mal Sista, Homie oder Shakira. Letzterer war wohl ihr richtiger Name.

Stimmt ja auch … die beiden hatten sich getrennt

voneinander auf die Lauer legen wollen, um von dem angeblichen Massenmörder Fotos zu machen oder einen Film zu drehen. ›Kein Scherz, Alter!‹

Checker rief lauter und hysterischer. Mia lünkerte seitlich an ihrem Korb vorbei und sah, wie er durch die Reihen der Strandkörbe ging. Egal, was Mia nun machte, sie würde ihn erschrecken, selbst wenn sie laut: »Nicht erschrecken!« rief.

Schnell zog sie sich zurück und die Decke über den Kopf, hoffte Shakira-Chica würde sich gleich melden.

Lange hielt Mia das nicht aus. Sie schnappte nach Luft, lauschte. Warum war es plötzlich so ruhig geworden? Sie sah nach. Checker stand vor einem Strandkorb und raufte sich die Haare.

»Neeeein! Hölle! Chica! Chica! Sag doch was!«

Mia sprang auf, wollte zu ihm laufen und helfen. Die Polizei musste kommen, der Notarzt, falls nötig. Doch da hörte sie Checker hysterisch lachen. Er plumpste in den Sand. Chica warf sich auf ihn. Sie rollten hin und her und amüsierten sich. Mia versteckte sich ein paar Körbe weiter.

Er japste: »Du Klatschkaspar! Das war spooky – Gehirnfasching!«

»Chill die Base! Is ja nix passiert.« Chica riss seine Kappe vom Kopf, zog sie sich an und ahmte ihn übertrieben nach.

Checker fand das nicht witzig. »Therapier mich nicht. Und jetzt?« Er holte sich die Base-Cap zurück. »Total öde hier. Die vier Frikos haben das voll gescripted. Lass was trinken gehen. Hab 'nen Iltis auf der Zunge.«

Sie schlenderten am Wasser entlang, kamen direkt auf Mia zu. Chica trank im Gehen aus einer Dose, zerquetschte sie und ließ sie fallen. Nun biss sie in ein Stück Pizza und warf den Karton wie ein Frisbee auf die See hinaus.

Checker hielt sie am Arm fest. »Stopp mal! Ich hab da was.« Er hielt sein Handy hoch.

Puh. Glück gehabt. Mia versteckte sich schnell hinter einem Strandkorb.

»Ist das Pic porno?«, fragte Checker.

Chica sah sich das Foto an: »Hammer! Wo? Wann?«

»Eben, am Strand, ganz in deiner Nähe. Haste das verpeilt?«

Sie nahm ihm das Handy ab. »Der ist auf der Flucht. Eindeutig! Crank!«

»Hab dein Leben gerettet!«, sagte Checker. »Der hätt dich abgestochen.«

Chica torkelte nach hinten. »Mindfuck!«

Er schubste sie. »Worauf wartest du? Lass die Haare wehen. Wir müssen vorsichtiger sein, sonst bringen die uns im Holzpyjama von der Insel!«

Mia lief den beiden hinterher, gebückt, von Strand-korbbrücken zu Strandkorbbrücken. Inständig hoffte sie, dass Chica und Checker am Wasser blieben. Machten sie auch. Doch dann das: Knutschalarm! Das konnte dauern! Ohne das Liebespärchen aus den Augen zu verlieren, schlich Mia um einen Strandkorb herum, kniete sich auf den Sand und schaute vorsichtig über die Lehne. Hier stimmte etwas nicht! Im Augenwinkel bekam sie mit, dass der Korb besetzt war. Sie schrak herum und sah die fahle, reglose Person. Eine junge Frau mit langen, dunklen Haaren.

Mia hielt die Luft an, pustete sie nur langsam durch ihren gespitzten Mund wieder hinaus. Chica und Checker gingen weiter, Richtung Dorf. Puuuhhh!

Auf Knien rutschte Mia um den Strandkorb herum. Trübe, grüne Augen starrten sie an. Mia zuckte zurück. Ausgerechnet mit dieser Frau hatte sie sich gestern Abend im *Alten Inselhaus* unterhalten. Nun lag sie im Strandkorb vor ihr, die Haare wild durcheinander, der Rock ihres Kostüms mehr als nur vom Sitzen hochgerutscht und an einer Seitennaht eingerissen. Diese Frau hatte deutlich an Attraktivität verloren und zudem Untertemperatur. Einen Puls fühlte Mia nicht. Sie zupfte eine Lage von ihrem frischen Tempotuch ab, was mit ihren zittrigen Fingern nicht so einfach war, und hielt es ihr vor die Nase und den offenstehenden Mund. Doch nicht der Atem, sondern der Wind wehte das hauchdünne Zelltuch hin und her. Dieser Test funktionierte wohl nur an windstillen Tagen. So viel Zeit hatte sie nicht.

Mia ärgerte sich, ihre abendliche Gesprächspartnerin nicht nach dem Namen gefragt zu haben. Beim Anstoßen auf den Geburtstag hätte sie ihr das Du anbieten und noch mehr Fragen stellen können. Aber wer rechnet denn mit so was?

Erneut griff Mia in ihre Outdoorjacke und holte diesmal das Handy heraus. Sie hatte nicht vor, die Polizei zu rufen. Dafür fehlten ihr wichtige Argumente, warum ausgerechnet sie wieder eine Tote gefunden hatte. Nein, diesmal war sie es, die mehrmals auf den Auslöser drückte, aber nicht aus Sensationsgier und um damit Geld zu verdienen, sondern um Beweise zu sichern und die Auffindesituation – wie es im Polizeijargon hieß – für sich zu dokumentieren. Sie hatte dazugelernt. Aus sämtlichen Perspektiven machte sie Aufnahmen, bückte, streckte und hockte sich, fotografierte die offen stehende Handtasche, aus der eine Wasserflasche hervorlugte, die leere Sektflasche daneben und ... vergeblich suchte sie einen Abschiedsbrief oder irgendwelche Pillenpackungen.

»Mama, komma!«

Mia ließ vor Schreck ihr Handy fallen. Hinter ihr stand ein schreiender distanzloser Zwerg.

»MAMA!«

Mia hielt den Zeigefinger auf den Mund und quetschte ein: »Sei ruhig!« heraus. Glücklicherweise war Mama über hundert Meter entfernt und trampelte hochkonzentriert auf der Stelle, so wie es die Möwen machten, wenn sie die Wattwürmer oder Herzmuscheltiere ans Licht locken wollten.

»Geh zurück zu Mama. Sie hat dich gerufen«, versuchte Mia es. Mit spitzen Fingern hob sie ihr Handy auf. Wenn sie Glück hatte, war kein Sand in das Gehäuse gekommen.

»Was machst du da?«, nervte der Zwerg.

»Ich fotografiere die Tante.«

»Warum?«

»Weil sie ein Model ist.«

»Next Topmodel?«

»Nicht ganz.«

»Warum guckt sie so komisch?«

»Weil ich gesagt habe, sie soll sich tot stellen.«

»Warum?«

»Weil sie so am schönsten aussieht.«

Mia sah zum Strand – zum Jungen, sah zum Strand – zum Jungen.

»Hörst du? Mama ruft schon wieder. Lauf schnell!«

Der Zwerg stemmte die Hände in die Hüften. »Stimmt ja gar nicht.«

Sie wühlte in ihrer Jackentasche. Irgendwo musste sie … Ah, da, der Euro für den Krefelder Einkaufswagen.

»Hier, kauf dir ein Eis!«

»Das kostet zwei Euro!«

»Moment.« Mia wühlte in den anderen Taschen, während sie zur Zwergenmama sah. Himmel! Die trampelte näher heran.

»Wie viele Ballen gibt's dafür?«

»Zwei.«

»Dann kauf dir nur einen.«

»MAMA! Komma! Hier ist eine Frau, die eine tote Tante fotografiert!«

»William! Komm du!«, schrie die Mutter zurück. »Ich hab einen Wurm!«

16. Heller Aufruhr

Mia schlich sich davon und ging schnurstracks zum Utkieker-Denkmal. Die SMS von heute Morgen schrieb sie noch einmal. Das war gar nicht so einfach. Die Finger wollten ihr nicht gehorchen. Außerdem sah sie alles verschwommen.

Sie seufzte auf, als sie statt Mutter und Zwerg den Utkieker vom Strand aus auf sich zukommen sah. Wo mochte Ubbo Kramer wohl wohnen? Sie wollte ihn danach fragen, wenn sie das viel Wichtigere mit ihm besprochen hatte.

Er kam den steilen Weg hoch. »Du hast die nächste Tote gefunden, richtig?«

Mia hatte Schluckschwierigkeiten. Blieb stumm.

»Im Strandkorb, richtig?«

Sie nickte nur, musste ihre tausend Fragen noch in Worte fassen und sortieren.

Er wurde lauter: »Wann wacht ihr endlich auf? Wie viele Menschen müssen noch sterben?«

Mia zuckte mit den Schultern. »Woher wusstest du, dass es wieder eine Tote gibt?«

»Ich habe sie gesehen. Heute Morgen, als ich meinen Strandspaziergang gemacht habe – um vier Uhr dreißig.«

»Vier Uhr was?«

»Vier Uhr dreißig! Meine Zeit. Da sind garantiert keine Touristen am Strand.«

»... nur Mörder«, ergänzte Mia, und es sollte nicht witzig sein. »Weißt du etwa auch, wer sie auf dem Gewissen hat?«, fragte sie mit weit aufgerissenen Augen.

»Wir ALLE!« Er hob die Hände wie zum Segen, schielte dann auf Mias Handy: »Hast du meine Nachricht nicht erhalten?«

Sie hielt ihm trotzig das Display hin. »Nein, habe ich nicht!«

Der Utkieker tippte mit seinem langen Zeigefinger auf den kleinen, gelben Briefumschlag, an dem eine 1 stand und der sich nun öffnete. »Hast du doch.«

Mia las: *Im Strandkorb 232 findest du die nächste Tote. Rika Claassen. Beeile dich, aber sei vorsichtig! Sprich mit niemandem darüber und pass auf, dass du am Tatort nicht erwischt wirst und dir niemand folgt. Wir müssen den Mörder finden, bevor er ein drittes Mal zuschlägt und womöglich keine Touristen mehr auf die Insel kommen. De Utkieker*

»Du kennst die Frau?«, fragte Mia. Sie verschwieg bewusst, dass sie gestern Abend mit ihr geredet hatte.

»Ja, habe ich doch geschrieben. Ihr Name ist Rika Claassen. Aber Namen sind Schall und Rauch. Namen sind austauschbar. Kranke Herzen sterben.«

»Was hat sie hier gemacht? Eine Kur?«, fragte Mia.

»Sie hat anderen ein neues Zuhause gegeben, aber selber nie eines gefunden«, kam prompt die rätselhafte Antwort.

Mia ging das mit der Raterei auf den Geist. Konnte er sich nicht mal klar ausdrücken? Anscheinend nicht. Wenn sie mehr erfahren wollte, musste sie mitspielen.

»Lass mich raten. Sie war eine Vermieterin von Ferienhäusern?« Mia stellte sich dumm.

»Fast.« Er hob die Augenbrauen und sah zum

Strand, zu Mia, zum Strand und zeigte nach unten. »Da sind sie schon, die Hyänen. Sie werden die Tote zerfetzen und sich daran laben. Jeder will für sich das größte Stück.«

Heute war es mit dem Utkieker besonders schlimm. Hatte er seine Tabletten nicht genommen, oder was? Himmel!

»Mia! Wir müssen verschwinden!« Ubbo sah sich wie ein gehetztes Tier um. »Man darf uns hier nicht sehen. Geh ins *Inselcafé*! Halte Ohren und Augen offen! Ich melde mich!«

Mia ließ sich das Fernglas geben, das er um den Hals trug. Sie sah damit zu den Strandkörben. PHK Tido Tommssen war alarmiert worden. Er rammte das Absperrband an Holzstangen in den Sand und hatte damit zu tun, die ersten Schaulustigen wegzuschicken. Ein Mann im weißen Ganzkörper-Overall beugte sich über die Tote. Gleich würde er die Frau fotografieren und vielleicht sogar abkleben müssen und so weiter. Wo waren seine Kollegen, die ihm halfen? Glücklicherweise bekamen die Männer nicht mit, dass Mia sie von hier oben beobachtete. Bald müsste auch die Feuerwehr kommen und alle notwendigen Maßnahmen ergreifen, wie Decken hochhalten. Also volles Programm. Das hätte sie sich bei Karla Dickmann auch gewünscht. Mia gab dem Utkieker das Fernglas zurück, ohne den Blick vom Strand zu wenden.

Als Mia gerade gehen wollte, sah sie Checker und Chica angerannt kommen. Checker hielt eine lange Stange in der Hand, an der sein Handy befestigt war. Wenn sie es aus der Entfernung richtig erkannte. So, wie sie sich bewegten, war ein Irrtum eigentlich ausgeschlossen. Sie schlichen sich von hinten ans Absperrband. Checker tauchte darunter durch.

Sie drehte sich um, wollte dem Utkieker noch etwas

sagen, doch da war er wieder wie vom Sandboden verschluckt. Daran würde sie sich nie gewöhnen.

»MAMA! Komma!«

Der Zwerg kam mit einem gelben Plastikeimer – bestimmt voller Wattwürmer – und einer gleichfarbigen Plastikschaufel den steilen Weg hochgelaufen. Mia hielt nach der Mutter Ausschau. Ah da. Sie saß unterhalb des Aussichtshügels auf einer Bank. Kreidebleich sah sie aus. Sie setzte eine Wasserflasche an, trank kleine Schlucke daraus und ließ sich dabei nicht stören, schon gar nicht von ihrem Kind.

»MAMA! Hier ist die Frau! Komma!«

»Lauf nicht so weit weg!«, rief die Mutter schwach.

Mia nahm den Jungen beiseite und drückte ihm einen Fünf-Euro-Schein in die Hand, den sie zerknüllt in der Hosentasche gefunden hatte.

»Hier! Kauf dir ein großes Eis, aber sprich mit niemandem darüber, dass du mich hier gesehen hast. Verstanden?«

Der Zwerg nickte eifrig und sagte: »Zehn Euro!«

Mia schlug sich vor den Kopf. »Sag mal, gehst du schon zur Schule?«

»Ja, klar!«

»Wie alt bist du denn?«

»Neun!«

Mia riss dem Jungen die fünf Euro aus der Hand. »Also, Schnauze! Sonst sage ich, dass du heimlich geraucht hast.«

Er sah Mia nur an. Seine Augen wirkten doppelt so groß. Die kleinen Hände gruben in seiner Jeanstasche. Mit gestreckten Armen reichte er ihr eine verknickte Zigarette mit Feuerzeug und einen Euro dazu, dann lief er, so schnell er konnte.

Ihr Magen knurrte. Durch den hellen Aufruhr hatte sie völlig vergessen, ihn zu füttern. Vielleicht war es Mia nur wegen der Unterzuckerung so schlecht geworden und alles andere verkraftete sie gut. Das wollte sie jetzt mal glauben.

Sie betrat das *Inselcafé*, setzte sich wieder neben den Kamin und hatte freie Sicht zum Insulaner-Stammtisch. Heute mit nur drei Männern. Maiko, der mit der runden Brille, fehlte.

Die drei erkannten Mia sofort wieder. Der Weißbärtige, es schien auch der Frechste zu sein, fragte Mia, ob sie aus der Zelle geflohen sei, um ihre Konkurrenz umzulegen.

Sie wusste natürlich, was gemeint war, stellte sich aber doof. »Konkurrenz? Ich habe keine Konkurrenz!« Sie warf sich in die Brust, was den Männern überaus gefiel. Na gut, dem Jüngsten unter ihnen vielleicht nicht so, der hatte erst gar nicht hingeschaut.

Diesmal provozierte Mia: »Krisensitzung? Ist was passiert?«

»Kann man wohl sagen. Es geht um die Tote.« Anscheinend war der Weißbärtige heute der Pressesprecher.

»Die an der Bahnhofstation?«, hakte sie nach.

»Die Tote im Strandkorb«, mischte sich der Älteste mit der Kappe ein. »Unsere Rika. Die Immo.«

»Immo, was?«

»Immobilienmaklerin. Hat hier alles im Griff gehabt und war nicht ohne. Attraktive Frau, wenn Sie wissen, was ich meine – und noch so jung, dreißig … kerngesund.«

Der Weißbärtige mischte sich wieder ein. Er beugte sich nach vorne und flüsterte: »Das geht nicht mit rechten Dingen zu. Das kann kein Zufall sein. Die zweite Tote, innerhalb von zwei Tagen. Wenn sich das herumspricht, dass wir einen Mörder …«

»… oder einen Massenmörder …«, sagte der Alte mit der Kappe.

»… auf der Insel haben«, setzte der Weißbärtige stur

seinen Satz fort, »können die Fähren ihren Betrieb einstellen, dann ist Schluss mit den Touristen.«

»Wer sagt denn, dass es ein Mörder ist?«, fragte der Jüngste. »Es kann auch eine Mörderin sein.« Er sah Mia an.

»Das ist nicht witzig«, meinte sie.

Ihr wurde wieder schlecht, wenn sie nur daran dachte, dass der Zwerg von seiner Begegnung mit ihr, beim sich tot stellenden Model, erzählt haben könnte. Aus der Nummer kam sie so schnell nicht mehr heraus. Auch nicht mit dem Utkieker als Zeugen. Der war keine wirkliche Hilfe.

»Trinkst du einen Elführtje mit, Deern?«, baggerte der Weißbärtige.

Mia stand auf und zog einen Stuhl vom Nachbartisch rüber, setzte sich ans Kopfende Prompt kam die aufmerksame Suzana in die Stube.

»Jo!«, sagte Mia. »Einen Rum könnte ich jetzt gut gebrauchen. Den Tee verschenke ich und das Frühstück fällt aus.«

Ihr Magen knurrte grimmig.

Da soll noch mal einer sagen, Ostfriesen seien stur oder nicht gesprächig. Nach dem dritten Rum hatten sie ihr das Du angeboten. Nur mit ihren seltenen Vornamen bekam Mia Schwierigkeiten. Der Name Ubbo, so wie der Utkieker in Wirklichkeit hieß, war schon gewöhnungsbedürftig, aber Lian, Janto, Edo und Maiko waren eine Herausforderung für sie. Insgeheim nannte sie die Jungs: Janto Kappe, Lian Bart und Edo Jung. Maiko Brille fehlte heute.

»Die Rika war eine Feine«, sagte Janto Kappe. »Die wollte jeder haben.«

»Ich nicht!« sagte Edo Jung. »War mir zu alt.« Er sah zu Mia.

Sie konterte: »Das kann nur einer sagen, der die

Qualitäten von älteren Frauen noch nie genossen hat.« Ihr wurde warm im Gesicht.

»Die Rika hatte aber auch Feinde«, sinnierte Lian Bart. »Die hat den anderen Immos die dicken Fische weggeschnappt, weil sie bei den Reichen ein und aus ging. Die zahlten jeden Preis und alle waren glücklich. Die Käufer, die Verkäufer ... und Rika – wegen der dicken Provision.«

»Nicht immer waren alle glücklich ...«, sagte Janto Kappe. Er hob sein Glas mit Rum und erwartete, dass die anderen es ihm gleichtaten.

Mia musste passen.

»Manchmal hat sie auch verkaufen wollen, wenn der Eigentümer noch nicht so weit war, er noch nicht verkaufen wollte. Dem hat sie dann das Messer auf die Brust gesetzt ... sinnbildlich gesprochen«, setzte er fort.

»Ach, das sind alte Kamellen«, sagte Lian mit dem ...

Das Gespräch verstummte plötzlich. Jemand riss die Tür auf. Chica und Checker stürmten herein.

»Das ist der Burner!«, rief Chica in den Raum.

Die Ostfriesen sahen sich an.

Mia reagierte sofort: »Was ist der Burner?« Sie konnte es sich denken, wollte aber genau wissen, was die beiden alles mitbekommen hatten.

»Alter Finne! War das ein Flashmob am Strand! Nicht gefaked! Der Massenmörder ist heavy drauf. Hat wieder eine Alte gekillt.«

»Erzähl was Neues«, sagte Edo Jung.

»Wir haben's auf Chip! Geht gleich online. Chaka«, sagte Checker.

»Das ist verboten!«, meldete sich Janto Kappe.

»Sagt wer?«, fragte Chica zurück.

Mia schaltete sich ein. »Was habt ihr drauf?«

»Na, die Tote. Wie sie in ihrem Strandkorb sitzt, wie eine Zugedröhnte. Leere Pulle daneben.« Checker sah zu den Männern: »Ihr hattet voll den Durchblick mit euren Sehenswürdigkeiten. Unterhalb vom Utkieker-Denkmal war se. Aber Menschenfresser isser nicht ... sonst ... Scheißegal, geht ins Netz.«

»Du kannst doch kein Foto von einer Toten ins Internet setzen«, empörte sich Mia.

»Ist doch kein Foto«, winkte Chica ab, »is'n Video. Geh auf *You Tube*, gib mal *Verkehrsunfälle* oder *Tote* oder *Katastrophe* ein. Wirst dich wundern, was du schnallen kannst. Krasse Klicks.«

»Gib mal *Sex* ein«, drängte sich Checker dazwischen. »*Hausfrauen reiben ihre Bubbis.*«

Die Männer lachten, bis auf einen.

»Was sind denn Bubbis«, fragte Janto.

Chica griff sich mit beiden Händen an die dicken Brüste und wackelte damit.

Mia winkte ab und wandte sich an Checker. »Was seid ihr nur für Idioten. Habt ihr keinen Anstand?«

»An... was? Kenn ich nich«, sagte Chica, die sich breitbeinig vor Mia aufgebaut hatte und ihr direkt in die Augen schaute. Sie grinste dreckig.

»Los, Chica ... Action. Lass den Senfautomaten in Ruhe. Die ist offline. Wir setzen first 'nen Post an RTL und lassen uns das Exklusiv-Video mit dem Mörder bezahlen.«

»Mit dem Mörder?«, riefen die Männer und Mia gleichzeitig.

»Klar, meinste wir können nur klein?«, sagte Checker.

»Glaub ich nicht«, sagte Mia. »Ihr blufft.«

»Und was ist das?« Er zeigte sein Handy und wischte von einem Video-Standbild zum anderen. »Moment ... hier ... nein, hier ... nein, das hier.« Er klickte darauf.

Mia sah den Strand. Das Video war zu dunkel. Würde man aufhellen können. Nun sah sie den Strandkorb und die Tote und weiter nichts.

»Wo soll denn da der Mörder sein?«, fragte sie. »In der Flasche?«

Er schlug sich vor den Kopf. »Nee, Moment. Das Video davor. Hier. Klick. Auf frischer Tat. Voll fame!«

Mia nahm ihm das Handy aus der Hand. Die Männer sprangen auf und standen nun hinter ihr.

»Das ist doch …« Lian Bart hatte die in der Ferne vorbeigehuschte Gestalt zuerst erkannt, was wirklich einfach war, denn diese lange dürre Figur hatte nur einer: »… der Utkieker!«

»Wir haben ihn zuerst gesehen!«, rief Checker. Er schnappte sich Chica und rannte mit ihr los.

Mia hinterher, doch nur bis zur nächsten Straßenecke, dann bog sie in die entgegengesetzte Richtung ab.

17. Der Sündenbock

Mia setzte sich völlig außer Atem auf die Bank vor der Touristeninformation. Einige Urlauber spazierten die Straße entlang, zum Strand gehend oder vom Strand kommend, worauf die mitgeführten Utensilien schließen ließen. Im Sommer war hier bestimmt viel mehr los, wenn die Bundesländer Ferien hatten. Eine Zeit, die nicht dafür geeignet war, Tote an Sehenswürdigkeiten zu finden und schon gar nicht, einen freilaufenden Mörder zu suchen. Auch wenn es noch kein Serientäter war, denn der durfte sich erst so nennen, wenn er mindestens drei Menschen an unterschiedlichen Tatorten und zu unterschiedlichen Zeiten auf dem Gewissen hatte. Hoffentlich strebte er das Ziel nicht an. Aus Lust am Töten! Auf der Jagd nach dem Titel! Sie durfte nicht einmal daran denken. Das wäre das Schlimmste, was passieren könnte, weil es den Mörder unberechenbar machte.

Warum fiel ihr ausgerechnet jetzt der Utkieker ein? Sie schrieb ihm eine SMS. *Du bist gesehen worden – heute Morgen am Strandkorb – bei der Toten. Man hat dich gefilmt und will es veröffentlichen. Nimm dich in Acht. Sie suchen dich. Treffen? Wann? Wo? Mia*

Mia drückte auf *Senden*, als sich ein Schatten über ihr Gesicht legte.

»Moin.« Zwei grauhaarige, vollschlanke Frauen grüßten zugleich und setzten sich, ohne zu fragen, links und rechts neben sie. Sie sah die beiden abwechselnd an. »Möchten Sie nebeneinander sitzen?«, fragte sie und ruckelte auf ihrem Platz hin und her.

Die beiden schüttelten den Kopf. »Nicht nötig.«

Die Linke beugte sich zur Rechten: »Gilla, warst du schon bei Enna?«

»Ja, war ich!« Sie griff nach ihrem Rucksack, den sie auf dem Schoß abgestellt hatte, und zog aus der Seitentasche eine Halbliter-Wasserflasche ohne Etikett hervor. Nun beugte sich Gilla vor. »Morgen fange ich mit der Kur an. Ganz langsam, und du?«

Mia stierte auf die Flasche.

»Ich geh heute Abend zur Scheune. Um zwanzig Uhr ist die Veranstaltung. Bin sehr gespannt, wie viele diesmal kommen werden.« Sie schlug sich mehrmals auf den Bauch. »Na ja, jetzt sieht man es nicht mehr. Aber das wird sich bald wieder ändern.«

Mia täuschte auf ihrem Handy Beschäftigung vor. Diesmal erkannte sie die Nachricht sofort. Der musste warten.

»… und sonst, Eva? Wie geht es Horst? Warum ist er nicht mitgekommen?«

»Wollte nicht. Du weißt ja, wie die Männer sind, geben es nicht gerne öffentlich zu, dass sie so etwas nötig haben. Ich soll ihm eine Flasche mitbringen. Von mir aus kann er aber so bleiben, wie er ist. Mich stört sein Bauch nicht, der hat viel Geld gekostet. Außerdem lenkt er von meinem ab.«

»Entschuldigung«, mischte sich Mia ein. Sie zeigte auf die Wasserflasche. »Wo bekomme ich dieses Wasser her, und wo finde ich diese Enna? Im Kurhaus?«

Die Frauen brachen in Gelächter aus.

»Enna und Kurhaus! Urkomisch«, sagte Gilla und schlug sich auf die Schenkel.

Eva hatte wohl Mitleid mit der unwissenden Mia. Sie gab ihr einen Tipp: »Auf dem Bauernhof. Nur heute Abend, auf der Veranstaltung. Sie benötigen aber eine Einladung dafür. Ist was ganz Besonderes. Oder Sie müssten jemanden kennen, der Sie mitnimmt.«

Mia lächelte sie an. »Aha. Ich glaube, ich habe jemanden gefunden.«

Eva lächelte zurück. »Leider kann ich es nicht machen. Habe schon eine Freundin im Schlepptau. Ich kenne auch keine Frau, die nicht schon jemanden mitbringt. Fürchte, Sie müssen bis zum nächsten Jahr warten. Am besten, Sie bewerben sich sofort dafür.«

»Muss ich ja wohl«, sagte Mia. »Wo finde ich den Bauernhof? Ich stecke den Brief lieber direkt in den Kasten.«

»Zwischen Slurpad und Tranpad, Enna und Immo Weert. Können Sie nicht verfehlen. Es gibt nur diesen einen Bauernhof auf der Insel. Der Briefkasten hängt am Zaun, an der Straße.«

Mia öffnete die Notizfunktion in ihrem Handy und tippte alles auf, auch die Uhrzeit der Veranstaltung. Das wäre doch gelacht und das erste Mal überhaupt, wenn sie sich keinen Zugang verschaffen könnte.

Die beiden Frauen schienen es plötzlich eilig zu haben. Schade, Mia hätte gerne noch mehr über diese beiden

Veranstalter Enna und Immo Weert erfahren. So musste sie sich bis zwanzig Uhr gedulden.

Mia atmete tief und frei durch. Die salzhaltige Luft und das Klima hatten den Nasennebenhöhlen und der Lunge gut getan. Mia hob ihren Arm und berührte mit der Zungenspitze die Haut. Sie schmeckte salzig. Nur am Strand würde sie diesen Test nie mehr machen. Auf das knirschende Erlebnis verzichtete sie gerne. Sie schloss kurz die Augen, ließ sich von der Sonne für einen Moment verwöhnen. So lange, bis sie endlich wusste, wo sie sich mit dem Utkieker treffen könnte. Hm … es musste ein Ort sein, an dem er am wenigsten auffiel – und wie kam er da unauffällig hin?

Sie öffnete seine SMS und grinste. Er hatte sich selbst schon Gedanken dazu gemacht. Hoffentlich fand sie die beschriebene Stelle im Osten der Insel.

»Ach, Frau Magaloff. Einen Moment bitte.« Das war PHK Tido Tommssen, der ihr mit dem Polizei-Mountainbike entgegenkam. Die roten Haare glänzten in der Sonne. Er nahm seine dunkle Ray-Ban-Brille ab und sah sie tiefgründig an.

»Was gibt es denn? Ich bin in Eile«, sagte Mia.

»Hier auf der Insel in Eile?« Er winkte ab. »Das gibt es nicht.«

›So arbeitest du auch‹, hätte sie ihm am liebsten gesagt. Aber sie verkniff es sich.

»Mir ist zu Ohren gekommen … »

Der Zwerg! Mia hätte es sich denken können.

»… dass Sie sich … Lassen Sie uns lieber zum Strand gehen. Dort sind wir ungestört.«

Er schob schweigend sein Rad, Mia hütete sich, vorzugreifen. Lieber dachte sie sich in der Zwischenzeit Ausreden aus, denn sie ahnte bereits, worauf er hinauswollte.

Tido Tommssen hatte sein Rad auf der Düne stehen lassen. Er forderte sie auf, im Strandkorb Platz zu nehmen.

Mia war es unangenehm, so dicht neben ihm sitzen zu müssen. Sie wusste nicht warum, aber irgendwie zählte er nicht zu ihren Lieblingsmenschen.

Er sah sie nicht an, sprach aufs Meer hinaus: »Also … Sie haben sich mehrmals mit Ubbo Kramer getroffen, mit dem Mann, der behauptet, der Utkieker zu sein.«

»Und wenn dem so wäre? Ist es verboten, sich hier mit Leuten zu treffen?« Mia sah ihn von der Seite an. Es war nicht ihr freundlichster Blick.

»Nein, nein, natürlich nicht!« Sein Lachen klang künstlich. »Aber es tauchen in dem Zusammenhang einige Fragen auf.«

»So? Welche denn?« Jetzt wusste Mia, warum es bei ihm nicht voranging. Es dauerte drei Tage, bis er zur Sache kam.

»Als Rika Claassen heute Morgen tot im Strandkorb gefunden wurde, filmten zwei Jugendliche Ubbo Kramer, wie er den Strand fluchtartig verließ.«

»Das heißt nichts und es muss erst bewiesen werden, dass es wirklich der Utkieker war. Die Aufnahme ist verschwommen.«

»Ach, Sie kennen das Video?« Sein Blick traf Mia direkt in die Pupillen.

»Klar. Chica und Checker haben im Café damit geprahlt, dass sie damit zum Fernsehen gehen.«

»Sie waren bei mir. So, wie es sich gehört.«

»Das wundert mich!«, sagte Mia.

»Der Sender hat es ihnen geraten, als sie das Video dort verkaufen wollten. Doch zurück zu Ubbo, er …«

»Und Sie meinen, nur weil das Video eine große Gestalt zeigt … Es gibt übrigens mehrere große Menschen und aus der Entfernung kann man …«

»Wir haben auch Fotos von den Fußabdrücken zugespielt bekommen, die unmittelbar nach der Sichtung des Mannes gemacht worden waren. Die Abdrücke im noch feuchten Sand können eindeutiger nicht sein, mindestens Schuhgröße 56.«

Mia zupfte ihren Ausschnitt zurecht. »Ja, dann … dann fragen Sie ihn doch direkt. Sie werden schon wissen, wo er wohnt.«

»Er hat keinen festen Wohnsitz. Er lebt mal hier, mal da. Meistens in der Natur. Bietet sich ja an. Zu Ihnen scheint er Vertrauen zu haben. Sagen Sie uns, wo wir ihn finden können.«

Daher, dachte Mia, war der Utkieker immer und überall zur Stelle und hatte alles im Blick. Genauso schnell, wie er auftauchte, verschwand er auch wieder, als wenn er sich in Luft auflöste.

Mia schüttelte den Kopf. »Ich weiß es selbst nicht, wo er ist.«

»Ts … ts … ts …«, machte Tido Tommssen. »Während ich am Strandkorb alles abgesichert hatte, trafen Sie sich mit dem Utkieker an der Skulptur … Streiten Sie es nicht ab. Wir haben einen Zeugen.«

»Wir? Sind Sie nicht alleine mit dem Fall beschäftigt?«, fragte Mia. Er ging nicht darauf ein. Sie würde es mitbekommen. Nun galt es erst einmal, ihn von seiner Idee abzubringen. »Sie glauben doch nicht im Ernst, dass der Mörder nach seiner Tat erst vom Tatort flieht, um dann in aller Seelenruhe zurückzukommen und sich mit mir auf eine Aussichtsplattform zu stellen und zu unterhalten, oder? Das wäre schon sehr verrückt.«

»Würde zum Utkieker passen.«

»Nur, weil er anders ist als alle anderen und anders denkt und spricht, verurteilen Sie ihn im Vorfeld?«

»Ich berufe mich auf Fakten.«

»… die nicht stimmen.«

»… die zusammen ein Ganzes ergeben. Ich werde

den Utkieker finden und den Staatsanwalt davon überzeugen, dass er ihn dem Haftrichter vorstellt. In der Untersuchungshaft hat Ubbo Kramer Zeit genug, darüber nachzudenken, ob er seine Tat gestehen will. Hier ist Gefahr in Verzug.«

»Ist es denn wirklich ein Mord gewesen? Haben Sie etwa schon den Autopsie-Bericht? Kann ich mir bei Ihnen nicht vorstellen.« Mia stand auf und stellte sich vor Tido Tommssen, das flößte hoffentlich Respekt ein, das hatte was von Vorgesetzter.

»Sie nun wieder mit ihrem Autopsie-Bericht … Nein, natürlich habe ich den noch nicht. Das, was ich jetzt schon weiß, reicht aber auch so und das geht Sie ganz bestimmt nichts an.«

Mia wollte den Bogen nicht überspannen.

»Ach ja«, sagte er, als er sich erhob und sein hellblaues Uniformhemd wieder in die Hose steckte, »wenn Sie ihn warnen oder versteckt halten, machen auch Sie sich strafbar.«

»Geht es Ihnen eigentlich gut damit?«, fragte Mia.

»Womit?« Er grinste sie frech an.

»Dass Sie endlich einen Sündenbock gefunden haben.«

»Sündenböcke haben keine Schonzeit«, sagte er.

Mia ließ ihn im Sand stehen.

18. Im Versteck

Mia ging Richtung Osten. Bis zur Ostbake waren es zirka drei Stunden bei strammem Schritt. Deshalb war sie froh, dass sie nur die halbe Strecke gehen musste.

Hier war es. Der Utkieker hatte die Stelle gut beschrieben und ihr ein Zeichen an den Rand der Düne gelegt. Sie erkannte das Kreuz aus Ästen sofort und ging ein Stück weiter. Aber erst nachdem sie sich vergewissert hatte, dass ihr niemand gefolgt war oder sie beobachtete. Auf das gut getarnte Versteck des Utkiekers wäre sie im Leben nicht gekommen. Er hockte zwischen zwei Hügeln und wartete auf sie. Die Begrüßung war stumm. Sie hoben ihre Hände.

Genug geschleppt. Sie überreichte ihm die Tasche, in der sich ein paar Nahrungsmittel befanden, die er in seiner SMS gleich mitbestellt hatte. Er dankte es ihr mit einem Lächeln und forderte sie auf mitzukommen. An dem Schild *Dünen betreten verboten* gingen sie den Hügel hinunter. Das Gelände war schwergängig. Mia rutschte ein paarmal aus und hatte ein fürchterlich schlechtes Gewissen, ein paar Pflanzenbüschel zerstört zu haben. Es ging wieder einen Hügel hinauf und wieder hinab und sie kamen an den Punkt, an dem er sich häuslich niedergelassen hatte. Eine niedrige, gut getarnte Hütte bot gerade mal Platz für einen liegenden Zweimetermann oder drei sitzende Personen. Sie nahmen Platz.

»Danke, dass du gekommen bist, Mia. Ich wusste, ich kann mich auf dich verlassen. Bist du dem Täter auf der Spur?«

»Nun ja, sagen wir mal so: Dafür ist es viel zu früh. Mir fehlen so viele Informationen«, sagte Mia. »Außerdem gab es Ärger. Der PHK will dich festnehmen lassen. Sie haben dich nicht nur gefilmt, sondern auch deine Fußspuren gesichert.«

Ubbo lehnte sich mit dem Rücken an den Hügel. Mia tat es ihm gleich.

»Aber allein damit kommt er nicht durch«, versuchte sie ihn zu trösten. »Der Staatsanwalt müsste ihn normalerweise auslachen. Bevor kein eindeutiger Obduktionsbericht, DNA-Spuren oder weiß der Geier was vorliegen, dürfte er nichts unternehmen. Wir wissen noch nicht einmal, wie und woran diese Rika gestorben ist. Nur gut, dass der Fall Karla Dickmann keiner sein soll, sonst würden sie dir den auch noch anhängen. Doch dafür fehlen die Beweise. Wenn es brenzlig werden sollte, rate ich dir dennoch, einen Anwalt ...«

»Anwalt?« Ubbo bekam einen Gesichtsausdruck, als habe er auf einen Granat mit Darm gebissen. »Ich brauche keinen Anwalt – kann ihn mir nicht leisten. Mein Gespartes ist bald aufgebraucht. Es reicht höchstens noch für einen Monat. Alle wollen nur mein Geld ... Geld ... Geld!«

Er sprang auf und stieß sich den Kopf. Rieb ihn, ohne zu klagen, so ereiferte er sich.

Mia stellte sich vorsichtig auf und neben ihn.

»Ich hab's!«, sagte Ubbo. Er ließ die Hände auf Mias Schultern krachen. Sie hatte das Gefühl, in den Boden zu sinken. »Du musst herausfinden, wer der Meinung ist, dass er für Geld alles haben kann. Derjenige ist der Mörder.«

Mia blieb wie eingerammt stehen. Gleich würde er die Hände wieder wegnehmen. Nur keine Panik. Sie versuchte, seine auseinandergerissenen Gedanken zu verstehen und die Zusammenhänge herzustellen. Es war nicht einfach.

Plötzlich geriet er in Rage: »Ich distanziere mich von

der Tat! Ich habe nie etwas Unrechtes getan und ich werde es nie tun!« Er rückte mit den Händen immer näher zum Hals. »Hörst du, Mia? Verstehst du das? Kannst du mir folgen?«

Mia hustete. »Jaaa, lass mich los. Wenn du meinst, ich bekomme Angst vor dir, hast du dich getäuscht. Aber an deiner Art, sich mit jemandem zu unterhalten, solltest du feilen.« Sie rieb sich den Hals. »Mannomann, jede andere wäre vor Schreck gestorben.«

Er sah sie entrüstet an: »Müssen wir nicht alle sterben? Der eine früher, die andere später.«

Mia brauchte Luft, musste hier weg. Hatte sie nicht schon einmal ihre Hand für jemanden ins Feuer gelegt und sie sich bis zur Schulter verbrannt? Natürlich hatte sie Angst gehabt, aber wer die zeigte, war schon verloren.

Er kam hinterher. Seine Schultern hingen herunter wie bei einem Schuljungen, der etwas ausgefressen hatte: »Ich wollte dich nicht erschrecken.«

»Ist dir aber gelungen.« Sie dachte laut: »Dieser Tommssen gefällt mir nicht. Auf dem Weg hierher hatte ich Mühe, ihn abzuhängen. Bin kreuz und quer durch das Dorf gegangen und an jeder Seitenstraße stand er bereits mit seinem Mountainbike, tat so, als würde er allgemein nach dem Rechten schauen. Hätte ihn die alte Frau mit dem Gemüsekorb nicht aufgehalten, weil sie behauptete, in ihrer Wohnung bestohlen worden zu sein, ich hätte nicht kommen können.«

»Tommssen, welchen Tommssen meinst du?«, fragte er.

Manchmal fragte sich Mia, ob das alles hier Sinn und Zweck hatte.

»Na, *den* Tommssen. Polizeihauptkommissar Tido Tommssen.«

Ubbo schaute streng. »Es gibt noch einen anderen. Jelko Tommssen. Er betreibt den Wellness-Tempel und ist der Bruder von Tido. Ein Spiekerooger, ursprünglich aus Hamburg.«

»Aus Hamburg? Aha.« Mia zückte ihr Handy.

Ubbo bekam Panik: »Wen rufst du an?«

»Niemanden. Ich mache mir Notizen.« Es dauerte seine Zeit. Schließlich sah sie auf. »Was weißt du über Enna und Immo Weert? Auf ihrem Bauernhof sollen Veranstaltungen stattfinden, auf denen Wasser verkauft wird. Was ist das für ein Wasser?« Mia sah auf die Uhr. Himmel! Was machte sie noch hier? Um zwanzig Uhr würde sie es aus erster Quelle erfahren. Der Utkieker war erst einmal in Sicherheit. Mehr war im Moment nicht drin.

Ubbo hatte auch nicht vorgehabt, zu antworten. »Finde es selbst heraus«, sagte er nur. »Ich bin müde.« In gebückter Haltung ging er in seinen Bau und schob einen dicken Ast mit Laub vor das Eingangsloch. Er lugte darüber hinweg. »Waren es etwa Enna und Immo, die mich gefilmt haben? Diese Verräter! Ich werde ihnen einen Besuch abstatten und ein paar unangenehme Fragen stellen.«

»Welche zum Beispiel?«, fragte Mia.

»Warum Immo den Bauernhof nun doch verkaufen will und wieso die Maklerin sterben musste. Nur, weil Enna den Hof nicht hergibt?« Er hielt sich den Kopf. »Nein, ich werde hierbleiben.«

Der Fairness halber hätte Mia ihm wohl die Wahrheit darüber sagen sollen, wer das Video gedreht hatte. Aber sie machte es nicht. Sie musste sich beeilen. Die Veranstaltung fing gleich an. Zu dumm, ausgerechnet jetzt. Hätte er die Fragen nicht eher erwähnen können? Später. Er lief ihr ja nicht davon.

19. Das Wunderwasser

Mia duschte schnell und zog diesmal die dunkelblaue Leinenhose und eine Tunika aus demselben Stoff an. Dazu trug sie gleichfarbige Sneakers aus dreierlei Gründen. Erstens weil sie beim Auftreten keinen Krach machten, Zweitens weil sie die Blasen an den Füßen noch quälten und drittens weil sie schnell damit laufen konnte. Ihr halbtrockenes Haar flocht sie zu einem Zopf, passend zum Motto Bauernhof oder Tomb Raider. Sie musste an ihr neues Alter denken und lachen. Im Spiegel betrachtet, sah sie plötzlich doppelt so breit aus. Egal, so wirkte sie als angebliche Kundin glaubwürdiger.

Sie machte sich im Laufschritt auf den Weg. Wenn auch die Wege für ein Auto zu kurz waren, für ein Fahrrad wären sie ideal gewesen. Aber leider sah man Fahrräder auf der Insel ungern und hatte geschickterweise das Zentrum des Dorfes dafür gesperrt. Klar hatte sie Verständnis dafür. Wo kämen wir denn da hin, wenn tausende Touristen mit ihren Rädern kreuz und quer durch das Inseldorf fahren würden.

Abgehetzt bog Mia in die Straße ein, in der sie von Weitem den imposanten Hof erblickte. So einen ähnlichen Bauernhof aus Backsteingemäuer gab es auch in Mias Nachbarschaft am Niederrhein, abgesehen vom rötlichen Dach. Ans Haupthaus angeschlossen waren ein Pferdestall und mehrere Nebengebäude, die so zusammenstanden, dass sie einen Innenhof bildeten, in dem ein Misthaufen vor sich hindampfte.

Mia sah eine Gruppe Frauen mittleren Alters vor dem linken Scheunentor stehen. Wie die Hühner gackerten sie durcheinander. Mia schnappte Wortfetzen auf wie: *Abnehmen*, *Wunderwasser*, *Waage wegwerfen* und *Neue*

Kleidung kaufen. Diese Begriffe waren ihr allesamt sympathisch. Doch wo war sie da hineingeraten? Handelte es sich um eine Spiekerooger Gewichtswächtergruppe für Touristen? Dass es keine Einheimischen waren, hörte sie an den angehauchten Dialekten – einmal quer durch Deutschland.

Mit einem kleinlauten: »Ach, bin ich froh, es noch rechtzeitig geschafft zu haben«, stellte sie sich zu den anderen.

Die Größte der Gruppe behielt bei all dem Gegacker die Übersicht. Sie begrüßte Mia mit glühenden Wangen: »Oh, ein neues Gesicht? Guten Abend«, und stellte neugierige Fragen: »Mit wem sind Sie hier? Wie viel möchten Sie abnehmen?«

Die Frauen waren mucksmäuschenstill. Man hörte ihre Armbanduhren wie Zeitbomben ticken, oder bildete sie sich das nur ein?

»Ja, genau!«, sagte Mia. Zustimmung war erst einmal gut. Wie hatte noch die Frage gelautet? Sie wusste ja noch nicht einmal, um was für eine Veranstaltung es sich genau handelte, geschweige denn, mit wem sie hier war. Ah, jetzt, ja, das mit dem Abnehmen konnte sie ehrlich beantworten. »Also, mindestens, wenn nicht noch mehr«, sagte sie.

Die Frauen nickten.

»Sehr lustig!« Die Große verzog die Mundwinkel nach unten. »Also, wie viel?«, hakte sie nach. Bei der hatte sich Mia schon mal unbeliebt gemacht.

»Man soll die Ziele ja möglichst klein stecken«, rechtfertigte sie sich. »Ich dachte mir, ich versuche es erst einmal mit hundert.«

Ein Aufschrei ging durch die Menge.

»Hundert Gramm!«, schickte Mia schnell hinterher. »Nein, ernsthaft. Bei meiner Größe und meiner Figur, denke ich, würden mich zehn Kilogramm nicht von den

Beinen hauen. Damit könnte ich beginnen. Ich müsste nur wissen, ob es das Mittel auch mit Geschmack gibt und wenn ja, in welchen Richtungen. Also, Banane vertrage ich ja überhaupt nicht.«

»Mittel? Sie denken doch nicht etwa, dass es sich um eines dieser herkömmlichen Pulver handelt?« Dem Gesicht der Großen sah man den puren Ekel an.

»Wasser! Das Wasser ist das Wunder!«, betonte eine Blondgebleichte, als sei sie persönlich beleidigt worden.

Mia versuchte es schnell zurechtzubiegen: »Wunderwasser. Ja, klar, natürlich.«

»Mit wem sind Sie denn gekommen?«, ließ die Große nicht locker. Eine andere mischte sich ein, als hätten sich alle gegen Mia verschworen: »Es ist keine öffentliche Veranstaltung!«

»Das wissen Sie, oder?« Nun drängte sich eine Rothaarige vor.

Mia nickte heftig. »Sicher, sicher. Meine Freundin ist leider kurzfristig erkrankt. Sie hat einen schlimmen Brechdurchfall bekommen und meinte, das würde ihr und den anderen nicht gut bekommen, wenn sie sich hierhin quälen würde.«

»Aha!«, sagte die Große. »Wie heißt denn ihre Freundin?« Sie trommelte mit den pink lackierten Fingernägeln auf ihrer Umhängetasche herum.

»Sie heißt … also, sie heißt …« Mia brach der Schweiß aus. »Ha… Ha…«

»Harms?«, sagte Gott sei Dank eine Voreilige. »Sie meinen Antje Harms?« Sie schaute besorgt. »Ach Gott, die Arme.«

»Richtig!«, sagte Mia. »Ich vergesse doch immer wieder ihren Nachnamen, seit sie verheiratet ist. Ich bin damals mit ihr zur Schule gegangen. Wir hatten uns vierzig Jahre aus den Augen verloren, doch neulich auf *facebook* sah ich ein Foto von ihr und da dachte ich,

Mensch, das ist doch die Antje, das Pummelchen. Ich schrieb sie an und sie schrieb mich an, und wir schrieben uns und dann ...« Mia atmete tief durch.

»Na, dann bestellen Sie mal schöne Grüße und gute Besserung.« Ein Mann mischte sich ein. Er klatschte in die Hände. »Wir können dann.«

Der Chef des Hauses? Nicht nur wegen seiner Designerbrille sah er aus wie ein Doktor. Er trug eine weiße Jeans und ein weißes Hemd mit schwarzer Stofffliege darauf.

»Bitte gehen Sie in den Veranstaltungsraum und nehmen Ihre Plätze ein«, sagte er. »Ich beginne in wenigen Minuten mit meinem Vortrag.«

Mia schloss sich schnell der Gruppe an, war aber dennoch die Letzte. So eilig hatten es die anderen, in die Scheune zu kommen.

»Autsch!« Ihr Oberarm schmerzte. Sei drehte sich um.

»Moment bitte!« Der Weißgekleidete hielt sie zurück und sah sie an.

Mia machte sich größer. Er auch.

Er drückte die Brust raus. Mia nicht.

»Das nächste Mal brauche ich eine Vollmacht von Antje. Sonst kann ja jeder kommen, und das wollen wir nicht. Dies ist eine exklusive Veranstaltung. Ich bin übrigens Immo. Immo Weert, falls Sie es nicht schon wissen.«

Die Scheune war gut bestuhlt. Schwer zu schätzen, wie viele Stühle es waren. Auf dem ersten Blick sahen sie wie aus einem Stuhl-Museum aus. In Reih und Glied standen Korb-, Plastik-, Polster- und Holzstühle, sogar Bürostühle mit vier Rollen, die nicht mehr zulässig und unfallträchtig waren, genauso wie die Schwingstühle, wenn man sich unvorsichtig damit bewegte. In der ersten Reihe befanden sich zwei Sperrmüllsofas, vermutlich die VIP-Lounge für Vielkäuferinnen.

Mia setzte sich auf den Korbstuhl am Gang. Es war für sie der sicherste Stuhl. Sie holte ihr Handy hervor und lehnte sich zur Seite, damit niemand auf das Display schauen konnte. Möglichst unauffällig, ohne Blitz und Geräusche, schoss sie ein paar Fotos. Dabei tat sie so, als lese sie ihre Nachrichten. Ihre Sitznachbarin schüttelte den Kopf.

Mia flüsterte: »Ist sehr wichtig!«

Fertig. Nun schaute sie sich wirklich die neue Nachricht an. Sie kam von Mario und flog in den virtuellen Papierkorb.

Der Veranstalter ließ auf sich warten. Das Stimmengewirr der geladenen Gäste ging ins Unerträgliche. Mia ließ ihre Blicke durch den Raum gehen. Sie blieben auf der dilettantisch zusammengezimmerten Bühne haften. Die bestand aus vier übereinandergestapelten und sechs aneinandergelegten Paletten, wie man seitlich sehen konnte. Darauf lagen Restposten Teppichboden. Eigenwillige Ornamente korrespondierten mit orange und lila melierter Schlingenware. Vielleicht wurde dieser Farb- und Mustermix bald wieder modern.

Über ein Höckerchen sprang Immo dynamisch auf das Podest und zerrte das Mikrofon vom Ständer. Weder Flipchart noch Leinwand standen auf der Bühne. Da schien er sich selbst zu genügen.

Viel Geld verdiente er anscheinend nicht mit seinem Wunderwasser. Andere Scharlatane – und Mia war jetzt schon der festen Überzeugung, dass er einer von ihnen war – leisteten sich Auftritte in Luxushotels oder hatten sich Paläste bauen lassen. Gleich würde sie erfahren, wer oder was hier abnahm, wenn man sich des Wassers bediente.

Wo war eigentlich diese Enna?

Immo zögerte seine Ansprache hinaus. Das lag aber

auch daran, dass in Abständen Nachzügler kamen und wohl noch wichtige Gäste fehlten. Zeit, den Veranstalter genauer zu betrachten. Auf den zweiten Blick sah er gar nicht mal so schlecht aus, abgesehen von den weißen Klamotten. Er hatte ein Lausbubengesicht, braune Augen, Typ George Clooney, nur nicht ganz so schön. Sein Haar begann, weiß zu werden. Mit den verbliebenen dunklen Haaren wirkten sie aber insgesamt eher grau. Mia schätzte ihn auf Mitte fünfzig.

Die Tür im dunkelblauen Scheunentor wurde geschlossen. Ein Zeichen dafür, dass nun die anderen draußen bleiben mussten oder alle da waren.

Er pustete in das Mikro, sagte: »Test! Test!« Die Rückkopplung pfiff nervtötend. Er ging ein Stück vor. Mit seiner sanften, aber eindringlichen Stimme sprach er zum Publikum. »Einen wunderschönen guten Abend, meine lieben Gäste! Herzlichen Dank für Ihr zahlreiches Kommen. Das beweist wieder einmal, wie erfolgreich und gut unser Produkt ist. Heute sehe ich viele bekannte Gesichter, aber auch einige neue. Wunderbar!«

Pause.

»Nein! Nein!« Er schüttelte den Kopf. Mia hatte Sorgen, dass seine Brille abfiel. »Wir benötigen keine teure Werbung! Wir benötigen keinen Internet-Auftritt! Wir benötigen keine kostspielige Verpackung! Nein! Wir benötigen Sie und Sie und Sie!« Er wanderte mit dem Zeigefinger über ihre Köpfe hinweg. »Unser erlesenes Wasser ist ein Selbstläufer! Es wird nur auf Empfehlung und auch nur an auserwählte Personen ausgehändigt! Da sind wir ganz streng.« Immo räusperte sich. Er machte ein Zeichen, und schon kam ein junges Mädchen an die Bühne, reichte ihm ein Glas mit Cola. Weiter ging's.

Mia fragte sich, wieso er selbst kein Wasser trank. Er hatte zwar keinen dicken Bauch, aber einen Bauchansatz. Oder war das mal ein dicker Bauch gewesen?

»Sie werden sich bestimmt fragen, wieso ich mit meinen dreiundsechzig Jahren noch so gut aussehe und eine so gute Figur habe.« Er strich sich über den Oberkörper, drehte sich zur Seite und zeigte sich nun auch von hinten.

Mia grinste. Wenn er nicht so ein starkes Selbstvertrauen und einen großen Hang zur Selbstdarstellung hätte, könnte er diesen Job bestimmt nicht ausüben. Gut, sein Po war knackig. Da gab es nichts zu meckern – aber das war ihrer auch, weil er so gut mit Eigenfett gepolstert war.

»Ja, staunen Sie nur«, fuhr er fort, nachdem er die bewundernden Blicke ausgekostet hatte. »Ich nehme das Wasser seit Jahren, mit durchschlagendem Erfolg.«

Mia dachte dabei sofort an Durchfall.

»Immer schluckweise. Nach dem Essen. Ein winziger Schluck ...« Er zeigte mit Daumen und Zeigefinger, wie winzig der Schluck sein sollte. Wäre das eine Menge an Schnaps, Mia wäre betrunken. Gut, sie vertrug nicht besonders viel.

Er fuchtelte wieder mit den Armen, wie eine Marionette außer Kontrolle. »Ein winziger Schluck genügt. Dreimal am Tag. Morgens, mittags, abends – jeweils nach dem Essen.«

Mia sah in die Runde. Obwohl er so viel wiederholte und theatralisch sprach, hingen die Frauen an seinen Lippen. Oder gerade deswegen. Fehlte nur noch, dass sie ihm ihre Slips auf den Teppichboden warfen.

»Heute habe ich einen ganz besonderen Gast eingeladen, der über seine Erfahrungen mit dem Wunderwasser sprechen wird.« Dramaturgisch wertvolle Pause. »Es ist Svetlana! Svetlana hat vor gar nicht allzu langer Zeit hundertdreißig Kilogramm gewogen. Svetlana! Wo bist du? Bitte zeige dich meinem Publikum. Applaus, meine Damen – für Svetlana!«

Eine junge, schlanke Frau stellte sich vor das Holzpodest. Sie streckte ihm ihren rechten Arm entgegen. Immo half ihr auf die Bühne, wie ein Zauberer seiner Assistentin auf die Bühne half, kurz bevor er sie in die Blackbox einsperrte und wieder verschwinden ließ.

Mia beobachtete Svetlana genau. Sie schien sehr vertraut mit Immo zu sein. Es waren nur kleine Gesten, die das deutlich machten. Wer Menschenkenntnis hatte, merkte es sofort, schwer zu erklären.

»Bin ichh Svetlana. Chomme aus Ukraine. Bin ichh funfunddreißichh Jahre ...«

»Ohhhhhh!«, kam es aus dem Publikum.

»Chabe gewogen chundertdreißichh Kilo. Chabe abgenommen funfzichh Kilo ...«

»Ohhhhhh!«

Sie strahlte über ihre hohen Wangenknochen. »... nur mit Wasserrr bechanntes! Machhe ichh, bis ichh chabe siebzichh Kilo. Kann ichh essen und trinken, was willst du.«

Mia suchte den Teleprompter. Keiner da. Allmählich fühlte sie sich veräppelt. Warum merkten die anderen das nicht, was man ihnen hier für einen Quatsch erzählte?

Nun schob Immo seine Vorzeigedame in einer Umarmung von der Bühne. Aber nicht, bevor er sie noch einmal wie einen Tanzbären gedreht hatte.

»Sie sehen es, meine Damen. Erfolg kommt von folgen. Folgen sie den Pfeilen auf dem Boden und sichern Sie sich die limitierten Flaschen mit dem Wunderwasser. Ihre Figur und ihr Mann werden es Ihnen ...« Er stockte und sah in die Runde. »Ja, wo sind denn heute die Männer?«

Einige Frauen lachten. Zwischenrufe wie: »Den kann ich hier nicht gebrauchen!« – »Habe keinen mehr!« – »Ist hoffentlich zu Hause!« – »Ich soll ihm das Wasser mitbringen!« waren zu hören.

Letzteres griff der Wasserdoktor auf. »Ja, so sind sie, die Männer. Sie sind nicht so aufgeschlossen wie Sie, meine geschätzten Damen. Schämen sich in der Öffentlichkeit, stehen nicht zu ihrem Problem oder sind einfach nur zu bequem. Aufgrund meiner langjährigen Praxis ... also Erfahrung ... kann ich Ihnen sagen, dass mein Wasser auch bei Männern anschlägt. Zwar etwas langsamer, weil sie nicht so diszipliniert sind wie Sie, meine Damen, aber es hilft auch den Männern! Der beste Beweis bin ja schließlich ich. Also, lassen Sie auch Ihren Mann von dem günstigen Angebot profitieren, damit er bald so eine tolle Figur hat wie ich.« Schon wieder zeigte er sich von allen Seiten.

Mia musste hier raus.

Auch bei den anderen kam Unruhe auf, als sie sahen, dass rechts neben ihnen eine großräumige Absperrung um einen Tisch aufgestellt wurde. Erst jetzt begannen Helfer, die Wasserflaschen daraufzustellen. Es waren dieselben Trinkflaschen, wie Mia sie bei den beiden Toten gesehen hatte. Also mussten die ebenfalls Kundinnen gewesen sein. Gab es da einen Zusammenhang, auch wenn das Wasser angeblich nicht vergiftet gewesen war?

Mia wurde aus ihren Gedanken geschreckt. Dr. Immo Weert hatte die Lautstärke seiner Predigt erhöht und sich weiter über die Vorzüge des Wassers ausgelassen. Er behauptete tatsächlich, dass man bei regelmäßiger Einnahme, ab einer dreimonatigen Kur, sogar getrost auf Sport verzichten könne.

»Ich garantiere Ihnen einen sofortigen Erfolg! Wenn Sie es gleich hier auf der Insel drei Tage lang trinken, verlieren Sie mindestens fünf Kilogramm – mindestens!«

Die Frauen waren begeistert und applaudierten.

Er wartete ab, bis der letzter Klatscher verhallte. »Nun, wie kann ich das beweisen?« Er schob seine

Schlauschwätzer-Brille auf die Nasenspitze und sah darüber hinweg. »Wir haben ein Abkommen mit dem Wellness-Tempel geschlossen. Lassen Sie sich von Ihrer Nachbarin erklären, wo der genau ist oder fragen Sie in der Kogge danach. Jede ... und ich betone JEDE von Ihnen, die hier und heute, jetzt und hier, eine Flasche Wunderwasser erwirbt, erhält gratis und ich sage nicht nur gratis, sondern meine es auch so: Erhält gratis, kostenlos, aber nicht umsonst ... das Wiegen auf der elektronischen Hightech-Waage.« Er sah sich im Publikum um, das wohl vor Glück stumm blieb.

»Na, das ist doch einen kräftigen Applaus wert!«, forderte er.

Erste Klatscher ertönten, danach schlossen sich immer mehr Frauen an, die vermutlich jetzt erst den Schock überwunden hatten, sich auf eine Waage stellen zu müssen.

Als der Applaus verklang, der übrigens von Immo Weert höchstpersönlich eingeleitet worden war, was zur Folge hatte, dass er auch die Länge des Applauses bestimmte, kehrte wieder Ruhe ein. Der Redner trank noch einen Schluck aus dem Glas und spülte seinen fusselig geredeten Mund geschmeidig.

Jemand aus dem Publikum nutzte die Gelegenheit. Das konnte nur eine Neue sein, denn sie fragte nach wissenschaftlichen Studien, die die Wirksamkeit des Wassers belegten.

Das hätte die Ungläubige nicht machen dürfen. Sein Gesicht wurde rot und blähte sich wie ein Luftballon auf: »Ja, glauben Sie etwa, ich biete Ihnen hier etwas an, was vorher nicht getestet wurde? Glauben Sie das etwa?« Er stemmte die Arme in die Hüften, wie ein Cowboy, der blitzschnell bereit war, seine beiden Revolver zu ziehen. Wieso kam Mia ausgerechnet jetzt dieser Vergleich in den Sinn?

Die Frau zuckte zusammen, traute sich nur noch, ein klägliches »Nein, natürlich nicht« zu äußern, und setzte sich wieder.

Er schüttelte den Kopf. »Vergessen Sie wissenschaftliche Studien, meine Damen! Die sind doch manipuliert! Das ist doch alles gelogen! Das eine kann ich Ihnen gleich sagen: Man muss an das Wunderwasser glauben, damit es hilft! Stellen Sie keine blödsinnigen Fragen, hinterfragen Sie nicht alles! Glauben Sie einfach daran!«

Zögerlicher Applaus kam direkt von vorne links. Mia meinte, die Cola-Bringerin erkannt zu haben.

Immo Weert stellte sich breitbeinig hin, legte das Mikro auf sein markantes Kinn, berührte es beim Sprechen mit den Lippen, was seiner Stimme einen dämonischen Klang gab: »Gibt es einen besseren Beweis, als den Erfolg mit den eigenen Augen zu sehen? Auf der Waage, an den Kleidern, Blusen und Hosen merken Sie es sofort! Glauben Sie Ihrem Bauchgefühl, solange er noch da ist. Haha!« Er lief zur Hochform auf, beugte sich verschwörerisch nach vorne: »Vergessen Sie Ihre Tabletten! Vergessen Sie Vitaminpräparate! Vergessen Sie angeblich gesundes Essen! Liebe Leute! Wer will uns denn verbieten, Spaß am Leben zu haben? Warum sollen wir nicht das essen, was uns schmeckt? Das sind nun mal goldbraune Pommes, scharfe Currywurst, saftige Hamburger, Schokoladenkuchen, Eiscreme mit Sahne …«

Wann wird endlich dieser Akt seelischer Grausamkeit beendet?, dachte Mia. Sie kam kaum nach, ihren überflüssigen Speichel hinunterzuschlucken. Zur Sache! Was kostet der Spaß am Leben?

»Ah, übrigens: Wir haben bewusst auf ein teures Etikett und eine Glasflasche verzichtet und auch auf Nachhaltigkeit geachtet. Es sind recyclebare Flaschen, die Sie in jedem Supermarkt abgeben können. Kommen wir nun zu einer kleinen Pause, bevor wir die Fragerunde einleiten und den nächsten Termin bekanntgeben. Sichern Sie sich am besten jetzt schon Ihre ganz persönliche Flasche mit dem Wunderwasser.«

Er hatte es kaum ausgesprochen, da stürmten die Frauen auf den Stand zu und stellten die Stangen der Absperrung beiseite. Einige falteten ihre Taschen auseinander. Zweihundert-Euro-Scheine gingen über den Tisch, einen Zwanziger bekamen sie nur wieder.

Auch Mia hätte gerne eine Flasche erworben, aber sie war nicht bereit, mal eben einhundertundachtzig Euro dafür auf den Tisch zu legen.

Eine elegant gekleidete und schlanke Frau erschien an ihrer Seite. »Worauf warten Sie noch?«, fragte sie. Sie trat einen Schritt zurück und begutachtete dreist Mias Figur. »An Ihrer Stelle würde ich sofort zugreifen.«

»Ja, würde ich gerne«, antwortete sie, »aber meine Geldbörse ist heute etwas schwach auf der Brust. Sie würde an gähnender Leere sterben.«

Die Mondäne lächelte und griff in ihre Louis-Vuitton-Tasche. Sie trug wohl Geldscheine wie Flyer mit sich herum, denn es dauerte nur eine Zehntelsekunde, da hatte sie einen gelben Schein in der Hand. »Hier, nehmen Sie!« Ihr breites Lächeln war unwiderstehlich. »Nehmen Sie schon. Es trifft keine Arme.«

»Dann geben Sie mir wenigstens Ihre Visitenkarte, damit ich es wiedergutmachen kann.«

»Man kennt mich. Nur keine Mühe.« Schon mischte sie sich unter die Menge.

Mia sah ihr hinterher, machte ein Handyfoto, leider nur von der Rückenansicht der eleganten Erscheinung. Ob Chicas Verhalten auf Mia abgefärbt hatte? Wenn man die neue Technik sinnvoll einsetzte, war sie nicht dagegen. Klick. Noch ein Foto.

Eine Frau hielt die Hand vor die Linse. »Keine Fotos!«, kreischte sie.

Warum waren heute alle so hysterisch?

Stillschweigend steckte sie das Smartphone ein und bezahlte lieber schnell die Flasche, bevor keine mehr da war. Sie wusste jetzt schon, dass die Anzahl der Flaschen niemals für die Anzahl der Personen reichen würde, und wenn einige auch noch zwei haben wollten, sah es ganz düster aus.

Sorgsam verstaute Mia die Flasche in ihrem Cowboybag und ging nach draußen. Solange alle mit dem Kauf des Wassers beschäftigt waren und auf den Nachschub warten mussten, mochte sie sich nach der Quelle umschauen.

Mia wollte sich dennoch beeilen. Sie ging quer über den Hof, beabsichtigte, einen kurzen Blick in die Schuppen zu werfen. Irgendwo mussten die Flaschen doch gelagert sein. Anstatt vornübergebeugt an der Wand entlangzuschleichen, ging sie selbstbewusst und zielsicher direkt darauf zu. Ihre Ausrede, falls sie erwischt wurde, hatte sie parat.

Plötzlich schnellte die Hintertür vom Haupthaus auf. Eine Frau fluchte. Kreischend kam eine getigerte Katze herausgeflogen, überschlug sich kurz und raste über die Wiese davon.

Mia presste sich mit dem Rücken an die Backsteinmauer. Dieses Fluchen und diese Stimme kannte Mia nur zu gut. Auch sie war von ihr angeschrien worden – auf der Fähre.

Beim Zuwerfen sprang die verzogene Holztür aus dem Schnappschloss und öffnete sich langsam wieder. Mia sah, warum sich die Fluchende nicht von einer Katze stören lassen wollte, denn sie füllte hochkonzentriert kleine Plastikflaschen mit stinknormalem Leitungswasser ab, das direkt aus dem Kran der Waschküche kam.

Mia schrak zusammen, als ihr jemand auf den angespannten Rücken tippte. Hinter ihr stand die abnehmwillige gebleichte Blonde. Auch sie hatte gesehen, was sich in der Waschküche abspielte, und hielt sich den offenstehenden Mund zu, damit ihr kein Schrei entfleuchte.

Doch die Wunderwasserabfüllerin schien mit ihren Gedanken weit weg beim Geldzählen zu sein. Sie hatte es eilig, wollte ihre spendablen Kundinnen wohl nicht länger warten lassen. Sie wuchtete die Kästen auf einen Bollerwagen und verschwand damit in den Weiten des Hauses, das bestimmt mehrere Ein- und Ausgänge hatte.

Die beiden zurückgelassenen Frauen sahen sich nur an, sprachen kein Wort und gingen wieder zurück zur Scheune.

Noch immer standen die Kaufwilligen in der Reihe am Verkaufstisch und warteten auf das Wasser.

Mia fand zuerst die Stimme wieder, die sie lautstark erhob. »Wussten Sie schon …«, rief sie in die Menge, am liebsten hätte sie sich auf die läppische Bühne gestellt und das Mikrophon ergriffen, »dass das hochgepriesene Wunderwasser direkt aus dem Wasserkran kommt? Es ist Leitungswasser, stinknormales Leitungswasser, wofür Sie viel Geld bezahlen. Für derlei Geschäfte gibt es eine juristische Bezeichnung …«

Es raunte in der Menge. Jede sah die andere an. Einige schienen Immo Weert zu suchen, der alles aufklären sollte, aber er glänzte momentan durch Abwesenheit.

Mia hatte keine Angst davor, von den Frauen angegriffen zu werden. Niemand würde es wagen, ihr körperlich etwas anzutun, und gegen verbale Attacken wusste sie sich zu wehren. Deshalb blieb sie unbeeindruckt, als die Frauen immer näher rückten.

Sie sah von einer zur anderen: »Ich wiederhole noch mal zum Mitschreiben«, sagte sie. »Das Wunderwasser kommt direkt aus der Wasserleitung. Es muss ja dann wohl eine Wunderwasserleitung sein.« Sie grinste frech. »Wenn Sie mir nicht glauben wollen, ich habe eine Zeugin, die es auch gesehen hat.« Mia drehte sich zur Blondgebleichten um, die aber in der Menge untergetaucht war.

Da kam die Verfluchende nichtsahnend mit dem Bollerwagen angefahren und stemmte die Kästen auf den Tisch. An ihrer weißen Bluse hing ein Namensschild: *Hier bedient Sie Frau Enna Weert.*

Erst jetzt sah Enna auf und Mia direkt in die Augen. Sie kreischte: »Was zum Teufel machen Sie …«

»Diese Frau behauptet …«, begann eine Rothaarige.

»Ich behaupte nicht«, sagte Mia, »ich weiß es und Enna Weert weiß es auch, was das für ein Wasser ist.«

»Natürlich, das ist Leitungswasser!«, sagte Enna. »Es muss ja noch besprochen werden.« Trotz ihres bleichen Gesichtes sah sie angriffslustig aus und hätte sicher jeden gekillt, der sich ihr in den Weg gestellt oder daran gezweifelt hätte, dass Wasser besprochen werden kann. »Diese Flaschen habe ich bewusst zurückgehalten, damit ich sie vor euren Augen besprechen kann. Damit ihr mal seht, wie es gemacht wird und nicht hinterher jemand behauptet, das Wasser würde nicht wirken. Solange der Teufel noch im Wasser steckt, nimmt man auch nicht ab.« Sie sprach es, ohne rot zu werden und ohne zu stottern. Soviel Dreistigkeit musste man erst einmal besitzen. Ohne Mia weiter zu beachten, packte sie die Kästen wieder auf den Bollerwagen und fuhr damit zur Bühne, wuchtete sie darauf und kletterte auf das Podest.

Nun kam Immo wieder in die Scheune, sah als Erstes auf den leeren Verkaufstisch und strahlte. »Na, also! Bravo! Sie werden es nicht bereuen!«, sagte er zu den noch immer verstörten Frauen, die in einer Gruppe zusammenstanden.

Da schallte es durch die Lautsprecher: »WEICHE VON UNS, SATAN!«

Immo zuckte zusammen. Er hielt die Hand aufs Herz und lief zur Bühne, musste seinen Schock hinausschreien: »Bist du von allen guten Geistern verlassen? Was soll der Blödsinn?«

Enna hielt noch immer die Flasche in die Höhe. Allein ihr Gesichtsausdruck hätte den Teufel verscheuchen können. »WEICHE VON UNS …«

Die Frauen hielten sich die Ohren zu.

Immo drehte die Lautsprecheranlage wieder leiser.

Die Hexe hob die linke Hand und zeigte damit auf die zitternde Rechte mit der Wasserflasche, die sich nun neigte und einen Teil des Inhalts auf den Teppichboden vergoss. »Fertig! Das gilt für alle Flaschen!«

Immo zerrte Enna von der Bühne.

Alles, was danach kam, hätte Mia sich schenken können.

Enna Weert verließ fluchend die Scheune. Mia war geblieben, sie wollte hören, wie der weiße Immo aus der Nummer wieder rauskam und was folgen würde. Er bestach durch Schweigen. Es gab keine Fragerunde mehr und ein neuer Termin wurde auch nicht durchgesagt.

Danach schaffte Mia es nicht mehr, Enna zu finden. Kein Wunder bei den vielen Schuppen und Scheunen. Ins Wohnhaus wollte sie ihr nicht folgen – wegen Immo. Sich gleich vor beiden erklären zu müssen, war sicher nicht einfach.

»Dich pack ich noch!«, murmelte Mia. »Das ist so sicher wie das Elführtje!«

20. Tun Sie doch was!

Am nächsten Morgen, nach einem kurzen Frühstück im *Inselcafé*, machte sich Mia mit der Wasserflasche in der Tasche auf den Weg zur Polizeistation. Sie wollte eine Betrugsanzeige erstatten. Noch immer war sie empört, wie den Frauen das Geld aus der Tasche gezogen worden war. Waren sie alle wirklich der Überzeugung, dass sie ohne gesunde Ernährung und Sport und nur mit Hilfe von ›besprochenem‹ Leitungswasser mal eben fünf Kilogramm abnahmen? Was war das? Dummheit oder Bequemlichkeit? Mia befürchtete von allem etwas.

Zugegeben, sie selbst musste sich manchmal dazu zwingen, nicht so leichtgläubig zu sein. Phantasievolle Menschen konnten sich eben alles vorstellen. Aber hier war zu offensichtlich, worauf es hinauslief, auf Geldmacherei.

Mia hatte das Phänomen der Leichtgläubigkeit schon des Öfteren mitbekommen. Zuletzt, als es um diese Lovescammer im Internet gegangen war. Sie kannte einige Fälle, in denen Frauen von Betrügern zunächst emotional abhängig gemacht und später finanziell ausgebeutet worden. Dafür musste man nur einsam sein und an das glauben, was man glauben wollte, und – zack – war man ruiniert.

Mia schimpfte vor sich hin. Zeit dafür hatte sie, es waren noch viele hundert Meter bis zur Polizeistation.

Unterwegs wurde sie von Immo Weert im Schnelltempo überholt. Er hatte den Blick stur geradeaus gerichtet und zog einen Bollerwagen hinter sich her. Darin befanden sich drei Kästen Wunderwasser. Es sah nach einem Bring-Service für Touristen aus, möglicherweise aber auch für Insulaner. Hoffentlich war keine Flasche für das nächste Todesopfer gedacht.

Immo zu folgen, fiel zu sehr auf. Deshalb folgte sie lieber ihrem ursprünglichen Plan.

»Ach, die Frau Magaloff!«, tönte PHK Tido Tommssen.

Mia setzte sich gleich wieder an den Schreibtisch gegenüber, auf den blauen Stuhl, und stützte sich mit den Armen ab, bis sie den an der Feder hängenden Kugelschreiber am Ständer entdeckte und damit spielte. Beim zweiten Besuch bekam sie den Blick für Details.

»Der PHK Tommssen!«, flachste Mia zeitverzögert. »Ich hätte nie gedacht, dass ich einmal freiwillig zu Ihnen kommen würde, aber die Situation erfordert es. Ich möchte eine Anzeige erstatten.« Sie ließ den Kuli springen. Der Ständer wackelte.

»Oho, Sie möchten eine Anzeige erstatten. Na, dann.« Er kniff die Augen zusammen. »Gegen wen und um was geht es?«

»Eine Betrugsanzeige gegen Enna Weert.« Mia wollte Immo Weert erst einmal außen vor lassen. Den würde Enna schon belasten. In erster Linie musste sie dem Vertrieb des Wunderwassers ein Ende bereiten, damit nicht noch mehr Abnehmschwache darauf hereinfielen.

Der PHK lachte Mia aus – gefühlte vier Stunden. Seine Augen waren dabei feucht geworden. Zu behaupten, dass er vor Lachen weinte, wäre jedoch übertrieben.

»Sie wollen was?« Er wartete die Antwort nicht ab. »Das geht nicht!«

»Aber es handelt sich bei dem Wunderwasser um Leitungswasser ... Entschuldigung, besprochenes Leitungswasser, für 180 Euro die Flasche ... 0,5 Liter wohlgemerkt.«

»Na und?«, sagte der Hauptkommissar, stand auf und kam um den Tisch herum.

Mia sah zu ihm hoch und ließ den Kuli wieder springen. »Welche Angaben brauchen Sie?«

Er nahm ihr den Kuliständer ab und stellte ihn etwas weiter weg, dann ging er zur Kaffeepadmaschine, setzte sich mit der gefüllten Tasse wieder an seinen Platz.

»Nein danke, ich möchte keinen«, sagte Mia.

Er verbrannte sich die Lippen.

»Sind Sie persönlich betrogen worden?«, fragte Tommssen.

»Ich?«

»Ist hier noch jemand?«

Mia sah sich um. »Nein, nein. Ich meine ja, ja sicher bin ich betrogen worden.«

»Also gut, dann nehme ich es auf und setze Sie als Geschädigte ein. Die anderen Betrogenen müssen dann selbst kommen. Jede einzeln.« Er stöhnte auf. »Eines sage ich Ihnen aber gleich. Wenn die Frauen freiwillig dafür bezahlt haben und keine Anzeige erstatten, dann ist es deren Sache. Wo kein Kläger, da kein Richter.«

Mia hatte da ein ganz anderes Rechtsempfinden. Ihr Joker war einer dieser privaten Fernsehsender. Ein Anruf würde genügen. Die Redakteure brennen immer darauf, einen Skandal aufzudecken. Doch dafür musste erst die Sache mit der mysteriösen Toten geklärt werden, damit Ubbo nichts mehr angehängt werden konnte. Nicht, dass sich alle darauf stürzten und da etwas verwechselt wurde.

Tommssen stellte seine Fragen, schüttelte zwischendurch den Kopf.

»Leitungswasser, aus dem der Teufel ausgetrieben wurde«, sagte Mia und ließ den Kuli, den sie sich mit langem Arm wieder herangeholt hatte, elliptisch um die Feder kreisen.

»… und Sie haben es gekauft, obwohl Sie wussten,

dass es so etwas nicht gibt?« Er sah dem Kuli hinterher, was eigenartig wirkte.

»Ähm, wenn Sie mich so fragen ... ja.«

»Dennoch, wenn jemand etwas bespricht, oder so tut, als würde er etwas besprechen, ist das an sich kein Straftatbestand. Auch eine Teufelsaustreibung ist nicht strafbar. Das macht sogar die Kirche, wenn ich mich nicht irre.« Trotzdem füllte er weiter, diesmal handschriftlich, das Formular der Anzeige aus.

»Aber ...«

»Ja?« Er blickte zum Kalender und setzte das Datum darunter.

»Aber dass man von reinem Wasser abnimmt, ist doch gelogen!«

»Warum haben Sie es dann gekauft?«

»Weil auch die Toten Karla Dickmann und Rika Claassen es gekauft hatten und ich wissen will, ob es einen Zusammenhang gibt. Vielleicht steckt viel mehr im Wasser ...«

Er sah auf. »Dann haben wir demnächst ein Massensterben zu erwarten, oder was?« Seine Lacherei ging Mia gehörig auf den Geist.

»Können Sie mich bitte mal ernst nehmen?«, sagte sie. »Ich versuche, eine Katastrophe für die Insel zu verhindern, und Sie machen sich darüber lustig.«

Er grinste. »Unterschreiben Sie hier.«

Mia fing den Kuli von seiner Umlaufbahn ein und kritzelte mit wütendem Schwung ihre Unterschrift auf das Blatt, schob es ihm rüber.

»Wenn es Sie beruhigt«, sagte er, »weder die Dickmann noch die Claassen sind durch das Wasser gestorben. Geholfen hat es ihnen allerdings auch nicht.«

»Woran sonst? An Tabletten?«, fragte Mia.

Er zuckte mit den Schultern. »Vielleicht trifft das auf Rika Claassen zu. Das bleibt abzuwarten. Karla

Dickmann ist eines ... wie oft soll ich das noch sagen? Jedenfalls weiß jeder, wie durchgeknallt Ubbo Kramer ist. Wir ermitteln in der Sache.«

»Ja, Fakten sind gefragt, nicht irgendwelche Beschuldigungen«, sagte Mia streng.

Tido Tommssen ließ sich nicht aus der Ruhe bringen. »Wir brauchen ein zusätzliches ... Na ja, es ist jedenfalls nicht so einfach, wie Sie sich das als Laie vorstellen. Zurück zum Utkieker. Er scheint untergetaucht zu sein. Ich hatte Ihnen ja gesagt, wenn Sie ihn sehen oder sich womöglich wieder mit ihm treffen, sagen Sie ihm, er hat sich sofort zu melden ... oder melden Sie es uns sofort, wenn Sie wissen, wo er sich aufhält, ansonsten ...«

Mia hätte ihm gern einen Vogel gezeigt. »Was ist mit meiner Anzeige?«, fragte sie stattdessen.

»Ich kümmere mich darum«, sagte er und sah auf die Uhr. »Ich muss dringend weg. Bin überfällig. Auch wir Polizisten müssen mal etwas essen. Auf Wiedersehen!«

Mia ließ den Kuli ein letztes Mal springen.

Als sie sich an der Tür umdrehte, weil ihr noch etwas eingefallen war, sah sie, dass PHK Tido Tommssen das Formular zerknüllte und im hohen Bogen in den Papierkorb warf. Sein Grinsen hätte ihm ausgetrieben werden müssen.

21. Die Millionärin

Mia hatte nur noch einen Wunsch für heute. Sie wollte an den Strand gehen und sich dort erholen. Bei dem Sonnenschein und den angenehmen Temperaturen, was für Ende April nicht selbstverständlich war, musste das jetzt sein. Würde sie sofort zu Ubbo Kramer laufen, lieferte sie ihn ans Messer, denn Mia war überzeugt davon, dass man sie ab sofort beobachtete. Wenn es dieser Tido Tommssen nicht machte, dann vielleicht Immo oder Enna Weert oder deren Gehilfen.

Auf dem Weg zum Strand – der am Ferienhaus vorbeiführte, wo sie schnell ihre Badesachen holte – kam Mia wieder am *Inselcafé* vorbei. Erst auf den zweiten Blick sah sie die Elegante auf der Terrasse sitzen. Vor sich hatte sie ein noch unberührtes Stück Sanddorntorte und ein Kännchen Kaffee stehen, aus dem es dampfte. Spontan hätte Mia am liebsten einen anderen Weg eingeschlagen, weil ihr schlechtes Gewissen sie quälte. Schließlich hatte diese Frau ihr mal eben zweihundert Euro geschenkt, wenn auch aus der Portokasse. Nach kurzer Überlegung fand sie aber, die Dame käme ihr nun doch gelegen.

»Darf ich mich zu Ihnen setzen?«, fragte Mia und saß schon.

»Ah, Sie sind es. Guten Tag. Schön heute, nicht wahr?«

Sie sah in ihrem beigefarbenen Kostüm wieder topgestylt und gepflegt aus. Die dunklen Haare lagen in Wellen. Eine Frisur wie aus den fünfziger Jahren. Wie beim vorigen Mal hatte diese Frau gute Laune. Sie war der beste Beweis dafür, dass Geld glücklich machte.

»Oh ja, sehr schönes Wetter!«, sagte Mia. »Ich genieße es so, auf der Insel zu sein. Drei Wochen mehr wären ideal.« Sie schnappte sich die Speisekarte, hatte aber ganz andere Interessen. »Wie lange werden Sie noch bleiben? Oder anders gefragt, wie lange sind Sie schon hier?«

»Vier Wochen, und es werden weitere vier Wochen. Das gönne ich mir jetzt. Ich bin einundsiebzig Jahre alt und habe mir geschworen, mein Geld bis achtzig draufzumachen. Sollte ich neunzig oder hundert werden, wird man mich bestimmt nicht verhungern lassen. So habe ich mein Leben jedenfalls voll ausgekostet.«

»Ach, die armen Erben«, rutschte es Mia heraus. Sie versteckte sich schnell hinter der Karte.

Die Elegante zog sie Mia langsam vom Gesicht. Sie flüsterte: »Pah, meine Tochter hat selbst genügend Geld. Wissen Sie, dass zu viel Geld auch ein Fluch sein kann?«

»Och«, sagte Mia, »Geld kann man nie genug haben ... und außerdem, was ist schon genug?«

»Ich rede nicht von hunderttausend oder zweihunderttausend. Ich rede von knapp fünf Millionen ...« Sie senkte ihren Blick, wirkte traurig.

Mia war fast so geschockt, als hätte sie wieder eine Tote gesehen.

»Fünf was? Millionen?«

»Pscht!« Sie hielt ihren knorrigen Zeigefinger an den Mund, der nicht aufgespritzt war, was man deutlich sah. »Das erzähle ich natürlich nicht jedem«, sagte die Millionärin. »Bitte schweigen Sie darüber.« Nun klang ihre Stimme heiser. »Sie glauben ja nicht, was ich erlebt habe, nachdem ich Ihnen die zweihundert Euro geschenkt hatte und Sie die Scheune verlassen haben. Mindestens zehn Frauen wollten ebenfalls Geld von mir geschenkt bekommen.«

»Das tut mir sehr leid«, sagte Mia, ehrlich betrübt.

»Ach was, das war meine Schuld«, sagte sie. »Ich bin einfach zu großzügig – gewesen. Damit ist nun endgültig

Schluss! Sie waren die Letzte. Ich mag es nicht, wenn man unverschämt ist oder mich betrügen will.«

»Ich kann Ihnen die zweihundert ...«

»Blödsinn!«

Mia bedankte sich noch mal und versprach, Stillschweigen zu bewahren. Sie riet der Frau, sich der falschen Freunde zu entledigen, falls die sich noch immer auf der Schleimspur befänden.

»Darauf können Sie Gift nehmen. Ich bin zwar alt, aber nicht verkalkt. Auch, wenn andere was anderes behaupten.«

»Andere? Ihre Tochter?«

»Nein, Karla hatte es behauptet.« Sie stach mit der Gabel heftiger in den Kuchen, als es nötig war.

Mia zuckte zusammen. »Karla Dickmann?«

»Ja, genau die! Auch so eine, die den Hals nicht vollbekam. Ruhe in Frieden und denke darüber nach, Karla, was du falsch gemacht hast.« Sie steckte sich ein großes Stück in den Mund und schloss genüsslich die Augen. »Das ist Luxus!«, sagte sie. »Sahnekuchen zu essen, ohne den Genuss zu bereuen, und dann dieser Sanddorn, kann ich nur empfehlen.«

»Das kann man nur machen, wenn man anschließend das Wunderwasser trinkt und trotzdem abnimmt«, sagte Mia mit Hintergedanken.

»Wer glaubt denn den Quatsch?«

Mia spöttelte. »Waren Sie nicht auf der Veranstaltung?« Dabei fiel ihr ein, dass die Elegante selbst gar keine Flasche gekauft hatte.

»Wegen Karla. Sie hatte mich eingeladen, war jedoch selbst nicht erschienen. Hinterher erfuhr ich erst, dass sie zu dem Zeitpunkt bereits tot war. Wir hatten uns am Abend nicht mehr gesprochen, weil es mir nicht gut ging. Ich vertrage keinen Fisch, obwohl ich ihn so gerne esse. Ich selbst hätte beinahe nicht zu dem Informationsabend kommen können, aber dann entschied ich mich doch dafür und musste erfahren, was mit Karla passiert war.«

Mia senkte den Kopf. »Ja, fürchterlich. Was mich auch wundert … Sie glauben nicht an das Abnehmwasser und haben mir dennoch eine Flasche geschenkt? – Einen Sanddorn-Eisbecher, bitte«, bestellte sie schnell bei Suzana, die auf die Terrasse gekommen war und sich umsah, wer noch etwas benötigte.

Die Millionärin lobte den wundervollen Kuchen und setzte das Gespräch mit Mia fort. »Ich dachte, Sie würden daran glauben und manchmal versetzt der Glaube auch Berge und deshalb wollte ich Ihnen …und weil ich doch …«

Mia streckte die Arme wieder nach der Karte aus, weil sie dabei unauffällig auf die Uhr sehen wollte. Zeit, zum Strand zu gehen, war immer noch.

»Haben Sie es eilig?«, fragte ihr Gegenüber. Es klang ängstlich.

»Nein, ganz im Gegenteil«, antwortete Mia. »Es gefällt mir, mit Ihnen zu plaudern.«

Die Elegante lächelte. »Da ich die Ältere bin, möchte ich das Du anbieten. Wäre das in Ordnung?«

»Sehr gerne! Ich heiße Mia.«

»Mmmiiiaaa, was für ein schöner Name! Meiner klingt eher altmodisch. Ich wurde deswegen als Kind oft gehänselt. Ich heiße Zarah – mit h am Ende!«

»Zarah! Doch, der Name hat was. Klingt nach russischem Fürstenhaus oder nach Zarah Leander.«

»Genau. Daher habe ich wohl auch meinen Namen bekommen. Meine Mutter liebte die frechen Lieder der Zarah Leander, die später auch meine Lieblingslieder wurden.« Ihre Wangen wurden rot.

Ob in ihrem Kuchen Schnaps war?

Zarah brüstete sich. »Außerdem passt der Nachname so gut. Leander.«

Mia staunte. Sie saß mit der Millionärin Zarah Leander an einem Tisch! Wie schön!

Der vorher bei Suzana bestellte Sanddorn-Eisbecher kam da gerade recht. Das musste gefeiert werden. Doch nur kurz. Mia überlegte fieberhaft, wie sie nun wieder den Schlenker zu Karla Dickmann bekommen könnte.

»Sie sehen dieser Sängerin sehr ähnlich«, sagte Mia. »Ihre Größe, ihre Fi…, die Art, wie Sie sich kleiden, so elegant, und Ihre Frisur.«

Zarah winkte verlegen ab.

»Karla Dickmann war auch so elegant gekleidet«, sagte Mia. »Ich habe sie nur kurz gesehen, aber das, was ich sah, war sehr pompös.«

»Ja, genau, pompös. Mehr Schein als Sein. Billigklamotten trug Karla, aus dem Fernsehen, von diesem Stardesigner, der mit dem schwarzen Bart. Seine Idee, pompöse Sachen für Trudi und Gudi bezahlbar zu machen, ist grandios, keine Frage.« Sie hob die Arme, an denen die Goldkettchen klimperten, die vorher von den Ärmeln gut verdeckt gewesen waren, und senkte sie wieder. »Für den Preis kann man keine Seide und hochwertige Stoffe verlangen, aber allein diese lächerlichen Kronenmuster und Lilienornamente überall – nicht mein Stil.« Nun warf sie die Gabel auf den leeren Teller und tupfte sich die Mundwinkel ab. »Und wenn dann jemand so tut, als habe er Millionen auf dem Konto …« Sie stockte, weil sie Mias Blick sah, »… muss sie damit rechnen, übers Ohr gehauen zu werden.«

»So? Von wem denn?« Mia schob ihren Becher beiseite und beugte sich nach vorne.

»Da möchte ich nichts Falsches behaupten. Sie hatte aber am Tag ihrer Ankunft einen fürchterlichen Streit mit Immo Weert, und diese Rika hing auch mit drin. Es ging um Geld, das angeblich futsch sein sollte. Jedenfalls steckten dieser Immo und diese Rika unter einer

Decke. Karla wollte ihn am Abend der Veranstaltung vor allen Leuten zur Rede stellen, wenn er es ihr nicht zurückgab. Aber das konnte sie nicht mehr. Da war sie ja bereits ...«

»... tot!«, vervollständigte Mia. »Interessant!« Sie hätte sich am liebsten Notizen gemacht, doch das wäre zu auffällig gewesen und würde unangenehme Fragen nach sich ziehen. So stellte sie lieber noch eine Frage: »... steckten unter einer Decke? Steppdecke?«

Zarah hob und senkte die Schultern. »Weiß man's? Ich war nicht dabei. Ich weiß nur, dass Karla am Tag ihrer Ankunft, nach dem Streit, wieder eine schlimme Depression bekommen hatte. Deswegen war sie in Behandlung. Sie ließ sich telefonisch eine höhere Dosis Tabletten verschreiben. Das Rezept schickte der Arzt direkt zur Apotheke – ausnahmsweise per Fax. Prompt war ihr Immo in der Apotheke begegnet, der die Tablettenübergabe mitbekam und beim Hinausgehen eine dumme Bemerkung darüber machte. Das zog sie noch weiter runter. Karla hat mir das alles selbst am Telefon erzählt. Ich hatte versucht, sie aufzuheitern, aber es war mir nicht gelungen. Im Gegenteil ... was sollte ich denn machen? Habe genug mit mir zu tun.«

»Oh je, wie das Eis verrinnt!«, sagte Mia. »Es wird Zeit für mich.«

Sie zückte die Geldbörse.

»Lass mal, das übernehme ich.« Zarah wedelte mit einem gelben Schein nach der Kellnerin, die aber mit einem »Ich komme gleich« an ihr vorbei ins Café lief.

Mia verabschiedete sich herzlich von Zarah mit dem Versprechen, dass es garantiert nicht ihr letztes Gespräch war.

22. Schreck im Versteck

Natürlich bezahlte Mia ihren Eisbecher selbst, auch wenn sie nicht viel von ihm hatte. Sie war der Kellnerin Suzana ins Café gefolgt und übernahm auch Kuchen und Kaffee von Zarah. Der Preis für die Informationen oder eine insgeheime erste Rate für das Wunderwasser.

Anstatt sich an den Strand zu legen, also ihren Plan von heute Morgen umzusetzen, entschied sie sich, über kurze Umwege zum Versteck des Utkiekers zu gehen. In der Hand hielt sie links den Einkaufsbeutel mit Lebensmitteln und rechts ihre Tasche mit den Badesachen. Es war für Ubbo immer noch zu gefährlich, selbst einkaufen zu gehen. Mit einer Bezahlung musste sie nicht rechnen. Das nahm sie in Kauf. Auch wenn sie nicht nachgefragt hatte, wie viel Geld ihm zur Verfügung stand, hatte sie das dumpfe Gefühl, es mit einem armen Schlucker zu tun zu haben. Sie unterstützte ihn gerne. Außerdem brauchte sie seine Informationen. Er kannte sich auf der Insel und mit den Spiekeroogern bestens aus und musste ihr mehr über Immo und diese Immobilienmaklerin aus Hamburg erzählen. Vielleicht hatte er die beiden schon mal flirten oder unter einer Decke oder auf einer Decke am Strand gesehen, in den Dünen. Hach, Mias Kopfkino lief an.

Sie wusste nur noch ungefähr, wo sein Versteck war, da sein Zeichen, das Kreuz, anscheinend von einem Hund fortgeschleppt worden war. Schließlich fand sie seinen Unterschlupf. Er war leer, der Ast beiseitegeschoben.

»Hallo?«, flüsterte Mia und ging ein paar Dünen weiter, Richtung Osten. »Ubbo?«, rief sie gedämpft. Ein paar Reiterinnen kamen vorbei. Mia duckte sich, obwohl sie weit genug vom Strand entfernt war. Vom Utkieker keine Spur. Kein Zettel, kein Nichts, aber zum Glück auch nirgends seine Leiche. Sie ging zurück und stellte die Lebensmittel auf den Boden in eine Ecke, falls er doch noch zurückkam.

Was war das? Dort, wo der Strand begann, hörte sie Geräusche, als ob jemand hinter ihr Sand schaufelte oder schlurfend darüberging. Mia ging zu der Stelle, wo sie die Badetasche abgelegt hatte. Doch auch die war plötzlich verschwunden - wie der Utkieker.

Es war zwecklos, nach Spuren zu suchen, dafür hatte sie selbst zu viele hinterlassen. Mia beruhigte sich langsam wieder. Sie musste ja nicht gleich an das Schlimmste denken – und doch tat sie es.

Ihre Gedanken switchten hin und her. Mal war Ubbo ein Opfer, mal der Mörder. Der Mörder von Karla Dickmann, die er gezwungen hatte, eine Überdosis Pillen – seine Psychopillen? – zu nehmen und einen Abschiedsbrief zu schreiben. Nach wie vor war sie der Meinung, dass es sich so zugetragen haben musste. Da war es erst einmal nebensächlich, wo Pillen und Brief geblieben waren. Sie wusste, was sie gesehen hatte. Aber warum sollte der Utkieker es getan haben? Weil er meinte, diese Frau würde das Unheil auf die Insel bringen? Wusste er nicht, dass das Geschäft mit der Immobilie geplatzt war? Zugegeben, es war sehr schräg gedacht. So schräg, wie auch der Utkieker dachte. Er konnte in seiner Panik doch von der Insel geflohen sein, weil er mit dem Mord etwas zu tun hatte.

Ubbo Kramer konnte aber auch das Opfer von Tommssen sein, der ihn als Sündenbock brauchte, weil er entweder nicht nach dem Mörder von Rika suchen mochte oder den wahren Mörder bereits kannte und ihn deckte.

Eine unwahrscheinliche Theorie. Auch wenn ihr dieser PHK Tommssen unsympathisch war, so musste er als Polizist ehrlich sein. Polizist – Polizei ... ›Vor der müssen wir uns in Acht nehmen!‹, hatte der Utkieker gesagt.

... und die alles entscheidende Frage: Wer hat verdammt noch mal den Badeanzug geklaut?

»Los jetzt!«, rief Mia ins Blaue hinein, »Bei drei habe ich meinen Badeanzug und mein Handtuch zurück, aber zackig!«

Die Stille nutzte sie, um eine Entscheidung zu treffen. Noch einmal würde sie die Strecke zur Ferienwohnung gehen und dort ein Handtuch aus dem Bad nehmen und dazu ihren Bikini einstecken. Danach wollte sie sich so lange an den Strand in den warmen Sand legen, bis sie zumindest den Ansatz einer Lösung gefunden hatte. Mehr war im Moment nicht drin, denn sie wusste nicht, wo sie nach dem Utkieker suchen sollte, und was stattdessen zu tun war, fiel ihr so schnell auch nicht ein.

23. Sonnenbrand am Strand

Mia hatte sich ein sonniges Plätzchen am Strand gesucht und ihr weißes Badetuch ausgebreitet. Sie brauchte dringend Wärme und Freiraum.

Das Treiben am Strand war gemäßigt, da die Sonne im Moment am höchsten stand. Zu dieser Zeit saßen die Touristen wohl lieber im Restaurant und aßen und tranken Gekühltes, statt sich grillen zu lassen.

Sie setzte sich den Strohhut auf, den sie beim ersten Packen vergessen hatte, was nun ihr Glück war, und nahm einen Krimi zur Hand. Andere lasen Fachbücher zur Fortbildung, sie las Krimis. Obwohl man längst nicht alles glauben durfte, was da geschrieben stand. Jeder Autor war auch nur ein Mensch und machte Fehler bei den Recherchen oder legte etwas falsch aus. Außerdem war es gar nicht möglich, die Arbeit eines Kriminalisten 1:1 wiederzugeben. Die Leser würden sich langweilen und selbst ein schreibender Kriminalist oder Polizist war nicht davon befreit ... Polizist ... Tido Tommssen ...

Sie sollte ihn gründlich unter die Lupe nehmen. Was machte er in seiner Freizeit? Verbrachte er sie auf dem Festland oder blieb er allzeit auf der Insel? Gehörte er einem Verein an? Gab es hier Vereine? Bestimmt. Hatte so einer wie er überhaupt ein Privatleben, Freunde, eine Frau – oder zwei – noch Eltern, Geschwister oder selbst Kinder? Geschwister ... da war doch was. Jemand hatte ihr erzählt, dass er einen Bruder hatte. Jello, Jelto, Jel... Ach, an diese ostfriesischen Namen gewöhnte sie sich nie ... Der sollte eine Massagepraxis, oder eine Sauna oder ein Wellness-Studio ... nein, einen Tempel, einen Wellness-Tempel besitzen. Den würde sie sich nach ihrem ausgiebigen Sonnenbad anschauen. Immo Weert hatte auf der Abendveranstaltung verkündet, dass jeder, der das Wunderwasser erwarb und eine Kur damit machte, sich kostenlos auf der High-Tech-Waage im Wellness-Tempel wiegen lassen konnte. Na, dann! Mia dachte zwar nicht daran, dieses teufelsausgetriebene Wasser zu trinken, aber sie würde mal über ihren Schatten springen und direkt auf die Waage, aber erst, nachdem sie sich in der Inselapotheke gewogen hatte.

Vertrauen ist gut – Kontrolle ist besser.

Aus der so herbeigesehnten Wärme war nun Hitze geworden. Heiß, very hot, ihre Haut glühte ... aber noch angenehm ... das gab eine schöne braune Hautfarbe, die zumindest Erholung vortäuschte, auch wenn es unter der Haut, besonders im Herzen, ganz anders aussah.

Stichwort Mario! Immer wieder kam er ihr in den Sinn. Hin- und hergerissen zwischen Verlangen und Verweigerung, zwischen Liebe und Eifersucht, zwischen Toleranz und Treue. »Ich liebe ihn noch immer«, waren die Worte von Fee beim Elführtje gewesen. »Er ist bestimmt ein guter Vater«, hatte sie gesagt. Feenkinder? Welches Spiel spielte Mario? Welches Spiel spielten der Utkieker und Immo und Enna und … und …

Sie sah aus einer Nebelwand Mario auf sich zukommen, nackt – so wie sie es plötzlich war. Sie war erregt, und er erst recht. Sie fielen übereinander her. Um sie herum standen Menschen und klatschten den immer schneller werdenden Takt dazu.

Die Haut brannte fürchterlich. Jede Bewegung schmerzte höllisch. Vorsichtig nahm Mia das aufgeklappte Taschenbuch von ihrem Bikinibauch und sah die witzigste weiße Stelle des Tages. Mindestens drei Monate würde sie dieser Buchabdruck daran erinnern, dass sie in der Mittagszeit am Strand eingeschlafen war und die Sonne vergeblich versucht hatte, sie zu wecken. Mia wollte sich mit dem Handtuch über den Schultern schützen. Zu spät! Es bewirkte das Gegenteil. Wie eine zentnerschwere Last lag es auf dem fast rohen Fleisch. Eine Verbrennung mindestens zehnten Grades. Hätte sie ihren Kopf nicht unter einem Hut verborgen gehabt, sie hätte mit einem Sonnenstich ins Krankenhaus eingeliefert werden müssen, oder wäre gar nicht mehr aufgewacht. So verspürte sie lediglich leichte Kopfschmerzen und ein Schwindelgefühl, was sicherlich der fehlenden Flüssigkeitszufuhr geschuldet war.

Bei dem Gedanken an ihren Traum mit Mario wurde ihr noch heißer. So etwas würde sie kein zweites Mal erleben. So etwas nicht.

24. Im Wellness-Tempel

Pläne waren das eine, sie zu verwirklichen, das andere. Mia hatte erst einmal das dringende Bedürfnis, lauwarm zu duschen und etwas Federleichtes anzuziehen. Am liebsten wäre sie nackt herumgelaufen, aber mit dem weißen Buch auf dem Bauch …

Ihre Schritte wurden langsamer, je näher sie zum Ferienhaus kam. Sie war so schlapp, als hätte sie sich bei sengender Sonne in der Wüste aufgehalten. Wobei sie nicht wusste, ob sie die Archäologin oder das Skelett war.

»Huhu!!! Mia!!!«, wehte der Wind zu ihr, und nun sah sie zwei Arme hin und her wedeln. Das war Fee! Auch das noch!

»Schöne Grüße von Mario!«, sagte sie, als Mia bei ihr stand. »Er hat versucht, dich über Handy zu erreichen, aber es nicht geschafft. Mario macht sich Sorgen, fragt, ob alles in Ordnung ist. Über eine Stunde haben wir telefoniert. Er hat sich wirklich zu seinem Vorteil verändert.« Sie strahlte immer noch.

Halt die Klappe!, dachte Mia und hätte es gerne ausgesprochen. Aber sie wollte ungern einen Streit heraufbeschwören und schon gar nicht ihr Quartier wechseln müssen. So bekam sie wenigstens mit, wie oft Mario und Fee miteinander sprachen – falls Fee es ihr jedes Mal so freudig erzählte.

Mia zog ihren Strohhut tiefer ins Gesicht, hielt die Tasche vor den Bauch. Auch wenn der mit einem nassen T-Shirt bedeckt war, sollte Fee ihn nicht sehen. Mia lächelte verkrampft. »Ich werde mich bald bei ihm melden. Im Moment habe ich keine Zeit dafür. Sag ihm einfach … Ach, nein, das erledige ich lieber selbst.« Ihre Beine zitterten. Sie musste sich dringend der Sachen entledigen und Kühle an die nackte Haut lassen. Mia entschuldigte sich, als sie merkte, wie sie von Fee beäugt wurde: »Ich habe zu lange in der Sonne gelegen. Werde mich gleich im Wellness-Tempel mit kühlen Anwendungen verwöhnen lassen. Wo befindet sich der noch mal? Ist mir entfallen.«

»Richtung Süden, drei Straßen weiter, dann links – rechts, das erste Haus auf der linken Seite. Schade, hätte dich gerne zum Tee eingeladen. Wir haben uns noch gar nicht richtig kennengelernt.«

Mia sah sie an. So schauten normalerweise Menschen aus, die es ehrlich meinten. Entweder war Fee eine gute Schauspielerin oder sie hatte wirklich ein starkes Interesse, Mia kennenzulernen. Warum wohl! Das fehlte ihr noch, dass sie beide Freundinnen wurden …

Erfrischt und gestärkt ging Mia die Straße entlang. Eine Wolkenfront hatte glücklicherweise der Sonne Einhalt geboten. Der kühle Wind war ein Geschenk für die Haut, von der sie nur das Nötigste bedeckt hatte. Schnell noch in die Apotheke gehen und wiegen, forderte sie sich auf.

Vorsichtig stellte sie sich auf die Waage und dann der Schock. Das durfte nicht wahr sein! Die haben sie ja nicht mehr alle, die Waagen-Hersteller! Bei einer Körpergröße von einem Meter fünfundsiebzig wog sie satte fünfundachtzig Kilogramm? Am liebsten hätte sie die Wunderwasserflasche auf Ex getrunken – wenn sie daran geglaubt hätte.

Mia hatte den Wellness-Tempel nicht auf Anhieb gefunden, da sie bei der Verteilung der Sinne keinen für die Orientierung abbekommen hatte. Nun stand sie zwar vor der richtigen Hausnummer, aber das schien ein privater Eingangsbereich zu sein. Sie bückte sich und sah unter der Gardine durch das Fenster, direkt in die Küche. Ein Mann mit Berliner Dialekt fragte, ob er helfen könne, und zeigte ihr den Haupteingang um die Ecke.

So hatte sie sich den Wellness-Tempel nicht vorgestellt, so sah ein Ostfriesenhaus aus. Vor dem bodentiefen Sprossenfenster stand eine hellblaue Bank zwischen zwei Blumenkübeln.

Die Tür war angelehnt. Mia ging unter einem Dreiklang-Gong hinein und war in Griechenland angekommen. Gekalkte Wände, griechische Götterskulpturen und eine Vielzahl großformatiger Tempelfotografien. In der Sitzecke standen geschwungene Stühle mit hochgezogenen Lehnen, auf dem Glastisch auf Säulen lagen Hochglanzmagazine, die sich mit Wellness und Fitness beschäftigten.

»Einen schönen guten Tag«, begrüßte sie der Anmeldetresen aus simplem Buchenholz. »Bin gleich für Sie da.«

Niemand zu sehen. Hatte sie den Fortschritt der Technik verpasst? Sie beugte sich weit über den Tresen, anstatt drum herum zu gehen, und sah den Mann auf dem Boden hocken. Mit Kehrblech und Besen beseitigte er irgendetwas. Er erschrak, als er nur Mias Kopf sah.

Sie nahm es nicht persönlich. Der Sonnenbrand hatte vermutlich mehr angerichtet, als sie vorhin noch im Spiegel gesehen hatte.

»Lassen Sie sich ruhig Zeit, wenn Sie noch einen Termin für mich frei haben. Meine Haut und ich brauchen dringend eine Beruhigung.«

Der Reinliche kam nach oben, deckte den Eimer mit der Schaufel ab und schob ihn mit dem Fuß unter den Tresen. »Selbstverständlich habe ich Zeit für Sie! Sie sind neu hier, richtig?« Er lächelte freundlich, ging zum Waschbecken in der Ecke und desinfizierte vorbildlich die Hände und stark behaarten Unterarme. »Wir können sofort loslegen, wenn Sie möchten.« Er sang fast, wenn er sprach, so wie es Rheinländer, besonders die Kölner machten. Die Frage nach seiner Herkunft würde ihre erste Frage sein, wenn sie bei der Anwendung angekommen waren.

Jetzt kramte er in seinen Unterlagen. *Sofort* schien bei ihm ein weitläufiger Begriff zu sein. Mia störte es nicht, beobachtete ihn so lange. Sie mochte seine weichen Gesichtszüge. Die blonden Löckchen wippten, wenn er den Kopf drehte. Das Gesicht war popoglatt rasiert und hatte nur einen Makel, eine Narbe quer über der rechten Wange. Früher hatte man so etwas Schmiss genannt. Da sie ihn aber höchstens auf fünfunddreißig Jahre schätzte, nannte man es bestimmt Unfall.

»Auch eine Hot-Stone-Massage?«, fragte er und fing ihren lächelnden Blick ein, der auf seiner Brust ruhte.

»Himmel, nein!«, rief Mia. Sie verzog das Gesicht. »Das ist mir zu heiß!«

»Eine Thalasso-Anwendung?«

»Das hört sich schmerzhaft an«, sagte sie. »Was ist das?«

»Eine Behandlung mit Meerwasser oder Meeresluft, Sonne, Algen, Schlick und Sand.«

»Sonne? Schlick und Sand?«, kreischte Mia. »Nein, danke! Darauf werde ich wohl verzichten müssen, mit meinem Sonnenbrand. Ich weiß auch nicht, ob eine Kopfmassage und Fußreflexzonen-Massage gut für mich wären, so wie es hier in Ihrem Angebot steht.« Sie legte den Flyer beiseite und bekam eine Gänsehaut, wenn sie nur daran dachte. »Mir würde eine sehr vorsichtige Anwendung mit einer eiskalten After-Sun-Creme reichen. Machen Sie so etwas? Oder mit Eis? Schokoladeneis?« Ihr lief das Wasser im Mund zusammen.

Er reichte ihr einen federleichten weißen Bademantel aus Microfaser, dazu ein Paar Einweg-Frotteeschuhe, wie man sie auch in Fünf-Sterne-Hotels auf dem Bett vorfand. Auf seinem weißen Polohemd war nur der Vorname in Blau eingestickt: *Jelko*. Stimmt, dachte sie, Jelko ... Jelko Tommssen. Gut so, hier verwöhnte der Chef persönlich. Alles, was sie über ihn und seinen Bruder Tido wissen wollte, konnte sie ihn direkt fragen.

Jelko führte sie durch den Flur, von dem mehrere Türen abgingen. Sie las die geschwungene Schrift im Vorbeigehen: *Umkleidekabine – Herren – Damen*. Auf den nächsten Türen waren Figuren von verschiedenen Meerestieren angebracht. Vermutlich handelte es sich um Motto-Zimmer. Von außen hatte das Gebäude nicht so groß ausgesehen und schon gar nicht so modern. So konnte man sich täuschen.

Sie kamen an eine Fensterfront. Mia blieb erstaunt stehen. Vor ihnen lag das Hallenschwimmbad mit einem traumhaften Ausblick auf die See. »Ich habe es mir anders überlegt«, sagte sie. »Ich denke, es reicht, wenn ich nur schwimmen gehe. Das wird meinen Sonnenbrand ausreichend kühlen.«

»Wie Sie möchten. Haben Sie einen Badeanzug dabei?«, fragte er.

»Oh je, noch nicht mal einen Bikini. Verleihen Sie welche?«

»Nein, das machen wir grundsätzlich nicht – aus hygienischen Gründen.«

Mia brach der Schweiß aus. Die Hitze von außen und innen war unerträglich. Das hätte sie sich doch denken können, dass es in einem Wellness-Tempel auch ein Schwimmbad gab. Wo hatte sie nur ihre Gedanken gehabt? Bei Tido, Immo und Enna und dem Utkieker, antwortete sie sich. Heute war bereits der vierte Tag ihres Aufenthaltes auf Spiekeroog und sie hatte das Gefühl, keinen Schritt weitergekommen zu sein und sich im Kreis zu drehen.

»Möchten Sie noch mal wiederkommen und Ihre Badesachen holen?«, fragte Jelko.

»Nicht nötig. Lassen Sie uns keine Zeit verlieren.«

Jelko nickte. Verstanden hatte er es bestimmt nicht, was sie damit meinte.

Mia lag auf der Massageliege des geräumigen Delphin-zimmers mit Panoramafenster – Blick auf die See – und wo musste sie hinschauen? Nach unten, auf die weiß-grauen Fliesen, die anscheinend im ganzen Tempel verlegt worden waren. Es tröstete sie nur schwach, dass Jelko auch keine bessere Aussicht hatte. Sie lag auf dem Bauch und wartete auf die Schmerzen, die da kommen würden, wenn er ihr die vorher ausgesuchte Milch auf dem wunden Rücken verteilte.

»Aaah! Hmmm! Jaa!«, stöhnte sie lustvoll. Geräusche, die ihr im Nachhinein peinlich waren.

»Ist es so angenehm?«, fragte Jelko.

»Hmhm! Kommen Sie ursprünglich aus dem Rhein-land?«, fragte sie zurück.

»Hört man das? Ja, aus Köln. Habe dort zehn Jahre gelebt. Bis meine Mutter wegen ihrer angegriffenen Bronchien an die Nordsee wollte. Da ist mir die Idee gekommen, mich als Masseur mit dem Wellness-Tempel selbstständig zu machen. Mein Bruder ließ sich später hierhin versetzen. Nun sind wir wieder alle zusammen, aber es ist nicht immer einfach.« Er seufzte. »Drehen Sie sich bitte mal um?«

Mia musste erste Hemmungen überwinden, aber es störte ihn nicht, sie mit blankem Busen und Buchabdruck auf dem Bauch zu sehen, und das war die Hauptsache.

»Mittlerweile lebe ich seit neun Jahren auf Spieker-oog«, fuhr er fort, »und kenne fast alle achthundert Einwohner.«

»Auch den Utkieker?«, fragte Mia.

»Den kann man nicht übersehen. Das heißt, ich habe

ihn schon lange nicht mehr gesehen ... Wo steckt der eigentlich?«

Mia zuckte kurz mit den Schultern. »Wenn ich das wüsste.«

Er hielt eine Flasche hoch, ließ sie daran riechen und erklärte: »Der dezente Duft der kühlen Sonnenmilch rührt nicht von einem Parfum her, sondern von einer natürlichen Ingredienz, die Entzündungen lindert ...«

Sie nickte. Anscheinend waren die hier auf Sonnenbrände spezialisiert.

»Aaah ... guuut«, stöhnte Mia ein letztes Mal. Sie musste sich zusammenreißen, lieber reden. »Ich werde Sie weiterempfehlen. Sind alle Ihre Mitarbeiter so gut wie Sie? Wie viele Spa... Spezialisten gibt es hier?« Zugegeben, es war etwas plump, aber wenn es weiterhalf ...

»Ich habe noch zwei Mitarbeiter«, antwortete er, während er vorsichtig die Milch auf Brust und Bauch verteilte. Er wirkte nicht erstaunt darüber, dass sich darauf ein Buch abmalte. Hatte er bestimmt öfters gesehen: Buch, Handy, Zeitung, Glas, Bierflasche.

»... und Sie haben eine Geschäftspartnerin«, ergänzte Mia. »Zumindest steht es am Eingang auf dem Firmenschild. Britta Schulz.«

»Oh, das muss ich dringend ändern. Britta ist leider ausgestiegen. Das hat mich etwas aus der Bahn geworfen. Aber natürlich hatte ich Verständnis dafür, dass sie an ihr Privatleben denken musste. Ich bewundere Menschen, die es wagen, etwas völlig Neues anzufangen und dabei ihre wertvolle Freizeit, das Leben an sich, nicht vergessen. Danach war mir die Idee mit dem Umbau zum Tempel gekommen. Leider fehlten mir ... Na ja, es ist so, wie es ist.«

Mia überlegte, was für sie in Frage käme, wenn sie neu durchstarten würde. Sie kam nicht drauf. »Was hat sie denn Neues angefangen?«, fragte Mia Jelko, der sie gefühlt nicht berührte, aber dennoch die Milch verteilte. Er verstand seinen Job.

»Sie ist erst einmal für drei Monate nach Lappland gefahren, zum Hundeschlittenrennen, und wird danach mit ihrem Mann einen Segeltörn in der Karibik machen.«

»Oha«, sagte Mia, der spontan einfiel, dass sie sich nicht nach dem Preis für die Anwendung erkundigt hatte. »Ach, übrigens. Ich soll Ihnen schöne Grüße von Ihrem Bruder Tido ausrichten«, log sie.

»Soo? Das macht er doch sonst nicht.«

Zum Glück war Mias Gesicht schon rot, so würde sie sich nicht verraten.

»Wieso?«, fragte sie. »Haben Sie kein gutes Verhältnis zu ihm?«

Er sah sie kurz an, wie ein Zeuge, der überlegte, ob es gut war, das zu erzählen. »Na ja, wie es halt unter Brüdern sein kann. Der Erstgeborene meint immer, er sei der König. Meine Mutter ist nicht unschuldig daran. Selbst im hohen Alter verhätschelt sie ihn wie ein Baby. Er bekommt von ihr alles, was er will, und wenn nicht, nimmt er es sich.« Seine Stimme wurde immer lauter, die Hände schneller. Plötzlich kneteten sie. Mia schrie kurz auf.

Er erschrak und ließ sofort von ihr ab. »Entschuldigung!«

Oh je, den quälte immer noch nicht Verarbeitetes. Gut, dass sie gefragt hatte.

»So, fertig. Sie dürfen sich wieder anziehen. Wenn Sie morgen zu einer weiteren Behandlung kommen und die nächsten zwei Tage vorerst im Schatten bleiben, wird sich Ihre Haut schnell regenerieren.«

Mia schlüpfte in Zeitlupe in ihren Bademantel. »Ich könnte mich selbst in den Hintern treten«, sagte sie. »Das ist mir noch nie passiert. Ich schlafe sonst nicht in der Sonne ein, aber ich hatte die letzten Tage einfach zu viele Aufregungen. Zwei Tote auf der Insel, das erlebt man sonst nur im Fernsehen.«

Er nickte. »Ja, das stimmt. Das ist hier keine Touristenattraktion. Die Einheimischen machen sich große Sorgen, fragen sich auch, wer oder was dahinterstecken könnte. Wir Geschäftsleute würden erhebliche Einbußen bekommen, wenn herauskäme, dass es keine natürlichen Tode sind.«

Mia nickte. Sensationslust und Nervenkitzel könnten aber auch das Gegenteil bewirken. Das sagte sie natürlich nicht. Sie dachte dabei an eine bestimmte Zielgruppe. »Bei Karla Dickmann geht man von einem Suizid aus«, bluffte sie. »Was zu beweisen bliebe. Nur will sich anscheinend niemand darum kümmern. Aber was ist mit dieser Immobilienmaklerin, dieser ... ?«

»Rika«, sagte Jelko.

»Ja, genau. Ich habe vor ihrem Tod kurz mit ihr sprechen können. Sie war eine sehr Flotte, nicht wahr?«

Jelko nickte. »Alle waren hinter ihr her.«

»Alle?«, fragte Mia und zwinkerte ihm zu.

»Alle, außer mir!« Er ging ein Stück zurück. »Solche Frauen sind nicht mein Typ.«

Mias Gesichtsausdruck schien zu wirken. Er fühlte sich in Erklärungsnot. »Sie war bekannt wie eine bunte Möwe. Immer auf der Suche nach Männern und einem lukrativen Geschäft.«

»Welche Häuser hat sie denn so vermittelt? Ferienhäuser? Geschäftshäuser?« Mia ging zu der Wand, an der sein Schreibtisch stand, weil sie das Foto näher betrachten wollte, das dort hing. Es war das Bild eines Hofes, den sie nur zu gut kannte. »Ein schöner Bauernhof«, sagte sie unschuldig, wie ein Lämmlein.

»Bauernhof wäre zu viel gesagt. Dort gibt es keine Nutztierzucht.«

Er setzte sich an seinen Schreibtisch und sah auf

den Tischkalender. »Entschuldigen Sie, der nächste Termin ...«

»... und der Hof ist genauso heiß begehrt, wie Rika es war«, vermutete Mia laut.

»Er stand schon mehrmals zum Verkauf. Mal will der Besitzer verkaufen, mal wieder nicht. Irgendwann wird er es müssen. Wir sehen uns morgen um vierzehn Uhr, wenn es recht ist.«

»Ist es. Ich freue mich darauf.« Mia sah auf den Schreibtisch, auf das unbeschriebene Kalenderblatt für heute. Genug gesehen. Sie ging zur Tür, drehte sich davor kurz um. »Auf Wiedersehen! Sie haben mir sehr geholfen. Ich finde alleine zurück.«

Jelko folgte ihr durch den Flur.

Sie blieb unvermittelt stehen. Er erschrak, konnte so schnell nicht stoppen und rempelte sie an, entschuldigte sich. Mia sog Luft durch die Zähne.

»Was mir gerade eingefallen ist«, sagte sie, »ich bin eine Kundin von Immo und Enna Weert und habe auf der Veranstaltung eine Flasche Wunderwasser gekauft. Man sagte mir, dass ich mich hier wiegen lassen kann, um den tatsächlichen Erfolg zu sehen. Die Flasche ist nun leer. Können wir das noch eben machen? Bin so gespannt.«

Jelko wuschelte mit seinen Händen durch die kurzen Locken, seufzte laut auf. Er sagte mit einem knappen »Ja« zu, obwohl er angeblich doch so gar keine Zeit dafür hatte.

Er voran, sie hinterher, in eine Art Kammer.

»Mit Bademantel oder ohne?«, fragte Mia vor der Waage stehend.

»Was? Ja ... nein ... ruhig mit. Stellen Sie sich einfach auf die Trittfläche.« Er nahm das Anzeigekästchen mit dem Spiralkabel ab.

»Wieviel haben Sie vorher gewogen?«, fragte er.

140

Mia nannte ihr ehrliches Gewicht.

Er wandte sich von ihr ab. »Bitte bleiben Sie still stehen.«

»Ich stehe still«, sagte Mia.

»Oh, ich darf Ihnen gratulieren. Sie haben fünf Kilogramm abgenommen!«

»Ehrlich?«

»Ja, sicher. Zweifeln Sie daran?« Jelko sah sie von der Seite an.

»Nach dem kalorienreichen Essen? Wahnsinn! Das glaube ich erst, wenn ich es gesehen habe.«

Er hielt ihr die Anzeige hin. Leuchtend rote Buchstaben: 80.0 kg

Dass sie das noch erleben durfte!

»Schon erstaunlich, was der Glaube bewirken kann. Ich habe nur geglaubt, die Flasche ausgetrunken zu haben. Habe ich aber nicht und dennoch zeigt die Waage fünf Kilo weniger.«

»Nicht nur der Glaube ist dafür verantwortlich«, holte Jelko aus, »es handelt sich bei dem Wasser um mehrfach gefiltertes und mit Mineralien …«

»Hören Sie doch auf! Ich habe es nicht getrunken. Außerdem habe ich mit eigenen Augen gesehen, welche Mineralien reingekommen sind. Das waren höchstens die Kalkablagerungen vom Wasserkran aus der Waschküche. Was zahlt man Ihnen dafür, dass Sie diesen Spuk mitmachen und die Waage manipulieren?«

Jelko schien es die Sprache verschlagen zu haben, bis er ein einziges Wort wiederfand: »Nichts!«

Mia glaubte ihm, wusste aber noch nicht, warum.

Er hatte sich schnell aus dem Staub gemacht, im Vorbeigehen auf die Tür der Umkleidekabine gezeigt und gefragt: »Sehen wir uns morgen?«

»Selbstverständlich!«, hatte Mia ihm nachgerufen. Sie

war nicht nachtragend und hatte noch so viele Fragen.

In der Kabine schlüpfte sie aus ihrem Bademantel und wieder in ihr Sommerkleid. Jede Bewegung schmerzte. Erstaunlich, wie man Schmerzen ausblenden konnte, wenn man abgelenkt war.

Mia hörte Jelko telefonieren. Sie öffnete leise die Tür und lauschte. Normalerweise machte sie so etwas nicht, aber was war schon normal bei ihr?

»Tido! Doch! Du hast dich seit Tagen nicht um Mutter gekümmert. Ich komme hier nicht weg. Habe das Haus voller Kunden ... Mutter braucht dringend ihr Insulin ... Das Rezept liegt der Apotheke vor ... Nein, sollen sie nicht. Das müssen wir machen. Ich weiß nicht, wo die Spritzen geblieben sind. Vorgestern waren sie noch da. Vielleicht hat Mutter sie verkramt. Sie wird immer tüddeliger. Warum das denn nicht? Du solltest dich was schämen! Wie viel willst du denn noch von ihr? Kein Wunder, wenn sie so reagiert. Okay, dann bring mir das Insulin. Liegt ja auf deinem Weg. Ja ... mach das! Du mich auch!«

25. Die Morddrohung

Mia speicherte das Gehörte erst einmal in ihrem Gehirn ab. Noch konnte sie nicht so recht etwas damit anfangen. Es hatte nur das kühle Verhältnis zu seinem Bruder Tido, dem Polizisten, bewiesen, der sich wie immer um nichts kümmerte und sogar gedrängt werden musste, sich um seine alte zuckerkranke Mutter zu kümmern.

Bereits auf dem Rückweg zur Ferienwohnung sah Mia auf ihr Handy und klickte die Nachrichten auf, obwohl auf dem Display kein Briefumschlag zu sehen war. Sie wollte es nicht wahrhaben, dass ihr niemand mehr schrieb. Keine SMS vom Utkieker, wo er steckte und was passiert war, keine von Mario, der sich wohl mit Fee am Telefon tröstete, und selbst ihre Freundinnen vom Trödelmarkt hatten sich nicht gemeldet. Noch nicht einmal Gitti, die es sonst vor Neugier nicht aushalten konnte. Deshalb war sie doch ihre beste Freundin geworden, weil sie in dieser Beziehung auf der gleichen Wellenlänge funkten. Nichts ging ihnen beiden schnell genug und nichts blieb vor ihnen verborgen.

Mia ließ das Handy sinken. Funkstille! Im wahrsten Sinne des Wortes. Nur noch der Sonnenbrand war ihr geblieben.

Sie ging über den Gartenweg zum Hintereingang der Ferienwohnung und sah vor der Tür ihre Badetasche stehen. Jemand musste sich die Mühe gemacht und in den Kriminalroman geschaut haben, in dem Mia einen Flyer von der *Grünen Fee* als Lesezeichen verwendete. Wie schön! Sie sah in die Tasche. Auf dem Handtuch lag ein brauner DIN-A4-Umschlag, dessen Vorderseite mit großen Filzstiftbuchstaben beschriftet war: *AN MIA!* Auf der Umschlagslasche hatte der Absender eine große

Menge Tesafilm verklebt. Das musste ja ein wertvoller Inhalt sein.

Sie nahm die Tasche mit nach oben, legte den Umschlag auf den Wohnzimmertisch. Erst einmal das Kleid ausziehen, die angebrochene Flasche Wasser aus dem Kühlschrank nehmen und ein Glas holen, hinsetzen, Beine hochlegen ... War sie gerade dabei, den Nervenkitzel auszukosten? Jetzt aber!

Aus dem Handy kam Möwengeschrei. Diese Klingelton-App hatte sie heruntergeladen, als sie gestern Nacht nicht schlafen konnte. Musste sie wieder ändern. Es klang zu gruselig.

»Ja, hallo!«, sagte Mia und drückte auf *Lautsprecher*, damit sie alles laut und deutlich mitbekam.

»Mia! Endlich habe ich dich erwischt!«

»Mario!« Sie legte den Hörer auf den Tisch und versuchte, den Umschlag zu öffnen, was wirklich nicht einfach war. Mia stand auf und holte aus der Küchenschublade ein Messer.

»Habe mir die Finger nach dir wund getippt«, sagte Mario.

Sie schlitzte den Umschlag auf und zog ein Foto heraus.

»Und jetzt?«, sagte sie.

»Wie ›und jetzt‹? Jetzt möchte ich sofort wissen, wie es dir geht, was du so machst, ob du mich noch liebst? Ich vermisse dich so, Cara Mia!«

»Hm ...«

»Mehr hast du nicht dazu zu sagen? Das mit Fee steckt dir noch in den Knochen, oder? Wie kann ich dir beweisen, dass ich dich ... Ich komme zu dir auf die Insel! Ja, das mache ich und dann ...«

»Scheiße!«

»Mia! Was ist los mit dir?«

»Ich ... habe ... ein ... Foto von mir ... bekommen.«

»Ich liebe dich auch so, Mia. So schlimm kannst du nicht aussehen, wie du es jetzt meinst. Gefallen macht ...«

»Mario! Kannst du mal aufhören zu reden? Ich habe eben einen Umschlag bekommen, mit einem Foto von mir, wie ich am Strand liege, auf meinem Badehandtuch.«

»Nackt?«

»Mario!! Nein, nicht nackt, sondern im Bikini, schlafend mit Hut und einem Buch auf dem Bauch.«

»Mit Hut? Na, dann erkennt dich doch keiner. Was soll das? Wer hat dir das überhaupt geschickt? Steht was dabei?«

Mia griff noch einmal in den Umschlag. Nichts. Sie betrachtete das Foto genauer: Deutlich zehn Kilo Übergewicht, davon lenkte auch das rote Strandlaken nicht ab. Sie zog ihre Lesebrille auf, um es noch deutlicher erkennen zu können. Moment mal ... die Badetücher aus der Wohnung waren doch nicht rot, sondern schneeweiß.

»Mia?«

»Ich habe kein leuchtendrotes Badehandtuch an den Strand mitgenommen!«

»Typisch Frau! Die unwichtigen Dinge zuerst.«

»... und was soll dieses Muster hier?«

»Das könnte ich dir erklären ... wenn du mal verständlich reden würdest«, bellte Mario.

»Stiche! Einstiche! Messerstiche! Direkt in mein Herz! Das Rot ist Blut! Eine einzige Blutlache!« Mia riss die Brille von den Augen, drehte das Foto um.

»Photoshop!« rief Mario. »Mia! Sag was!«

»Hau endlich ab! Sonst passiert dir was!«

»Nicht, bevor du mir gesagt hast, was du noch siehst.«

»Das steht auf der Rückseite, auf dem Computer-Etikett, das dort klebt.«

»Was steht darauf?« Er stöhnte.

»*Hau endlich ab! Sonst passiert Dir was!*, steht darauf. Mario? Noch da? Mario!«

Er meldete sich nicht mehr. Mia konnte sich denken, was er jetzt vorhatte.

26. Der Zucker

Mia hatte die Nacht unruhig geschlafen. Die schriftliche Bedrohung hatte sie nicht so sehr in Angst versetzt wie die Tatsache, am Strand im Schlaf ausgeliefert gewesen zu sein. Anstatt nur fotografiert und digital bearbeitet zu werden, hätte Schlimmeres passieren können.

Vom mitgehörten Telefonat zwischen Jelko und Tido wusste sie nun, wo sie bei den beiden ansetzen musste. Ihren Vierzehn-Uhr-Termin im Wellness-Tempel würde sie gleich persönlich vorziehen oder absagen. Ein triftiger und unauffälliger Grund, dort so früh zu erscheinen.

Mia ging um kurz vor neun über den Noorderloog und machte einen Abstecher in der *Inselbäckerei*. Dort gab es einmalig leckere Croissants. Eins davon musste mit und ihr als Notration dienen, weil sie nicht wusste, ob sie für das Frühstücksbüfett im Café Zeit haben würde. Vorsichtshalber kaufte sie gleich zwei, falls Mario nachher auftauchte. Das hatte sie im Gefühl.

Aus der Bäckerei kommend, blieb sie kurz stehen und verstaute die Papiertüte in ihrer Handtasche. Beim Hochblicken sah sie Tido Tommssen in seiner blauen Uniform die Straße entlanggehen. In der Hand hielt er das Apothekentütchen, was nicht so recht ins Bild passte.

Aha, es ist so weit, dachte Mia. Schnellen Schrittes, aber mit dem nötigen Abstand, folgte sie ihm.

Wie sie es sich gedacht hatte: Er ging schnurstracks zum Wellness-Tempel, zu seinem Bruder Jelko.

Heute war ein besonders heißer Tag und deshalb stand die Tür, von einem Holzkeil gehalten, sperrangelweit offen. Noch besser!

Mia setzte sich draußen auf die Bank zwischen den Blumenkübeln und griff in aller Seelenruhe in ihre Tasche. Ohne viel zu rascheln, holte sie ein Croissant heraus und biss hinein. Beim genüsslichen Kauen spitzte sie die Ohren.

»Hier hast du sie! Wer spritzt ihr die Dinger?« Das war Tido, wie sie an seiner schnellen, abgehackten Sprache erkannte.

Jelko antwortete: »Das macht sie selbst. Schon seit zwanzig Jahren. Hättest du dich mehr um Mutter anstatt um ihr Geld gekümmert, wüsstest du es.«

Tido lachte sein mieses Lachen. »Jemand muss sich auch um ihre Finanzen kümmern«, sagte er.

»Das wird demnächst von mir geregelt. Wenn es überhaupt noch etwas zu regeln gibt. Habe ihr Sparbuch gesehen. Du hast es nach und nach abgeräumt! Kein Wunder, dass du sie nicht mehr besuchen willst – weil sie dir kein Geld mehr geben kann!«

»Sie hat mir alles freiwillig gegeben.«

»Bestimmt! So wie sie dir auch die Spritzen freiwillig gegeben hat.«

»Wie kommst du darauf? Was habe ich mit den dämlichen Spritzen zu tun? Würde Mutter abnehmen und nicht so viel Sahnekuchen fressen, hätte sie auch keinen Zucker. Sag ihr das.«

»Lenk nicht ab. Sie hat es mir selbst gesagt, dass du die Spritzen mitgenommen hast.«

»Da war sie wohl stark unterzuckert. Ich sag es ein

letztes Mal: Ich war es nicht! Ich brauche die Dinger nicht.«

»Wer war es dann? Der Blanke Hans?«

»Ich bin nicht der Einzige, der Mutter regelmäßig besucht. Was ist mit den Leuten, die ihr die Lebensmittel liefern, oder Enna und Immo mit dem Wasser?«

»Lass Enna in Ruhe!«

»Oh ja, natürlich! Wie konnte ich das vergessen …?«

»Hast du nichts mehr zu tun?«, fragte Jelko. »Klär lieber mal deinen Fall auf. Mich wundert es sehr, dass dich Rikas Ermordung so kalt lässt.«

»Was willst du damit sagen?«

Mia hörte, wie ein Stuhl umkippte. Sie rutschte auf der Bank hin und her, riskierte einen Blick durch die offenstehende Tür.

»Was machen Sie denn hier?«, rief Tido Tommssen.

»Haben Sie etwa gelauscht?«, fragte Jelko.

Mia sprang auf, stopfte die Tüte schnell in die Tasche. »Nein … nein, natürlich nicht! Ich … ich wollte meinen Termin vorverlegen und deshalb …«

»Geht nicht!«, sagte Jelko. Geballte Wut.

Mia winkte ab. »Macht nichts. Bis später.«

Sie machte sich auf den Weg und hörte Tido Tommssen hinter ihrem Rücken sagen: »Ich bin auch weg.« Nun vernahm sie seine Schritte hinter sich und ein: »Moment! Frau Magaloff! Nicht so eilig! Kommen Sie bitte mal mit.«

Mia hob die Hand. »Oh, Entschuldigung!« Sie nahm ihr Handy aus der Tasche, wandte sich zur Seite ab und nahm das Gespräch an.

»Mia! Hattest du dein Telefon ausgestellt?«

Sie riss die Augen auf. »Ub … boah … ups. Nein, habe ich nicht. Wo bist du, verdammt noch mal?«

»Pscht. Nicht so laut. Nicht, dass jemand mithört …«

»Moment. Bleib bloß dran!«

»Also, Herr PHK«, sagte sie laut. »Wenn dies keine Festnahme ist, komme ich nicht mit. Habe gerade einen sehr wichtigen Anruf von meinem Mann bekommen, der etwas mit mir zu besprechen hat. Er ist gerade auf der Insel angekommen und hat neun Stunden Fahrt hinter sich. Deshalb ...«

»Ist ja schon gut. Melden Sie sich, wenn Sie so weit sind. Tschüß!«

Mia sah ihm hinterher, bis er die nächste Straßeneinmündung nahm. Dort blieb er einfach stehen und schaute in ihre Richtung. Mia ging zum Fährhafen. Im Gehen hielt sie das Handy ans Ohr und flüsterte. »Bin wieder da. So, wir können reden. Wo steckst du bloß? Können wir uns sehen? ... Ubbo? Ubbo!«, flüsterte sie. Tot.

27. Der verlorene Ubbo

Als sie sich sicher war, nicht mehr von Tido Tommssen beobachtet zu werden, nahm sie einen Umweg zur Utkieker-Skulptur und versuchte noch einmal, Ubbo telefonisch zu erreichen. Sie hatte Glück. Er meldete sich sofort und bat sie, diesmal zu einer anderen Stelle der Insel zu kommen. Entgegengesetzt. Am *Sturmeck* im Westen sollte sie wieder auf das mit Ästen gelegte Kreuzzeichen an der Düne achten. *Sturmeck*. Sofort fiel ihr die Museumspferdebahn ein, die sie direkt bis zur Endstation, Haus *Sturmeck* bringen könnte. Bestens.

Sie sah auf die Uhr. Das war zu schaffen. Wenn sie sich beeilte, bekam sie die erste Fahrt des Tages mit.

Atemlos stieg Mia in den Waggon ein und quetschte sich neben eine junge Frau mit Kopfhörern in den Ohren, die keinen Platz machen wollte, weil sie die Bewegungsfreiheit für ihre Arme und ihr Handy brauchte. Mia begnügte sich damit, hin und wieder hin- und herzuruckeln, bis sie bequem saß. Bei strahlendem Sonnenschein hätte sie die Fahrt genießen und dem Vortrag des Kutschers lauschen können, wenn sie nicht intensiv damit beschäftigt gewesen wäre zu überlegen, wer in diesem Fall was zu verantworten hatte und warum Ubbo, der Utkieker, aus seinem Versteck geflohen war.

Am Strand angekommen, zog Mia ihre Sandalen aus und ging barfuß den beschriebenen Weg. Nach vielen Metern sah sie ein Paar lange Arme aus dem Wasser ragen, die wild wedelten.

»Komm rein!«, rief er.

Das nannte sie mal ein konspiratives Treffen. Aber es musste sein, sonst würde man ihn sofort erkennen.

»Dreh dich um!«, rief sie zurück. Sie wartete kurz, zog das leichte Sommerkleid über den Kopf und hüpfte nur mit Slip bekleidet in die Wellen. Der würde schnell wieder trocknen. Ihre Haut brannte, aber es war seltsamerweise ein angenehmes Brennen, weil die Kühle überwog. Die Freude, den Utkieker lebend und in Freiheit wiederzusehen, machte es zur Nebensache.

»Kannst gucken«, sagte sie, als die Brust mit Wasser bedeckt war.

Den restlichen Weg schwamm Mia.

»Hallo!« Ubbo zappelte hin und her, hatte ihr sicherlich viel zu erzählen.

Bei ihm angekommen, versuchte Mia, sich hinzustellen. »Hhhhhhhhhaaablubblubbb …« Sie ging unter und schluckte Salzwasser, hustete. Dort, wo er stehen konnte, konnte sie es noch lange nicht. Sie schwamm bis auf Brust-Stehhöhe zurück und winkte ihm zu.

»Warum bist du nicht in deinem Versteck geblieben?«, fragte sie, als sie wieder einigermaßen Luft bekam.

»Ich musste vor diesen beiden Handysüchtigen flüchten. Knipsen – filmen – knipsen – filmen – dummes Zeug reden. Habe nicht alles verstanden, dann kamen sie immer näher, zum Verschlag. Musste fliehen. In einem günstigen Moment ...«

»Günstiger Moment? Sie waren in deiner Nähe und hätten dich bestimmt nicht übersehen.«

Die Sonne brannte gnadenlos auf ihren ungeschützten Kopf und die Schultern. Lange würde sie das Gespräch nicht führen können. Auch wenn sie die Schultern zwischendurch mit Wasser bedeckte, völlig untertauchen mochte sie nicht noch einmal.

»Die Natur hat mir geholfen«, sagte Ubbo, mit den Armen einen weiten Kreis ziehend.

»Die Natur?« Mia seufzte.

»Sie mussten mal. Schicki und Schecki, oder wie die heißen.« Er holte zu einer Erklärung aus. »Wegen der Natur trennten sich ihre Wege und sie gingen wieder ein Stück zurück. Schecki stand am nächsten. Als Mann hat man es da einfacher. Aber er stand mit dem Rücken zu mir, und ich bin ab ins Wasser – untergetaucht. So wie jetzt.« Er holte tief Luft und tauchte kurz ab, kam prustend wieder hoch. »Als Schicki nicht wiederkam, ist er sie suchen gegangen und dann kamen beide nicht mehr wieder.«

Mia lachte.

Doch Ubbo war nicht zum Lachen zumute. Er ließ sich nach hinten fallen und trieb auf dem Wasser wie ein Toter. Glücklicherweise hatte er eine Badehose an. »Ich kann nicht mehr! Mia! Ich kann nicht mehr! Ich bin am Ende meiner Kräfte!« Er stellte sich hin, kam wieder zu ihr, gegen den Wasserwiderstand ankämpfend. »Meine Aufgabe ist es, über die Insel zu wachen, nicht, mich zu verstecken! Ich werde meinem Leben ein Ende bereiten! So kann ich nicht weitermachen!«

»Noch nicht!«, rief Mia und fasste ihn an den Armen, erschrak, wie dünn sie waren. »Ich meine … Nein! Das kannst du nicht machen! Wir werden den Fall lösen, und du wirst dich wieder frei bewegen können. Glaube mir.«

Sie dachte an das Foto und die Drohung, die sie bekommen hatte, und dass es sie wieder weit weg von der Aufklärung brachte. Oder vielleicht ein Stück näher, wenn sie nur wüsste, von wem das Foto und die Drohung gekommen waren.

Ubbo schüttelte den Kopf. »Wir werden den Fall lösen!«, äffte er sie nach. »›Die lauteste Behauptung ist noch nicht der leiseste Beweis‹ – Schollack! Hast du Beweise? Beweise?«

Mia wurde schwindelig. »Ich muss raus hier!«, sagte sie. Schnell das noch: »Ich habe ein Foto bekommen. Es zeigt, wie ich am Strand schlafe. Auf meiner Brust sind Messerstiche zu sehen und Blut. Das Handtuch, auf dem ich liege, ist auch voller Blut. Da hat sich einer mit Photoshop ausgetobt. Auf der Rückseite des Fotos steht: *Hau endlich ab! Sonst passiert Dir was!* Natürlich fehlt die Unterschrift. Ich muss wissen, wer mich da bedroht und warum er sich bedroht fühlt. Leider gibt es keine Handschrift. Die Notiz auf dem Etikett ist mit Computer geschrieben worden.«

Der Utkieker nickte.

»Merkwürdig ist, dass hinter jeder Zeile dieses selten blöde Absatzzeichen steht.«

Er nickte.

»Kannst du mir mal sagen, was es da zu nicken gibt?« In Mia kam eine leichte Aggression hoch, vermischt mit Fluchtgedanken. Vermutlich ein letzter Versuch ihres Körpers, sie aus der Sonne zu bekommen, bevor sie umkippte.

»Kenne ich - so eine Notiz. Genauso ein Etikett mit demselben Wortlaut und den Absatzzeichen habe ich auch mal bekommen ... Meine Drohung war unterzeichnet ... Enna Weert. Ist aber schon lange her. Da wollte sie mich von der Insel vertreiben, weil ich die Touristen vor dem Wunderwasser gewarnt hatte, das keins war. Niemand hatte mir geglaubt! Niemand! Nur aus diesem Grunde ließ sie mich dann in Ruhe.«

»Das ist ja seltsam! Als wir uns das erste Mal trafen und ich dir das Handyfoto von Enna zeigte, sagtest du, du würdest diese Frau nicht kennen.«

Seine Stirn kräuselte sich. »Ach, die meinst du? Die mit der schwarzen Pottfrisur?«

Mia nickte.

»Darauf habe ich sie nicht wiedererkannt. Ich kenne sie nur mit blonden, langen Haaren und etwas dünner.«

Mia schlug mit der flachen Hand aufs Wasser. Es spritzte. Sie musste sofort aus der Sonne. So schnell es ihr möglich war, stampfte sie durchs Wasser an den Strand zum einzigen winzigen Schattenplatz.

Ubbo folgte in gebückter Haltung, ließ sich neben ihr in den Sand in eine Grube fallen, die wohl ein Kind irgendwann gebuddelt hatte. Wie bei einem gehetzten Tier flog sein Blick hin und her, auf der Suche nach seinen Verfolgern.

Mia sah ihm in die Augen. »Ich habe eine Idee, wie du hier am wenigsten auffällst. Moment.« Er musste sich lang hinlegen und sollte sich einbuddeln. Sie half bei den Beinen. Geschafft. Aus den Tiefen ihrer Tasche holte sie das saubere Herrentaschentuch, das sie immer bei sich führte, weil es so schön groß war. Sie machte an allen vier Ecken kleine Knoten und setzte es ihm auf seine strubbeligen Haare. Tarnung war alles!

Ubbo genoss es, so viel Aufmerksamkeit von ihr zu bekommen. Er schloss die Augen, spitzte seinen Mund und wartete.

Mia blieb das Lachen im Halse stecken. Diese Mimik drückte seine Einsamkeit und die Sehnsucht nach Liebe aus. Er hatte niemanden hier auf der Insel, wie er ihr einmal selbst gesagt hatte. Keine Freunde, keine Verwandtschaft – nur sie. Jeder ging ihm aus dem Weg, weil er ihnen mit seiner verrückten Art unheimlich war.

Tötete man, wenn man beschimpft, erniedrigt und verletzt worden war? Ja, das war das Hauptmotiv für einen Mord, wenn sie sich recht erinnerte.

Er tat ihr leid, aber sie war innerlich froh, dass er eingebuddelt war. Sie war über seinen Wunsch, geküsst zu werden, charmant hinweggegangen. »Erzähle mir mehr über Enna Weert«, sagte sie. »Hatte sie etwas mit Rika Claassen zu tun? Jelko Tommssen meinte, dass der Hof verkauft werden sollte. War Rika die Maklerin von den Weerts?«

Ubbo zuckte mit den Schultern. »Keine Ahnung. Rika hatte nur mal damit geprahlt, dass sie den Hof eines Tages kaufen würde. Bald habe sie Immo so weit, sagte sie.«

»Das wäre doch eine gute Lösung gewesen. Der Hof ist hoch belastet.«

»Wer trennt sich schon gerne von was«, sagte Ubbo und vergrub nun auch seine Hände im Sand. »Vielleicht hatte Immo gehofft, sich mit dem Wunderwasser über Wasser halten zu können. Wunderwasser ... Abgeneigt von Rika war er nicht. Fast täglich hatte er sich mit ihr getroffen.«

»Fast täglich? War Enna auch dabei?«

»Nein, Enna nicht. Aber Immo musste sich Karla Dickmann vom Hals halten. Vielleicht wollte sie ihn anzeigen? Vielleicht hatte sie vom Wasser zu- statt abgenommen, wunderte sich über das Wunderwasser?« Er lachte. »Hormone im Wasser! Wunderhormonwasser! Tido sollte sich kümmern.«

»Tido?« Das wurde ja immer doller. »Tido und sich um etwas kümmern, das konnte ja nur schiefgehen«, sagte Mia. »Obwohl, das mit den Insulinspritzen hatte er ja hinbekommen.«

Ubbo verzog das Gesicht: »Iiiih, Spritzen!«

»Spritzen sind meist harmlos, wenn die Dosis stimmt«, brummelte sie, weil sie gedanklich ganz woanders war. »Was weißt du über Tido?«, fragte sie ihn.

Ubbo blieb stumm.

Mia fragte sich, warum er früher in Rätseln gesprochen und sich eben so vernünftig angehört hatte.

Im Sand rührte sich was. Mia, aber auch Ubbo, sahen gebannt darauf. Wie zwei Riesenkrebse krabbelten plötzlich Ubbos Hände hervor und schaufelten sich frei. Nun schüttelte er den restlichen Sand von seinem Zwei-Meter-und-sechs-Körper.

»Tido?«, fragte er. »Tido ist kein guter Polizist!« Er hielt seine Hände an den Kopf, schaukelte hin und her. »Ich halte es nicht mehr aus! Ich will nicht mehr!« Er stand umständlich auf, breitete die Arme aus, heulte wie ein Wolf und schrie: »Ich will frei sein!«

Mia sah sich um. Zum Glück war niemand in der Nähe – hoffentlich. Sie bekam nicht mehr mit, wie zwei Gestalten mit Handys in den Händen hinter der Düne verschwanden.

28. Die Besucher

Ubbo hatte Mia mit seiner Untergangsstimmung runtergezogen. Noch nie war ihr ein Mensch begegnet, der seine Verzweiflung so deutlich und markerschütternd herausgeschrien hatte.

Sie stieg in die Pferdebahn Richtung Bahnhof. Während der Fahrt hörte sie den Ausführungen des Kutschers nur halbherzig zu. An der Station angekommen stieg Mia als Letzte aus und blieb unwillkürlich an der Stelle stehen, wo sie die Tote gefunden hatte. Die weiße Holzbank stand noch immer da, jetzt wieder ein friedlicher Verweilplatz, mehr nicht. Sie wünschte sich, im Geiste sehen zu können, was hier vor drei Tagen, vor vier Tagen genau geschehen war – als Karla Dickmann noch gelebt hatte.

»Kann ich Ihnen helfen?«, fragte Christian Roll ohne Mops. Diesen Witz des Kutschers hatte sie noch mitbekommen. Den vergaß sie so schnell nicht. Er streichelte liebevoll sein Pferd, bevor er zu ihr kam. »Interessieren Sie sich für die Bank? Die habe ich vom …«

Mia sah ihn entgeistert an. Er musste doch informiert worden sein … oder etwa nicht?

»Danke, nicht nötig. Einen schönen Tag, Ihnen und dem Pferd.«

Mia nahm sich vor, möglichst schnell wieder mit Zarah Leander zu sprechen, die ihr mehr über die Pompöse erzählen musste. Und vielleicht wusste sie auch noch etwas über die geschäftstüchtige Rika Claassen. Wenn diese spitzbekommen hatte, welches Vermögen Zarah besaß, könnte auch die Millionärin ein dankbares Opfer gewesen sein, was sie vielleicht nur nicht zugeben wollte.

Bis zu Mias regulären Termin im Wellness-Tempel blieb ein wenig Zeit, wieder zum Fährhafen zu gehen. Er war ihre einzige Verbindung zur Außenwelt, vom Internet einmal abgesehen. Was wäre, wenn sie einfach den Koffer packte, die Fähre nahm und nach Hause fuhr? Einfach alles hinter sich ließ? Nie im Leben! Sie würde keine Ruhe finden und wie ein gefangener Geist des Nachts herumirren. Auf der Suche nach dem Mörder, immer das Bild des Utkiekers vor Augen, der tot am Strand lag.

Am Hafen legte gerade die *Spiekeroog II* an. Die Gangway wurde heruntergelassen. Mia reckte den Hals, ging mal nach links und wieder nach rechts. Die Vorstellung, dass Mario womöglich gleich ausstieg … ! Ja, sie wollte ab sofort weder mutmaßen noch andichten. Konfrontation war das Zauberwort. Er musste endlich Stellung beziehen. Zur Not unter sechs Augen. Gewitter reinigte die Luft.

Dafür, dass die Osterferien seit drei Wochen vorbei waren, fand Mia die Anzahl der Personen recht ordentlich. Erste Passagiere stiegen aus und sahen sich neugierig um. So war auch sie angekommen, mit einer Tasche als Handgepäck und den roten Koffer hinter sich herziehend. Da war die Welt noch in Ordnung gewesen und sie voller Liebes- und Urlaubsgefühle.

Mario war nicht dabei. Hatte sie sonst nichts zu tun? Sie stand hier dumm herum, anstatt dem Utkieker zu helfen. Keinesfalls durfte er sein Vorhaben verwirklichen und sich ertränken. Wäre er wirklich dazu in der Lage, oder war es eine seiner durchgeknallten Phantasien – schwer einzuschätzen. Mia drehte ab und begab sich auf den Weg Richtung Wellness. Dabei wurde sie von den Inselbesuchern mit rollenden Koffern überholt. Dieser Krach sollte verboten werden. Mia musste über sich selbst lachen.

»Entschuldigung! Hallo! Entschuldigung!«

Sie drehte sich um und erschrak, wusste aber im selben Moment, dass es sich um eine Verwechslung handeln musste, da diese Person jünger zu sein schien und auch die Haare kürzer trug. Und außerdem … – Aber davon abgesehen war sie ein Ebenbild der Frau, an die sie Mia spontan erinnert hatte, mit ihren großen, grünen Augen.

»Ja, bitte?«, antwortete Mia.

»Ich suche das Ferienhaus *Zur grünen Fee.*«

Mia freute sich. »Da wohne ich auch. Leider habe ich gleich einen wichtigen Termin. Ein Stück kann ich sie aber begleiten, dann ist es ganz einfach zu finden.«

»Perfekt! Vielen Dank. Bin zum ersten Mal hier. Muss mich erst orientieren.«

»Wie lange bleiben Sie, wenn ich fragen darf?« Mia brauchte das für ihre private Statistik.

»Dürfen Sie. Vier Tage.« Sie senkte den Kopf. Die Tolle der Sidecut-Frisur bewegte sich keinen Millimeter.

»Es geht mich zwar nichts an«, sagte Mia, »aber sind vier Tage nicht ein bisschen kurz für einen Kurzurlaub?«

Sie schüttelte den Kopf. »Unter normalen Umständen wäre ich gar nicht hierhergekommen. Habe eine Insel-Phobie. Aber der traurige Anlass erfordert es nun mal. Meine Schwester ist gestorben.«

»Oh, mein aufrichtiges Beileid. War sie älter oder jünger?«

Die junge Frau blieb kurz stehen und sah Mia an. Ein herzzerreißend trauriger Blick. »Zwei Jahre älter. Dreißig«, sagte sie. »Rika Claassen. Kannten Sie Rika? Hatten Sie Kontakt zu ihr? Sie haben mich vorhin so merkwürdig angesehen, als hätten sie uns kurz verwechselt.«

Mia zögerte: »Nun ja …«

Sie packte Mia am Arm und drückte ihn fest. »Ich muss wissen, was sie in den letzten Stunden … bevor sie …

hier alles gemacht und erlebt hat. Können Sie mir helfen? Oder wissen sie jemanden, der es wissen könnte?« Sie flüsterte: »Ich hätte sofort losfahren sollen, als sie mich anrief und sagte, sie müsse mich dringend persönlich sprechen. Ich solle zur Insel kommen. Aber so schnell kam ich nicht weg.« Sie ließ den Arm los und reichte Mia die Hand. »Entschuldigung. Ich bin Ulle. Ulle Holz.«

Mia ließ ihren Wellness-Termin sausen und ging mit Ulle zur *Grünen Fee.*

Sofort zur Sache kommen und die Fragen stellen, die ihr auf den Lippen brannten, das hätte Mia gerne gemacht. Sie musste sich zügeln. Es war momentan nicht angebracht. Ulle hatte sich in der Zwischenzeit mindestens zehnmal an die Stirn gefasst und aufgestöhnt. Ihr Kopf war puterrot und die rote Baumwollbluse nassgeschwitzt. Sie entschuldigte sich vor dem Ferienhaus und sagte, eine Stunde Ruhe würde ihr gut tun und danach habe sie den Termin in der Polizeistation. Es wäre schön, wenn sie sich gegen halb sechs zum Essen verabreden könnten. Bis dahin hoffe sie, wieder fit zu sein. Treffpunkt vor der Haustüre.

Mia war alles recht, selbst wenn es Mitternacht werden würde.

Mia schloss die Tür ihrer Ferienwohnung auf, warf Tasche und Schlüssel auf die Kommode der Flurgarderobe. Nachdem sie die Riemchen der Sandalen geöffnet hatte, kickte sie die Schuhe von den Füßen. Endlich Pause. Nun hatte sie auch keine Lust mehr, sich ihren Rücken von Jelko eincremen zu lassen. Zunächst einmal war es interessanter, von Ulle mehr über deren Schwester Rika Claassen zu erfahren.

Sie ging zur Küchenzeile und öffnete den Kühlschrank. Er gähnte vor Leere. Nur die angebrochene Flasche Mineralwasser stand einsam und allein im Türfach. Was raschelte denn da? Sie fuhr herum.

»Hallo, Mia!«

»Was zum Teufel ... machst du denn hier?« Mia plumpste auf die Couch. Sie zitterte.

»Na, das ist ja mal eine freudige Begrüßung. Dachte, du würdest mir um den Hals fallen und mich leidenschaftlich küssen.« Mario streckte die Arme nach ihr aus.

Unter normalen Umständen hätte Mia es vielleicht getan, aber so ... »Wer hat dich reingelassen?«

»Fee!« Er sah sie schräg an. »Du warst ja nicht da und da hat sie mich eingeladen. Ist hier so Sitte, weißt du?«

»Und ob ich es weiß. Ist es auch so Sitte, einfach die Tür der Gäste aufzuschließen und Besucher reinzulassen, wenn sie nicht da sind?«

»Nur bei ganz besonderen Besuchern.«

Mia wurde umso wütender, je mehr er sich darüber amüsierte.

Doch dann sagte er etwas, was er besser nicht gesagt hätte: »Vergiss nicht, wer ...«

»Sprich diesen Satz nicht aus! Er könnte dein Leben kosten.« Mia erschrak selbst darüber, wie ernst sie es gesagt hatte.

Mario beugte sich zu ihr. »Ach, lass uns nicht streiten, Mia. Wir sagen dann Dinge, die wir nicht sagen möchten.« Er nahm sie zärtlich in den Arm.

Sie ließ es zu. Wie sehr hatte sie sich in den letzten Tagen danach gesehnt, von ihm umarmt zu werden ...

Ihre Lippen berührten sich und eröffneten den Liebestanz.

29. Die Verabredung

Mia wollte gerade unter die Dusche gehen, als es an der Tür klopfte. »Mia?« Das war Ulle. »Geht es dir gut? Wir waren verabredet? Es ist 17:40 Uhr. Habe mich etwas verspätet. Entschuldigung ... Mia?«

»Ach, du warst verabredet?«, fragte Mario, der nun in voller Größe im Türrahmen des Badezimmers stand. Adam sucht Eva.

»Himmel! Das habe ich völlig vergessen!« Schnell wickelte sie das Badetuch um den nackten Körper, fuhr mit den Fingern durch die Haare und ging zur Tür.

»Ich muss mich entschuldigen«, sagte sie, während sie öffnete. »Mir ist etwas dazwischengekommen ... Also, ich meine ... es ...« Mia wurde knallrot.

Ulle ging darüber hinweg. »Macht ja nix«, sagte sie mit leiser Stimme. »Also, ich wäre jetzt so weit.« Sie bot ein Bild des Jammers. Ihre Augenränder waren dick geschwollen. Sie musste geweint haben, wie auch die nassen Stellen im Brustbereich auf dem T-Shirt bewiesen.

Ihre Fragen dazu hob Mia sich auf. Sie drehte sich um. Mario schlug die Badezimmertür zu. Er hatte gelauscht.

»Du hast Besuch?«, fragte Ulle.

»Ja ... aber ich komme trotzdem mit. Warte bitte eine halbe Stunde. Ich dusche mich flott und zieh mich rasch an.«

Ulles Miene hellte sich auf. »Ja, das wäre besser.«

»Ich muss mich ernsthaft fragen, warum ich gekommen bin und was du hier veranstaltest«, sagte Mario.

Mia warf das nasse Handtuch auf den Stuhl und zog sich in Windeseile an. »Du bist gekommen, weil der Sex mit mir sehr erregend war. Nur, was ich veranstalte, weiß ich selbst nicht. Bitte, Mario, warte hier auf mich …«

Er schmollte.

»… oder meinetwegen geh zu Fee und unterhalte dich mit ihr. Sprecht euch gründlich aus, ob und wie es weitergehen soll. Werdet euch endlich klar darüber! Ich jedenfalls möchte keine Dreierbeziehung führen. Solltest du dich für mich entscheiden, müsstest du den Kontakt zu Fee abbrechen. So weit mein Statement, und wenn Ulle nicht wirklich etwas Wichtiges zu erzählen hätte, würde ich dich nicht so einfach hier sitzen lassen, glaube mir.« Mia sah ihn eindringlich an.

Er starrte zurück. »Sag nicht, es geht wieder um Leben und Tod.«

»Doch, geht es. Aber bevor ich dir das alles erklärt habe, kann es bereits zu spät sein.«

Mario machte mit den Armen eine Wellenbewegung. »Huuuh! Gefährlich! Wann lernst du es endlich mal, dass es dafür die Polizei und das Kommissariat gibt?«

»Nie – und mache dich nicht lustig darüber!«, sagte Mia.

»Schon gut, schon gut. Hey, kannst du dich daran erinnern, dass ich dich zur Erholung hierher geschickt habe?«

Mia tippte mit dem Zeigefinger auf seine Brust: »Ich bin hierher gefahren, weil ich es wollte! Du hast mich nicht geschickt!«

»Was bist du nur für eine Zicke geworden? Du treibst mich ja förmlich in Fees Arme.«

Mia riss die Tür auf: »Geh! Aber ganz flott! Wir sehen uns heute Abend.«

»Da bin ich mir nicht so sicher.«

»Musst du immer das letzte Wort haben?«, fragte Mia.

»Ja!«

»Ich auch«, sagte sie. »Tschüß!«

»Typisch Frau.«

Mia trat aus der Tür und hätte Ulle beinahe umgelaufen. »Wo gehen wir hin?«, rief sie.

Ulle zuckte zusammen.

Diesmal entschuldigte sich Mia. »Keine Angst. Es dauert nur eine Minute, bis ich mich beruhigt habe. Also, wo gehen wir hin?«, sagte sie wesentlich leiser.

»Hast du … haben Sie …?«, fragte Ulle.

»Wir können ruhig beim Du bleiben«, bot Mia an. »Du bist mir sympathisch.«

»Danke gleichfalls. Hast du noch Hunger?«, fragte Ulle.

Mia hielt sich den Magen. »Um ehrlich zu sein, mir ist der Appetit vergangen.«

»Das passt. Mir geht es genauso. Lass uns lieber zu den Strandkörben ans Meer gehen«, schlug Ulle vor. »Da sind wir ungestört.«

»Sollte man meinen«, sagte Mia. »Aber von mir aus.«

Mia ging einen Schritt vor und schob die Sonnenbrille von der Nase auf die Haare, damit diese ihr nicht immer wieder ins Gesicht wehten. Die weißen Strandkörbe standen in einer losen Reihenfolge. Mia liebte sie und den blau-weiß gestreiften kunststoffbeschichteten Stoff – normalerweise. Seit sie Rika Claassen tot in einem Strandkorb aufgefunden hatte, war ihr Verhältnis dazu allerdings etwas gestört. Unwillkürlich suchte sie den Strandkorb 232 im mittleren Strandabschnitt. Hoffentlich hatte man ihn für die kriminaltechnische Untersuchung aus dem Verkehr gezogen.

Einige Körbe waren mit einem Holzgitter und Schloss versehen, aber andere standen zur freien Verfügung. Jetzt, nach den Osterferien, sah man es wohl nicht mehr so eng, oder sie wurden von den Mietern nach Verlassen nicht wieder verriegelt. Mia sah in jeden hinein. Hier saß eine Frau in Shorts und BH und erzählte lauthals ihre Alltagsprobleme ins Handy, dort war eine Familie, deren Tochter quäkte, sie habe Hunger, nein, Durst und überhaupt sei alles doof, weil niemand mit ihr spielte.

»Hier, dieser!«, sagte Mia. »Der steht schön weit weg.«

Ulle nickte. »Ist mir egal, welcher.«

Sie setzte sich auf die linke Seite des Sitzes und ruckelte in die äußerste Ecke. Normalerweise hätte Mia einen Witz darüber gemacht, von wegen, Ulle müsse nicht aufrücken, so dick sei sie nun auch wieder nicht. Sie hielt lieber die Klappe, sagte auch nicht: »An dir ist ja nichts dran.«

»Bist du mit dem PHK Tommssen zurechtgekommen?«, testete Mia an.

»Wie man's nimmt. Seine Fragen klangen wie eine Vernehmung.«

»Tja, Feinfühligkeit ist nicht seine Stärke.«

Sie sahen beide auf die See und sprachen gegen Wind und Wellengeräusche an.

»Hat er dir gesagt, woran deine Schwester Rika gestorben ist?«

»Nein, das wusste er selbst nicht. Die Untersuchungen seien abgeschlossen, aber es wurde keine Gewalteinwirkung entdeckt. Er wollte damit die Sache auf sich beruhen lassen und könne den Staatsanwalt unmöglich damit belasten, weil kein Fremdverschulden vorläge, oder was er da in sich hineingebrummelt hat – keine Zweifel ... Totenschein.«

»Hat er noch mehr gesagt?«, fragte Mia.

»Ja, er sagte, dass ich es hinnehmen muss, wenn ein Mensch plötzlich stirbt und dass ich doch Bescheid wisse, wie krank sie gewesen sei. Er habe sich mit Rikas Hausarzt in Verbindung gesetzt und ihn von der Schweigepflicht entbunden.«

»So?«, fragte Mia. »Das ist normalerweise Aufgabe der nächsten Angehörigen. Kann er das so einfach?«

»Muss ja wohl«, sagte Ulle. Sie zerrte an der untersten Schublade des Strandkorbs, schaffte es aber nicht, das Fußteil herauszuziehen. Mit vereinten Kräften ging es dann.

»Rika war tatsächlich krank?«, fragte Mia – fast schon enttäuscht. Bei allem Übereifer hatte sie das nie in Erwägung ziehen wollen. Die eine hatte nicht mehr leben wollen, die andere war krank gewesen. Karla Dickmann und Rika Claassen. Gab es womöglich eine Verbindung? Welche? Es galt, vorsichtig zu sein. Solange Ulle im Redefluss war, würde sie nicht auf die Idee kommen, dass Mia mit der privaten Aufklärung der mysteriösen Todesfälle beschäftigt war.

»Ja, sie war krank. Sie hatte es mir selbst gesagt.« Ulle erhob die Stimme. »Seit sie in Hamburg gelebt hat, rief sie mich immer nur dann an, wenn es ihr schlecht ging. Schöne Stunden haben wir nie geteilt.« In sich gekehrt lächelte sie milde. »Ich verzeihe es Rika. Es war ihre Art, mir zu zeigen, wie wichtig ich in der Not für sie war. Kann ein Mensch wertvoller sein?«

»Sie war also krank ...«, griff Mia den Faden wieder auf. Sie drehte ihren Ohrstecker. Ein Zeichen höchster Konzentration oder hochgradiger Nervosität.

Ulle nickte zaghaft. »Todkrank. Ihre Blutwerte waren katastrophal. Fast nichts in ihrem Körper arbeitete normal, obwohl die Ärzte mehrere Therapien ausprobiert hatten. Sie schätzten, es sei eine der vielen unbekannten Krankheiten. Wussten nur, dass, wenn die Werte sich weiter so dramatisch verschlechterten, Rika nicht mehr lange leben würde.«

Tröstend strich Mia Ulle über den nackten Unterarm und zuckte zurück. Er fühlte sich wie ein Reibeisen an.

»Wieso ist deine Schwester denn nicht im Krankenhaus geblieben und hat weitere Untersuchungen über sich ergehen lassen? Ich wäre nicht eher ...« Mia bemühte sich, leise zu sprechen, damit es nicht wie ein Vorwurf klang.

»Das sagt sich so leicht«, meinte Ulle. Sie fuhr das Fußbänkchen wieder ein und setzte sich auf die Kante des Sitzes, atmete schwer. »Bleib du mal acht Wochen an einem Stück im Krankenhaus. Außerdem hatte sie keine allzu großen Beschwerden und wenn, dann kamen sie schubweise und mal hier, mal da. Dagegen nahm sie Valium und alles war erst einmal vergessen. Auch ihren Mitmenschen gegenüber ließ sie sich nichts anmerken. Was hätte sie denn sagen sollen, um nicht als Hypochonder abgestempelt zu werden?«

»Aber …«

»Was aber? Was hätte sie sonst machen sollen? Im Krankenhaus auf ihren Tod warten? Die Ärzte wussten nicht, wonach sie suchen sollten. Auch wenn ich sie gerne noch länger bei mir in der Uniklinik behalten hätte …«

»Du bist Ärztin?«

»Nein, Krankenschwester. Sie war zuletzt auf meiner Station. Ist aber auch schon wieder Monate her, bevor ich ins Ausland ging.«

»Und jetzt?« Bevor Mia mit ihren eigenen Vorschlägen und entscheidenden Fragen um die Ecke kam, musste sie erst einmal wissen, was Ulle vorhatte.

»Jetzt ist es zu spät, um ihr zu helfen!« Sie ließ die Tränen kullern. Der Wind trocknete sie nur langsam. »Wir hatten uns vergeblich an jeden Strohhalm geklammert und auf ein medizinisches Wunder gehofft. Ich dachte sogar an eine vorübergehende Dysfunktion des vegetativen Nervensystems mit psychosomatischen Störungen, ausgelöst durch Kummer, Stress oder was auch immer. Tatsächlich ging es ihr etwas besser, je mehr Tage, Wochen und Monate vergingen. Oder weil sie sich kein Blut mehr abnehmen ließ und ihre aktuellen

Werte nicht kannte. In unserem letzten Telefonat – das endlich einmal positiv war – sagte Rika, sie wolle nach Spiekeroog fahren, weil sie sich dort verliebt hätte und überdies kurz vor einem Abschluss stand. Fragen durfte ich nicht dazu stellen. Das Gespräch war beendet. Dennoch freute ich mich sehr für sie, dass sie so stark und fröhlich geworden war.« Ulle zog die Fußstützen wieder heraus, was beim zweiten Mal nun wesentlich leichter ging.

»Wie haben deine Eltern den Tod verkraftet?«, fragte Mia vorsichtig.

»Eltern? Ha! Wir haben sogar zwei Väter und eine Mutter. Rika war meine Halbschwester. Doch so bezeichnete ich sie nicht. Sie war eine vollwertige Schwester für mich. Meine Erzeugerin, nur Rika nannte sie Mutti, hatte lediglich Zeit für die Karriere, die sie anstrebte. Als Model für eine Damenkollektion. Sie war ständig unterwegs, auch als wir noch klein waren.«

»Sie konnte euch doch nicht alleine lassen!«, sagte Mia.

»Hat sie auch nicht. Wir wuchsen bei den Nachbarn auf, die selber keine Kinder hatten.«

»Für wen modelte sie?«

»Für niemanden. Sie versuchte nur, als Model unterzukommen. Ein Vermögen hat sie für die Klamotten und Fahrten ausgegeben. Ins Studio eingeladen wurde sie nie und anstatt uns als Jugendliche bei unserem Studium finanziell zu unterstützen ...« Ihre Stimme war immer lauter geworden, bis sie zusammensackte und schluchzte.

»Sie hat uns beschimpft, gefragt, ob wir was Besseres sein wollten und dass wir raffgierig seien und nicht mit Geld umgehen könnten. Ausgerechnet sie! Ich will mit dieser Frau nichts mehr zu tun haben! Noch nicht einmal für die todkranke Rika hatte sie etwas übrig gehabt. Da war Rikas Vater längst über Nacht abgehauen. Immer zu schnell unterwegs mit dem neuesten Sportwagen. Auch in seinem Leben war nie Platz und kein Geld für ein Kind. Das Machen kostete ja nichts und brachte Vergnügen, aber alles andere … Er verunglückte irgendwann. Irgendwo auf der Autobahn. Rika und ich hatten nur noch uns – und eine Mutter, die keine war.«

Mia sah ihr in die nassglänzenden Augen und fragte vorsichtig: »Und dein Vater?«

Jetzt kullerten die Tränen über die Wangen. »Hat sich von meiner Mutter scheiden lassen. Er starb auf einer Bohrinsel in Norwegen. Da war ich drei.«

»Wie schrecklich«, sagte Mia, ließ aber nicht locker. »Wo lebt deine Mutter heute?« Sie schämte sich fast, diese Frage zu stellen.

»Irgendwo in Deutschland. Keine Ahnung. Ich hasse sie. Ich hasse sogar ihren Namen. Unser Kontakt ist schon lange abgebrochen, ob Rika noch Kontakt zu ihr hatte, hat sie mir nie gesagt. Ungefragt hörte ich von ehemaligen Nachbarn, dass meine Mutter unbekannt verzogen ist. Mir doch egal.«

»Sie hat dich auch nicht gesucht?«, fragte Mia.

»Selbst wenn, Sie hätte mich nicht gefunden. Ich bin dann ins Ausland abgetaucht. Nicht einmal Rika wusste, wo ich steckte. Sie hatte nur meine neue Handynummer. Ich weiß noch nicht einmal, ob die Polizei auch meine Mutter über Rikas Tod verständigt hat. Hoffentlich erscheint sie hier nicht. Das würde nicht gut gehen! Ich musste meiner Schwester schwören, dass ich mich um ihre Beerdigung kümmere. Das bin ich ihr schuldig«, sagte Ulle. Sie warf die langen Beine auf den Hocker und wischte sich über das fahle Gesicht. Verblüffend, ihre großen grünen Augen mit den langen Wimpern. Rika hatte dieselbe Augenform und -farbe gehabt, aber ihre dunklen Haare länger getragen. Erstaunlich, dass sich trotz der verschiedenen Väter in beiden Fällen die Mutter so gut vererbt hatte.

»Rika wollte eine Seebestattung«, flüsterte Ulle. Langsam wurde Mia ihre Gesprächigkeit unheimlich. Die Frau spulte ihre Gedanken wie eine Filmrolle im Schnelldurchlauf ab.

»Ich will aber vorher wissen, woran meine Schwester starb. Die Ärzte schließen nicht aus, dass es sogar eine Erbkrankheit sein könnte. Eigentlich schließen sie überhaupt nichts aus. Etwas sagen müssen sie ja. Deshalb werde ich Rika obduzieren lassen. Koste es, was es wolle, und wenn ich einen Kredit aufnehmen muss.«

Mia sah sie betroffen an. Sie verstand einmal mehr, warum Ulle so bleich war und es eilig hatte, der Sache auf den Grund zu gehen.

In Mias Tasche vibrierte und klimperte es. Nun setzte der penetrante Klingelton ein.

Ulle schrak auf. Es wirkte, als sei sie aus einem Traum erwacht. Sie tippte auf Mias Handtasche. »Willst du nicht drangehen?«

»Jetzt nicht!«, sagte sie und drückte den Aus-Knopf, ohne nachzusehen, wer störte.

»Vielleicht ist es etwas Wichtiges.« Ulle sprang auf. »Geh ruhig dran. Ist nicht schlimm. Ich habe alles gesagt, was ich sagen wollte. Kann ja so lange am Strand spazieren gehen, und danach machen wir uns am besten langsam auf den Heimweg. Es wird kühl.«

»Es gibt nichts Wichtigeres als unser Gespräch!«, rief Mia ihr hinterher, und das meinte sie ehrlich.

Ulle kam zurück und lächelte – zum ersten Mal.

»Was mir noch nicht ganz klar ist: Wie hat die Polizei dich gefunden, wenn du im Ausland lebst?«

»Hat sie nicht. Rika hatte mich hierher bestellt, weil sie Angst um ihr Leben hatte. Sie sagte nicht, warum. Ich dachte, dass sie damit ihre Krankheit meinte. Ich riet ihr dringend, ins Krankenhaus zu gehen. Das hatte sie abgelehnt. Als ich sie wieder anrief, um ihr mitzuteilen, dass ich auf dem Weg nach Spiekeroog sei, hatte ich die Polizei am Handy.«

»Sag mal«, begann Mia, die es bereits ahnte. »Wie heißt deine Mutter, also deine Erzeugerin, mit Nachnamen?«

»Dickmann. Karla Dickmann. Wieso?«

30. Auf dem Hof

»… und wieso heißt du Holz mit Nachnamen?«, fragte Mia noch unter Schock.

»Weil ich verheiratet bin? Die Ehe hat zwar nur drei Monate gehalten, aber wenigstens ist mir sein Name geblieben. Sag schon, warum hast du gefragt?«

»Tja, also … es ist so … Lass uns bitte Richtung Ferienhaus gehen. Ich erkläre es dir unterwegs …« Mia wählte nicht den Slurpad, sondern machte einen Umweg zum Hof, damit sie genügend Zeit bekam, es ihr schonend beizubringen. Nebenbei hoffte sie auf eine Reaktion von Ulle, wenn sie das Hofgebäude sah.

»Du hast mir auch noch nicht erzählt, worüber du mit Rika gesprochen hast, Mia. Was hat sie die letzten Stunden gemacht? Wo hast du sie kennengelernt? War sie glücklich oder traurig?«, steigerte sich Ulle hinein.

Mia hatte diese Fragen viel früher erwartet. Nun musste sie Farbe bekennen. »Also, es ist so … wirklich gekannt habe ich Rika nicht. Wir waren uns einen Tag vor ihrem Tod im *Alten Inselhaus* begegnet und hatten uns nur kurz unterhalten. Sie sprach davon, wie glücklich sie jetzt sei und dass sie hier ein neues Leben beginnen würde. Mehr nicht. Da kannte ich nicht einmal ihren Namen.« Mehr wollte Mia im Moment nicht erwähnen.

Ulle bekam zwei steile Falten auf der Stirn. »Du hast mich belogen! Hast dir mein Vertrauen erschlichen!«

»Nein ... nein, habe ich nicht. Anderntags fand ich sie dann«, sprach Mia bemüht ruhig weiter, »im Strandkorb – tot. Eigentlich wollte ich den Sonnenaufgang genießen. Es war furchtbar. Erst hinterher habe ich erfahren, wie sie heißt und ...« Mia stockte. Sie konnte ihr unmöglich sagen, dass jeder sie hatte haben wollen und fast alle sie bekommen hatten – nicht nur als Immobilienmaklerin. Nein, sie durfte das ehrenwerte Bild, das Ulle von ihrer Schwester hatte, nicht zerstören.

Ulle sah sich um. »Müssen wir nicht nach rechts gehen?«

»Ja, schon, aber wir gehen links. Sagt dir der Name Immo Weert etwas?«, fragte sie Ulle.

»Nein, nie gehört.«

»Ich möchte ihn dir vorstellen. Er kannte Rika sehr gut. Er wollte ihr seinen Hof verkaufen und auch sonst schienen sie Kontakt gehabt zu haben. Hier sind wir schon. Die Idee ist mir spontan gekommen. Ich weiß nicht, ob er zu Hause ist. Wir müssen es einfach versuchen.«

Ulle nickte. »Ja bitte, unbedingt.«

Sie beobachtete Ulle sehr genau, während sie den Weg zum Hof einschlugen. Für Mia war er mit dem Veranstaltungsabend verbunden, ihrer ersten Begegnung mit Immo und der zweiten mit Enna. Sie musste damit rechnen, vom Hof gescheucht zu werden, sollte Enna, die Hexe, zu Hause sein. Darauf ließ sie es gerne ankommen.

»Hat Rika mal etwas von einem Wunderwasser erzählt?«, fragte Mia. »Von dem man abnehmen kann?«

Ulle hörte auf, sich umzuschauen, als würde Rika hinter jedem Mauervorsprung stehen, oder gleich mit offenen Armen auf sie zukommen. »Ja, hat sie. Sie meinte, es sei eine gute Kapitalanlage. Ich wusste aber nicht, wie sie es meinte, und sie wollte es mir nicht sagen. Da habe ich sie ausgelacht und das Telefongespräch war beendet. Hätte ich mich doch nur nicht lustig über sie gemacht ...«

Das ›zu spät‹ verkniff sich Mia. »Kann passieren«, sagte sie stattdessen und legte einen Finger auf ihre Lippen. Sie zog Ulle an die Backsteinwand. »Schnell! Hinhocken!« Mia hörte Stimmen aus der Scheune dringen.

»Was ist jetzt, Immo? Du verkaufst mir den Hof und verlässt die Insel. Keine Sorgen mehr. Dafür garantiere ich.«

Hinter dem Misthaufen hatten sie freie Sicht in die Scheune, wenn auch mit zugehaltener Nase. Immo und Tido Tommssen standen eng zusammen.

Ulle flüsterte, den Blick geradeaus haltend: »Warum verstecken wir uns und besuchen diesen Immo nicht ganz normal, anstatt ihm aufzulauern?«

»Tido Tommssen ist dabei. Er muss nicht mitbekommen, dass wir Immo besuchen.«

»Aha.« Mia sah Ulle an, dass sie nichts verstanden hatte.

»Pscht!«

»Einen Teufel werde ich tun.« Das war Immo.

Tommssen reagierte sofort. »Du bist verschuldet und hast Dreck am Stecken – ziemlich viel Dreck. Sehr viel Dreck.«

»Nicht mehr als du auch«, sagte Immo. »Außerdem habe ich dir geholfen, schon vergessen?«

»Nur: Deinen Dreck kann man schnell sichtbar machen, meinen nicht. Wusstest du, dass sogar Anzeigen gegen euch und das Wunderwasser vorliegen?« Tommssen steckte die Hände in die Hosentaschen.

»So? Von wem?« Immo rückte näher.

Schäbiger konnte ein Mensch nicht lachen. »Als wenn ich es dir sagen würde. Nein, nein, das ist für später, als I-Tüpfelchen, wenn ich dich ans Messer geliefert habe. Es kostet mich nur einen müden Anruf beim Staatsanwalt, dann lädt dich der Richter zu einem Treffen ein und bringt dich in U-Haft. Ich sage nur: Karla und Rika. Ich kann alles auffliegen lassen!«

Ulle sprang auf. Mia reagierte sofort. Sie hechtete hoch, hielt ihr den Mund zu und warf sich mit ihr auf den Misthaufen.

Nach einem kurzen Gerangel hatte Ulle verstanden. Beide wischten sich notdürftig durch das Gesicht. Gut getarnt sahen sie, wie Immo kurz zum Tor herausschaute, sich wieder umdrehte und weitersprach: »Wenn du das machst, reiße ich dich mit rein. Von dir habe ich schließlich nicht nur den Tipp bekommen, was Rika angeht, und mit Karla habe ich nichts zu tun.«

»Ach nein! Wetten doch?«, sagte Tommssen.

»Ach, so ist das! Du warst es!« Immo zeigte mit dem Finger auf ihn.

Er schlug ihn weg. »Oh, da irrst du dich! Auch damit, dass du einen Tipp von mir bekommen haben willst. Ich kann mich jedenfalls nicht daran erinnern – oder hast du Zeugen? Wem glaubt man wohl mehr? Einem Betrüger oder einem Kommissar, der Verbrecher hinter Gitter bringt? So nicht, Immo. Ich rette dir den Arsch und das ist der Dank dafür … Überlege es dir gut, mit wem du dich anlegst. Haus verkaufen und abhauen, oder Zwangsversteigerung und Einsitzen. Was ist wohl schlimmer?« Tido Tommssen schlug Immo auf die Schulter und lachte laut. »Einen guten Geschmack hast du ja. Rika war ein Sahneschnittchen. Ich weiß, wovon ich rede. Nur, dass sie so skrupellos ist und du so blind vor Geilheit, hätte ich nie gedacht.«

Immo ging auf Tido los, doch der drehte ihm blitzschnell den Arm um. Immo schrie auf.

Mia nahm Ulle an die Hand und zog sie hoch. »Komm schnell!«, flüsterte sie. »Wir müssen abhauen.«

Ulle folgte ihr wie eine Marionette. Tränenbäche flossen in hellen Bahnen durch ihr verschmiertes Gesicht.

31. Der Überfall

Bis zur *Grünen Fee* hatten die beiden Frauen kein Wort miteinander gesprochen. Mia bat sie inständig, mit zu ihr zu kommen. In dem Zustand war es besser für Ulle.

Vergeblich suchte Mia in ihrer Handtasche nach dem Schlüssel. Ulle zeigte auf die Tür. Sie war nur angelehnt.

Vorsichtig gingen sie hinein. Entwarnung. Mia entspannte sich etwas, dachte an Mario. Richtig. Ein Zettel lag auf dem Tisch: *Warte nicht auf mich. Mario.*

»Möchtest du duschen?«, fragte Mia und zog sich bis auf Slip und BH aus. »Ich kann dir ein paar Sachen von mir leihen, bis du deine geholt hast.« Sie verfrachtete die Sachen, die sie angehabt hatte, auf den Balkon. Am liebsten wäre sie selbst sofort unter die Dusche gesprungen. Der Gestank war nicht auszuhalten! Im Bad wusch sie sich flott Gesicht und Hände mit Seife ab und kam einigermaßen erfrischt wieder.

In ihrem Eifer hatte Mia nicht bemerkt, dass Ulle regungslos stehengeblieben war. Breitbeinig stand sie da, als würde sie sonst den Boden unter den Füßen verlieren. Der Dreck wirkte wie eine Kriegsbemalung.

»Erst sagst du mir, was das mit Karla auf sich hat. Wen meinte er mit Karla? Wieso Karla? Welche Karla?«

»Bleib bitte ruhig. Zieh dich erst einmal aus, damit ich die Sachen auf den Balkon legen kann«, forderte Mia sie auf.

Langsam entledigte sich Ulle ihrer Jeans-Shorts und streifte das Häkelhemd und das Top über den Kopf. Sofort schob sie die Arme vor ihre kleinen Apfelbrüste. Der Tanga hatte nichts abbekommen. Mia seufzte. Beinahe wäre ihr ein ›Kind, du musst mehr essen!‹ herausgerutscht. Aber sie war ja nicht ihre Mutter. Karla. Oh je.

Mit spitzen Fingern warf sie erst einmal die Kleidung auf den Balkon. Das gab ihr Zeit, zu überlegen, wie sie es ihr am besten beibringen könnte. Ach was, raus damit! Alles und zwar sofort!

»Na ja, es ist so: Karla Dickmann, also deine Mu... deine Erzeugerin, wurde ebenfalls tot aufgefunden – hier auf Spiekeroog. Nicht in einem Strandkorb, sondern am Bahnhof, dort, wo sich die Museumspferdebahn befindet. Das muss dir die Polizei doch gesagt haben. Sie mussten doch die Angehörigen verständigen.«

»Sie werden mich nicht erreicht haben. Aber dieser Tommssen hätte es mir sagen müssen, als ich bei ihm war. Er wird es wohl vergessen haben.«

Ulle hatte sich auf die Couch fallen lassen. Ihr Gesicht wirkte wie Wachs. »Das war es also, was Rika mir sagen wollte. Ihr hatte man Bescheid gegeben und sie wird der Polizei gesagt haben, dass sie weiß, wie sie mich erreichen kann und dass sie mir Bescheid geben wird. Muss ich mich etwa auch um Karlas Beerdigung kümmern? Oder darf ich es ablehnen?«

Mia zuckte mit den Schultern.

»Mia! Aber wieso ... woran ist sie gestorben? Was ist da passiert?«

Mia erzählte ihr alles, was sie wusste, berichtete von

den Tabletten, dem Abschiedsbrief und der Wasserflasche – ein Stichwort. Sie stand auf und teilte sich mit Ulle das letzte Mineralwasser.

Ulles Hände zitterten beim Trinken. »Ich weiß, wer Rika auf dem Gewissen hat!«, sagte sie und stand auf. »Ich geh mich duschen.«

»Aber … »Mia blieb fassungslos zurück. Sie wollte ihr hinterherlaufen, aber die Tür war verschlossen. Gut, dann musste sie so lange warten, hoffentlich starb sie in der Zwischenzeit nicht vor Ungeduld. Mia lenkte sich mit ihrem Handy ab. Vielleicht war die SMS doch wichtig gewesen. Öffnen. *Noch zwei Tage. Utkieker.*

»Wo hast du die Sachen?« Die halbnackte Ulle betrat den Raum, Kopf knallrot, die Haut wundgescheuert. Ihre dunkle Tolle saß wie immer, das an den Seiten Hochrasierte glänzte vor Wassertropfen.

Mia zeigte ihr einige Kleidungsstücke.

Ulle wählte die verblichene Jeans, krempelte sie hoch und nahm das Angebot des Gürtels sofort an, weil sie sonst nicht tragbar gewesen wäre. Das T-Shirt mit der Schrift *Ich bin 50 – na und?* verschmähte sie, dafür wählte sie das weiße Schlabbershirt mit dem Smiley. Eigentlich war es Mias Nachthemd, aber das sagte sie ihr nicht und eigentlich hätte Ulle sich nun auch die Hose sparen können.

»Wer war es?«, fragte Mia, mit einem Bein im Bad.

»Karla, wer sonst.« Ulle zog das T-Shirt kilometerweit vom Körper ab. »Ich komme gleich wieder, gehe nur rasch in mein Zimmer, meine Klamotten anziehen.«

Mia wusste, sie sollte Ulle Zeit geben, es zu erzählen. Karla konnte es unmöglich gewesen sein, weil sie vor Rika gestorben war. Ulle stand eindeutig unter Schock, sonst wüsste sie es, oder hatte Mia es in der Aufregung etwa nicht gesagt? Sie stürmte zur Dusche, brauchte dringend eine Abkühlung und vor allen Dingen galt es, diesen Gestank loszuwerden. Mit Einseifen beschäftigt, erschrak sie beim Aufblicken fürchterlich. Zwei schwarze gespreizte Schattenhände zeichneten sich am weißen Duschvorhang ab. Sie schrie auf und riss mutig den Vorhang beiseite. Mit dem Duschkopf zielte sie auf den Psycho.

Mario stand mit erhobenen Armen vor ihr.

»Noch so eine Aktion und du bist ein toter Mann!«

Er lachte dämlich und sah an ihrem nackten Körper herunter. »Oh, du hast doch auf mich gewartet?«

»Wie könnte ich jemals auf so einen wie dich warten?« Ihre Wut war ausnahmsweise nicht gespielt, was Mario schnell spitzbekam. Er ging einen Schritt zurück.

»Und überhaupt«, sie kam so richtig in Fahrt, »wieso nimmst du die Schlüssel mit und lässt die Tür offenstehen?«

»Ich war nicht weit weg, nur mal eben bei …«

Mia richtete wieder den Duschkopf gegen ihn. Er schwieg.

Sie stieg aus der Duschtasse, schlang sich das Badetuch um den Körper und wickelte ein Handtuch zum Turban.

Als er sie umarmen wollte, zuckte sie zurück. »Raus aus dem Bad!«, schmetterte sie ihm entgegen.

Da klopfte es stürmisch an der Haustür. Mario ging hin und öffnete.

»Oh, habe ich mich in der Tür geirrt?«, fragte Ulle und entschuldigte sich dafür.

»Nein, nein, ist schon in Ordnung. Ich wollte gerade gehen.«

»Bitte bleib, Ulle! Wir müssen reden«, rief Mia in den Flur.

Mario hob die Arme. »Okay, wenn hier alles andere wichtiger ist, dann fahr ich wohl besser wieder nach Hause. Ich will keinesfalls stören.« Er wischte sich über die hohe Stirn.

»Nein, ich gehe«, sagte Ulle.

»Nix da. Ich gehe!«, sagte Mario. Er holte seine immer noch gepackte Reisetasche aus dem Schlafzimmer.

Mia lief in den Flur und stemmte sich mit dem Po von innen gegen die Haustür.

»Bitte bleib hier!«, sagte sie, als er vor ihr stand und nach draußen gehen wollte. »Wir brauchen dich!« Sie wischte über ihre Augen. »Bitte!«

Mia zog sich flink an. Ulle kochte Kaffee und während er durch die Maschine lief, deckte sie den Tisch dazu. Sie erzählte Mario schon einmal, wer sie war und was sie machte, warum sie hierhergekommen war.

»Aha«, sagte Mario.

Mia musste natürlich alles mitbekommen. »Aha« stand bei Mario für »Ich verstehe nur Bahnhof». Es wurde Zeit, dass sie dazukam. Die Haare konnte sie immer noch föhnen. Sie flocht sich einen dicken Zopf als Schnellfrisur.

»Es ist so«, sagte Mia und erzählte von Anfang an …

Jetzt konnte Ulle nicht länger still sein: »… und deshalb glaube ich, dass es Karla gewesen sein muss. Sie wollte von Rika das Geld zurückbekommen. Rika hatte es sich mit dem neuen aktuellen Testament von ihrem Vater erstritten, das er ihr kurz vor seinem Tod geschickt hatte, als Wiedergutmachung sozusagen. Darin war sie als Alleinerbin bedacht worden. Niemand von uns hatte vermutet, dass er überhaupt etwas zu vererben hatte. Wir wollten lieber nicht wissen, woher das Geld kam. Jedenfalls bestritt Karla die Echtheit des Testaments und bestand darauf, dass ihr vorgelegtes älteres Testament anerkannt wurde. Aber das Gericht gab ihr kein Recht. Da waren Karlas Träume wohl geplatzt.«

Mia schüttelte den Kopf. »Die Sache hat nur einen Haken«, sagte sie. »Karla wurde zuerst tot aufgefunden.«

»Oh!« Ulle fasste sich an die Stirn und massierte sie.

»Auftragsmörder! Sie hatte bestimmt vorher einen Auftragsmörder engagiert. Das würde ich ihr zutrauen.«

»Lass uns einfach denken und die Fakten auswerten«,
sagte Mia. »Das Ergebnis der Rechtsmedizin wäre interessant.«

»Habe ich veranlasst«, sagte Ulle. »Wenn sich heraus-
stellen sollte, dass es doch ein Mord war, soll ich das
Geld wiederbekommen. Ob das stimmt ...«

»Wann wäre die Obduktion? Haben sie was gesagt?«
Mia war von vornherein pessimistisch. Die Rechtsmedizin befand sich bestimmt nicht auf der Insel, sondern auf
dem Festland in einer größeren Stadt Niedersachsens,
und da mussten die Toten sich hinten anlegen. Wozu
gab es Kühlfächer? Wieder einmal bedauerte sie es, dass
sich Tido Tommssen um die Angelegenheit kümmerte.
›Kümmern‹ war wohl das falsche Wort. Sicher, sie hatte
jemanden im weißen Overall mit einer Kamera gesehen, aber hatte der Mann von der kriminaltechnischen
Untersuchung, oder wie sie es hier nannten, die Leiche
auch abgeklebt, um Faserspuren und mehr zu sichern?

»Keine Ahnung, wann sie mir Bescheid geben. Es soll
schnell gehen, haben sie gesagt.« Ulle ließ die Schultern
sinken. »Aber wann genau, weiß ich nicht.«

Mia dachte laut nach: »Schade, es hätte wirklich
passen können. Karla tötet ihr eigenes Kind Rika aus
Raffgier und bereut es bitterlich, will nicht mehr leben.
Sie schreibt den Abschiedsbrief und nimmt eine Überdosis ihrer Tabletten ... Hat sie diese Tabletten regelmäßig
genommen, wogegen genau und wie lange schon?«

»Seit ich sie kenne, nimmt sie Psychopharmaka. Erst
gegen das eine, dann gegen das andere, immer hatte
sie eine neue psychische Störung. Irgendwann kamen
Depressionen dazu, die sogar manisch wurden. Es
wäre nicht ihr erster Selbsttötungsversuch gewesen.
Von daher hätte es gepasst. Nur die Klamotten und der

Wunsch, ein Model zu sein, hielten sie zwischendurch aufrecht, wenn es ihr mal wieder etwas besser ging.«

Mario schaltete sich ein, nachdem er sich alles in Ruhe angehört hatte: »Manische Depressionen sind mit das Schlimmste, was ein Mensch haben kann. Diese Sehnsucht nach dem Tod nagt einen von innen auf, bis man es nicht mehr aushält und den Suizid begeht.«

Mia sah Mario erschrocken an. So traurig hatte sie ihn noch nie gesehen und reden gehört. Ob er selbst … wohl kaum. Er strotzte doch sonst vor Lebenslust.

»Was steht auf Karla Dickmanns Totenschein?«, fragte er.

Mia winkte ab: »Natürlicher Tod. Angeblich wurden keine Tabletten und kein Abschiedsbrief gefunden.«

»Aha. Du kannst aber beschwören, dass du beides gesehen hast?«

»Ja!« Mia empörte sich.

»Was steht in ihrem Abschiedsbrief?«, fragte Mario.

»Viel konnte ich nicht entziffern, weil sie darauf lag und nur eine Ecke des Briefes hervorlugte.« Sie hob den Zeigefinger. »Jetzt fällt es mir wieder ein: *Meine Lage erfordert es zu gehen. Es gibt kein Zurück mehr.*«

»Das heißt alles und nichts«, sagte Mario. »Wir brauchen mehr Informationen.« Er stand auf und kramte in seiner Reisetasche nach dem Tabaksbeutel. Mia mochte es, wenn er die Pfeife stopfte, und roch den frischen Vanilletabak im Beutel, aber auch den Rauch so gerne. Leider war das Rauchen in der Wohnung verboten. Mia sagte es ihm. Er setzte sich wieder.

»Fürchte, im Fall dieser Karla könnt ihr nichts machen, wenn der Totenschein eindeutig ausgestellt wurde und niemand Anklage erhebt. Es sei denn … Was anderes ist es mit dieser Ulrike oder wie hieß sie noch …«

»Rika!«, sagte Ulle.

»… Rika … da solltet ihr das Obduktionsergebnis abwarten, oder euch erkundigen, wann ihr es bekommt.«

»Rufst du an, Mario?«, fragte Mia. Sie sah ihn an wie
in ihrer letzten gemeinsamen Nacht.

»Bitte was? Ich soll was?«

»Ja, bitte«, sagte Ulle. »Als Auftraggeberin würde ich
zwar auch eine Antwort erhalten, aber als Kommissar
erfährt man sicher mehr.« Holla, ihr Blick war auch
nicht von schlechten Eltern.

Mario griff zum Hörer.

Ulle gab ihm die Nummer.

»Oldenburg!«, sagte Mia. »Das ist die Vorwahl von
Oldenburg.«

»Pscht!«, sagte Mario. »Hallo. Hauptkommissar
Gern hier. Ja, ich weiß, es ist schon spät. Danke, dass
Sie dennoch ans Telefon gegangen sind. Ich rufe von
Spiekeroog aus an. Es geht um …«

So liebte Mia ihren Mario wieder. Er wusste auch,
wie man geschickt an die Informationen kam.

Mario beantwortete spielend alle Fragen, die sein
Gesprächspartner stellte. Aber nur mit Hilfe von Ulle,
die ihm die Lösungen fix auf die Fernsehzeitung kritzelte. Es dauerte eine Weile, aber dann: »Tatsächlich?
Aha … und der erweiterte toxikologische Bericht?
Gut. Danke. Ja, ich melde mich wieder.« Nachdem
das Gespräch beendet war, wandte er sich den Frauen
zu: »Natürlicher Tod. Die Tote wird bald freigegeben.
Bis zur Einäscherung dauert es noch etwas. Ich soll es
an die Auftraggeberin Ulle Holz weitergeben, was ich
hiermit tue. Bericht bekommt sie auf Handy als pdf -
die Rechnung auch – ausnahmsweise, weil es so eilt.«

Mario nahm das Feuerzeug, steckte die Pfeife an und
ging auf den Balkon.

32. Das Bauchgefühl

Es hatte keine zwei Pfeifenzüge und nur ein kurzes, aber heftiges Husten gedauert, da stürmte Mario wieder ins Wohnzimmer. »Das riecht ja wie am Niederrhein. Wo gibt es denn hier einen Bauernhof?«

»Ganz in der Nähe«, sagte Mia.

Mario ließ die Pfeife brennen und dampfte gemächlich den Raum voll. »Ich habe es mir überlegt. Können wir unter vier Augen sprechen, Mia?«

Mia nickte. Sie ahnte, was kam.

»Im Schlafzimmer«, sagte sie. »Ulle, warte bitte auf mich. Es dauert höchstens drei Minuten.« Mia musste grinsen. Das klang zweideutig.

Ulle lief prompt rot an. »Tut mir leid, aber ich gehe lieber in meine Wohnung. Muss über so vieles nach-denken. Melde dich, wenn du so weit bist, Mia.« Sie sah Mario flüchtig in die Augen und reichte ihm die Hand. »Danke.«

Er machte einen Diener. Manchmal konnte er char-mant sein.

Kaum war die Tür zugezogen, ging das Donnerwet-ter los. »Mia! Das war das letzte Mal, dass ich dir bei deinen Hobby-Ermittlungen geholfen habe. Hast du nicht genug Ärger durch den Drohbrief? Muss es erst schlimmer kommen?! Willst du die dritte Leiche sein?«

Mia atmete genüsslich den Tabakrauch ein, der ihr um die Nase wehte.

»Was ist jetzt mit dem Brief«, fragte er. »Zeig mal. Deswegen bin ich doch gekommen.«

Mia kramte den Umschlag hervor.

Er sah mit ernster Miene darauf. »Das darfst du nicht auf die leichte Schulter nehmen. Da mag einer deine Schnüffeleien nicht. Bist du damit zur Polizei gegangen?«

»Nein. Musste ich nicht. Ich weiß, wer mir das geschickt hat. Es ist eine Frau, die Wunderwasser verkauft, das aber nichts anderes ist als pures Leitungswasser – Verzeihung, besprochenes Leitungswasser.«

»Wer glaubt denn den Quatsch?«

»Och, einige, sonst würde sich der Verkauf nicht lohnen.«

»Warum sagst du mir das erst jetzt?«

»Alles andere war erst mal wichtiger. – Mario, ich weiß ja, dass du Angst um mich hast«, sagte sie. »Die Frau ist zwar eine Hexe, aber harmlos. Die kann mir nichts anhaben.«

Er zündete die Pfeife erneut an.

Mia redete auf ihn ein: »Es geht um viel mehr als nur um mich. Es geht um jemanden, der verdächtigt wird, der es aber nicht war. Seitdem muss er sich verstecken. Das hält er nicht länger aus. Er will ins Wasser gehen und seinem Leben ein Ende bereiten. Das kann und werde ich nicht zulassen!«

»Musst du auch nicht. Sag ihm nur, dass er nicht mehr verdächtigt werden kann. Du weißt doch: Der Fall Dickmann ist keiner und Rika ist ebenfalls ... aus welchen Gründen auch immer ... gestorben. Vielleicht war es in den Genen vorprogrammiert. Soll es ja geben. Kannst du dich noch an das große Bambussterben erinnern?«

»Ein Mensch ist kein Bambus.«

»Ja, richtig, aber da lag es auch in den pflanzlichen Genen, dass die Bambuspflanzen nur eine bestimmte Lebensdauer hatten. Wusstest du, dass eine Pflanze über 25 000 Gene hat und der Mensch nur rund 22 500? Ich glaube fest daran, dass unsere Lebensdauer auch vorprogrammiert ist. Es sei denn, wir verkürzen sie durch Raubbau an unserem Körper, wie ...«

»Rauchen zum Beispiel, oder Passivrauchen.« Mia nahm noch eine Nase.

Mario stimmte ihr ausnahmsweise zu. »Wie auch immer, der Rechtsmediziner nannte mir mehrere lateinische Namen. Habe ich alle schon mal gehört. Entscheidend waren aber seine Schlussworte: ›Natürlicher Tod‹. Also sag deinem Freund, er ist frei.«

Mia protestierte: »Das kann nicht stimmen! Das sagt mir mein Bauchgefühl!«

»Ihr Frauen mit eurem Bauchgefühl …«

»Hast du deine Fälle schon vergessen, bei denen versucht wurde, die Tat zu vertuschen, und sie doch ans Licht kam? Bei denen Trugspuren gelegt wurden?« Mia stand auf, ging hin und her, wie ein Dichter, der sich alles zusammenreimte. Am Fenster blieb sie stehen und drehte sich um: »Du weißt doch selbst, dass es giftige Substanzen gibt, die verstoffwechselt werden. Wenn ich wenigstens wüsste, was sie vorher gegessen hat … dann könnte ich eventuell Rückschlüsse ziehen.«

»Du meinst, weiterphantasieren. Mia! Manchmal muss man Dinge glauben, auch wenn man sie nicht glauben will.«

»Das sagst ausgerechnet du!«

Mario grinste. »Klar gibt es Gifte, die sich nach einer gewissen Zeit abbauen, aber gerade das ist dann unmöglich zu beweisen. Und was diese Dickmann angeht: Menschen, die sich wirklich töten wollen, also wirklich, die kann man sowieso nicht aufhalten. Mia, komm mit mir nach Hause! Lass uns die restlichen Urlaubstage gemütlich zu Hause verbringen. Ich wüsste schon, wie.«

Mia sah ihn an. Das war wieder typisch. Immer nur das eine im … Kopf. Es machte sie wieder wütend. »Immer nur Ich … Ich … Ich. An andere denkst du gar nicht, was? Du kennst den Utkieker nicht, hast nicht gesehen, wie verzweifelt er war. Es wird behauptet, er sei irre. Aber er ist nur zu sensibel für diese Welt, nimmt alles auf, reflektiert und erkennt die Gefahren, sehr viele Gefahren, zu viele Gefahren. Das lässt ihn wirre Dinge reden. Gemeingefährlich ist er noch lange nicht. Das sind meist die Ruhigen, die Unauffälligen, scheinbar Seriösen, die nach außen hin gut dastehen, einen sicheren Beruf haben, wie …«

»Ich?« Mario tippte sich mit dem Zeigefinger auf die Brust.

Mia musste doch grinsen. »Ja, Kripoleute, Polizisten … »Sie machte eine nachdenkliche Pause. »… Bäcker, Verkäufer, Versicherungsvertreter, sonstige Beamte.« Gut, sie übertrieb maßlos und verallgemeinern durfte man schon gar nicht. Aber war es nicht der nette Nachbar von nebenan, der als Mörder enttarnt wurde? Waren es nicht die Nachbarn, die dann aus allen Wolken fielen, sagten, sie würden es nicht verstehen, er habe doch regelmäßig den Rasen gemäht und sie immer freundlich gegrüßt?

Mario paffte vor sich hin und sah ihr tief in die Augen. Mia hielt dem Blick stand. Am Ausstoß der Rauchwölkchen wusste sie, was in ihm vorging. Er würde gleich seine Tasche schnappen und erklären, dass er sich nicht länger von ihr einspannen ließe und sie selbst schauen solle, wie sie klarkäme und wenn sie meinte, sie müsse auf Spiekeroog Menschenleben retten, wie andere die Robben, dann sollte sie das tun, aber ohne ihn.

Mario ging an Mia vorbei, nahm seine Tasche und sagte: »Ich fahr dann mal.«

Mia nickte.

Er gab ihr einen flüchtigen Kuss auf die Wange. An der Haustüre drehte er sich noch einmal kurz um: »Übrigens, Fee ist frisch verliebt. Sie hat einen Holländer kennengelernt und fliegt mit ihm im Winter in

185

die Karibik. Der Typ möchte nicht, dass sie weiterhin Kontakt zu mir hält. Deshalb hat sie mich heute Morgen sprechen wollen. Sie hat mir alles Gute gewünscht und gesagt, dass sie dich sehr nett findet, und ich bestimmt glücklich mit dir werde.« Er senkte den Blick. »Kannst mich ja anrufen, wenn du wieder in Krefeld bist.«

33. Der tödliche Stich

Mia hatte Mario noch lange heimlich hinterhergeschaut. Erst im Treppenhaus und dann vom Fenster aus. Auf den Balkon ging sie erst, als er nicht mehr zu sehen war und nur, um die Wäsche reinzuholen und sie in die Waschmaschine zu stecken. Natürlich, nachdem sie den gröbsten Dreck mit Zelltüchern entfernt hatte.

Mit dem Müllbeutel in der Hand machte sie sich auf den Weg zu Ulle. Es gab einigen Erklärungsbedarf.

Als hätte Ulle die ganze Zeit auf sie gewartet, stand sie bereits in der Tür. Ihre Augen glänzten vor Tränen. Das Weiße darin war feuerrot.

»Wir bleiben dran«, sagte Mia und streichelte Ulles Arm.

»Ach, Mia. Die Untersuchungen sind abgeschlossen. Es ist zwecklos.«

»Ist es nicht! Lass mich schnell den Mist wegbringen, dann komme ich wieder und erkläre es dir.«

»Bist du eigentlich mit Mario verheiratet?«, fragte Ulle, nachdem sie Mia ein Glas Apfelschorle gebracht hatte.

»Danke. Nein«, sagte Mia. »Ich war bereits einmal verheiratet, habe mich scheiden lassen. Mein Ex wusste unsere Ehe nicht zu schätzen. Deshalb gehe ich nie wieder vor den Traualtar.«

»Man soll nie nie sagen«, sagte Ulle.

»So gefällst du mir«, meinte Mia. Bevor sie Ulle mit ihrer Lebenserfahrung weiter desillusionierte, fügte sie schnell hinzu: »Das muss natürlich jeder selbst wissen, wie wichtig er was nimmt. In deinem Alter hing mein Himmel auch noch voller Geigen. Je älter man wird, desto mehr Wolken verdecken sie. Aber zwischendurch sieht man mal wieder eine – Geige. Das ist dann ein ganz besonderer Moment, den man unbedingt genießen sollte.«

Ulle nickte.

Mia lächelte milde.

»Lebt *dein* Vater noch?«, fragte Ulle.

Mia schüttelte den Kopf. »Nein, leider nicht mehr. Zu meinem Vater habe ich als Erwachsene den Kontakt abgebrochen. Als ich ein Kind war, wollte er nichts von mir wissen. Da sind Rika und ich keine Einzelfälle. Meine Mutter habe ich sehr geliebt. Nur leider wurde sie dement. Lange hat sie es vertuschen können. Sie hatte ihre Tricks auf Lager. Bis ich dann Lebensmittel an Orten fand, wo sie nicht hingehörten. Der Tisch war für Personen gedeckt, die nie kommen würden. Wenn ich sie fragte, wie ich heiße, ging sie ins Wohnzimmer zum Telefon, über dem ein Zettel mit meiner Nummer und meinem Namen stand. Den las sie dann ab und kam stolz wieder, nannte mir meinen Namen.«

Ulle lachte kurz, schluckte dann schwer: »Das ist bestimmt sehr traurig, wenn man es merkt.«

»Ja, ist es auch«, antwortete Mia, »und es kann für Demenzkranke lebensgefährlich werden. Oft hatte sie die Herdplatte oder die Kaffeemaschine angelassen. Es war ein altes Modell, das sich nicht von alleine abstellte. Das ist aber noch nicht alles. Eines Tages wollte ich sie zum Einkaufen abholen. Sie saß auf der Couch und hatte sich gerade die Insulinspritze in den Mund gesteckt und wollte abdrücken. Ich habe ihr die Spritze aus der Hand gerissen. Sie war verwundert und ärgerlich zugleich. Ob ich nicht wisse, dass man das Dings in den Mund spritzen muss, das Dingsmeter. Nicht auszudenken, was passiert wäre, wenn ich es nicht rechtzeitig gesehen hätte. Sie wäre an einer Überdosis ge... Moment mal!«, rief Mia.

»Insulin!«, rief Ulle. »Darauf hätte ich kommen müssen! Auf unserer Station hatten wir einen ähnlichen Fall. Er wollte sich sein Insulin immer selbst spritzen, weil er gehört hatte, dass ein Zuviel tödlich sein kann. Er war klar bei Verstand, aber vertraute nur sich selbst. Wir mussten ihn lassen, bis er einen Tag später seine Brille nicht aufhatte und die Ration stärker einstellte – wie wir hinterher festgestellt hatten. Das wäre alles nicht so tragisch geworden, wenn er vorher nicht unterzuckert gewesen wäre.«

Während Ulle das erzählte, drehte Mia das Telefon in ihren Händen. Sie musste noch einmal beim Rechtsmediziner anrufen. Nein, Ulle musste es machen. Ihr müsste er es sagen.

»Mist!« Ulle sackte in sich zusammen. »Der Rechtsmediziner hatte Rika doch gründlich untersucht und sie haben Tests gemacht. Sie hätten die Einstichstelle in der Mundhöhle finden müssen.«

Mia schüttelte den Kopf. »Die Einstichstelle kann man nur leicht finden, wenn man danach sucht!«

Ulle lächelte. Sie schien Hoffnung zu schöpfen. »Richtig, und das Insulin baut der Körper wieder ab, also kann es nicht festgestellt werden.«

Mia streckte ihr das Telefon entgegen.

Sie nahm es an und drückte auf das Lautsprechersymbol. »Ich glaube nicht, dass noch jemand da ist«, orakelte Ulle.

»Versuchen kann man es. Sie können sich schließlich ihre Arbeit nicht mit nach Hause nehmen und wenn viel zu tun ist ...«

Ulle hob die Hand und die Augenbrauen. Freundlich stellte sie sich am Telefon vor und entschuldigte sich für die späte Störung.

»... und deshalb möchte ich Sie bitten, ihn darauf aufmerksam zu machen, damit er mal danach schaut.«

Die samtige Frauenstimme am Telefon blieb gelassen freundlich. Sie stellte Ulle Fragen zur Person. Nachdem alle richtig beantwortet worden waren, sagte sie: »Ja, kann ich machen.«

Es klang ernsthaft. »Wie ist Ihre Telefonnummer?«, fragte sie.

»... und dreimal die Zwei«, sagte Ulle.

»Stimmt«, kam zurück.

Ulle flehte sie an: »Kann er mich morgen früh bitte dringend zurückrufen? Das wäre sehr nett. Es ist sehr wichtig. Die Tote – Rika – darf keinesfalls vorher frei-gegeben werden, hören Sie? Ganz wichtig!«

»Ich werde es ihm sagen. Auf Wiederhören.«

34. Chica und Checker checken es

Heute war der sechste Urlaubs... na ja, Aufenthaltstag auf Spiekeroog für Mia. Gestern hatte sie ihr Frühstück im *Inselcafé* wegen Jelko und Tido verpasst. Nun saß sie wieder auf ihrem Stammplatz und genoss das köstliche und reichhaltige Morgenmahl. Ihre Gedanken schweiften ab. Nach Rika Claassen hatte es glücklicherweise keine weiteren Todesfälle gegeben. Das ließ hoffen. So wie es aussah, kam nun endlich Licht in die Sache, dank Ulle. Ohne sie hätte Mia das verwandtschaftliche Verhältnis zwischen Rika Claassen und Karla Dickmann nie herausbekommen. Wie auch, wenn Rika aus Karlas erster Ehe stammte und einen anderen Namen trug, eben Claassen.

Da Karla als Täterin an Rika ausschied, konnte es sich bei dem Mord an Rika höchstens um eine Beziehungstat handeln. Tötung der Intimpartnerin aus Eifersucht, verschmähter Liebe oder Kränkung. Bei dem Verschleiß an Männern war es jedoch nicht einfach, den Mörder zu finden. Hatte sie eben behauptet, es sei Licht in die Sache gekommen?

Mia bezahlte und ging zum Strand, sich die Beine vertreten. Es war noch Ebbe, aber nicht mehr lange. Sie sah auf die See und seufzte. Die Seeluft und das leichte Schwappen der schaumgekrönten Wellen ans Ufer hatten etwas Beruhigendes. Ebbe und Flut, eines der vielen Naturwunder. Immer wieder faszinierend, welchen Einfluss der Mond auf das Wasser hatte. Welchen Einfluss hatte Rika auf Immo, Tido und Jelko gehabt?

Unter normalen Umständen hätte Mia eine Wattwanderung mitgemacht. Doch die dauerte ihr mit zwei bis zweieinhalb Stunden zu lange. Einfach alleine loszulaufen, war ihr zu gefährlich. Sehr leicht wurde die Entfernung bis zum Ufer unterschätzt, holte einen die Flut ein, und schon trieb man hinaus aufs Meer.

Mia sah sich um. Chica und Checker hatte sie lange nicht mehr gesehen. Auch im Dorf war sie ihnen nicht mehr begegnet, der kleine Checker und die große Chica. Er mit der hellen Stimme, sie mit der dunklen. Mia musste sie wohl verpasst haben. Hoffentlich hatten sie von selbst gemerkt, dass ihre Idee, mit dem Video der toten Rika reich werden zu wollen, keine gute war.

Sie atmete tief und frei durch. Die salzhaltige Luft tat ihr so gut. Mia erinnerte sich an ihren ersten Urlaub am Meer, vielmehr an die Fotos. Darauf war sie als ungefähr Vierjährige zu sehen, wie sie mit der Schnute in den Sand gefallen war. Der Mund stand offen, die Augen waren zugekniffen und Tränen erkannte sie. Um sie herum standen lachende Erwachsene.

Die Filme hatten damals zur Entwicklung gebracht werden müssen. Man hatte die Papierfotos vierzehn Tage später für viel Geld wieder abholen dürfen. Hätte ihr Vater damals schon eine Handykamera gehabt, hätte er ihre Fotos dann auch ins Internet gesetzt und einen Film für YouTube gedreht? Mit dem Titel: *Unser Schisserchen Mia. Ist sie nicht süß?*

Sie schloss die Augen. Nun waren die Temperaturen angenehmer, schien die Sonne nicht allzu stark. Nur noch fünfzehn Minuten, dann öffnete das Feinkostgeschäft Sanders. Mia musste dringend den leeren Kühlschrank füttern.

»Was'n fooden?«, hörte Mia Checkers helle Stimme durch das Geschäft rufen. Aha. Mia fuhr mit ihrem Einkaufswagen einen Gang weiter und sah nun Chica am Regal mit dem Aufschnitt stehen. Sie pirschte sich näher heran.

»Übliche!«, rief Chica zurück, die eine Tube Senf in der Hand hielt, sie aber dann in ihre Trainingshosentasche steckte und das Handy herausholte. Sie fotografierte die Frikadellen-Packungen, wischte und tippte zügig auf ihrem Display herum.

Kurz darauf hörte sie ein lautes: »Günni! Läuft, Chica!«

Mia unterdrückte ein Lachen. ›Günni‹ hieß günstig und ›läuft‹ geht klar. Jugendsprache. Einige Vokabeln hatte sie mittlerweile gelernt.

Chica drehte sich blitzschnell zu Mia um: »Was'n?«

Mia schnappatmete, beruhigte sich schnell wieder. Sie hob die Hand zum Teufelsgruß, so wie die Rapper es machten.

»Chill die Base. Yeah, yeah, was geht ab? Ich habe es vernommen – und bin zu euch gekommen«, rappte sie.

Chica grinste. Als Checker um die Regalecke bog, sagte sie zu ihm: »Ey, die Alte ist voll durch!«

»Was geht ab, Miss Panic!«, grüßte Checker Mia.

»Habe euch vermisst«, sagte sie und strich sich die Haare aus dem Gesicht.

Die beiden ließen sie stehen und trotteten zur Kasse. Mia rechnete damit, dass Checker jeden Moment im Gehen seine Hosen verlor und in Hello-Kitty-Unterhosen vor ihr stand. Sie waren die einzigen Menschen, die Mia jederzeit hätte hundertprozentig beschreiben können, weil sie immer dasselbe trugen.

Mia ging hinterher und reihte sich mit ihnen in die Schlange an der Kasse ein. Chica und Checker sahen von ihren Handys auf. Ob sie auch miteinander chatteten, wenn sie direkt hintereinander standen?

Mia warf die Stirn in Falten. »So kann man sich irren«, sagte sie. »Ich hätte wetten können, dass ihr im nächsten Flieger nach Malle sitzt, weil ihr durch die speziellen Fotos – ihr wisst schon – reich geworden seid.«

Sie lachten laut.

»Nee, bleib mal locker. Die checken«, sagte Chica und rieb sich seitlich die Brust.

»Wer ist die?«, fragte Mia. Sie legte ihre Sachen aufs Band.

»Die vom Ar-tee-el«, meinte Checker und zog einen zerknüllten Schein aus der Jeans, reichte ihn der Kassiererin. Chica war schneller, als sie das Wechselgeld wiederbekamen. Dafür riss er die Packung mit den Frikadellen auf, nahm eine heraus und biss zweimal hinein, weg war sie.

Die Kassiererin fuhr nun Mias Lebensmittel zu sich heran und scannte sie in Schallgeschwindigkeit. Wohl stolz, es in persönlicher Rekordzeit geschafft zu haben, sah sie auf. Plötzlich lief ihr Gesicht puterrot an. Mia folgte ihrem Blick, der sich an Chicas Trainingshose aufgehängt hatte.

Nun wusste Mia, warum. Sie flüsterte Chica ins Ohr: »Der Senf.«

Mit zwei Tüten schwer bepackt ging Mia nach draußen. Nie wieder wollte sie hungrig einkaufen gehen. Die beiden Chaoten standen vor dem Feinkostgeschäft. Ihre Frikadellen-Packung war leer. Chica kaute immer noch mit halboffenem Mund. Mia hatte nicht damit gerechnet, dass sie wirklich auf sie warteten.

Sie kam gleich zur Sache. »Habt ihr den Utkieker noch mal fotografieren können, ihn aufgespürt?«, fragte sie, sich dumm stellend.

»Yep. Hat uns voll gedisst.« Chica versprühte beim Sprechen Fleischkrümel.

Mia wich aus der Schusslinie.

»Wie lange seid ihr eigentlich schon auf der Insel?«, fragte sie.

»Eight days. Why?« Checker schob sein Käppi ins Gesicht.

»Seit acht Tagen macht ihr Fotos und dreht Film-chen?«

»Yep. Geht klar. Der Burner!« Chica stellte sich vor ihn. »Eine Tote, ein Mörder und Porno-Brain und Porno-Fee im Strandkorb. Die Story.«

Mia fühlte sich, als wäre ihr Sonnenbrand wieder ausgebrochen.

»Pornofee? Fee?«

»Na, Hottie, die *Forever alone* im Strandkorb. Voll fame, was die abgelie…« Sie hob ihr Handy hoch und fuhr mit den fettigen Fingern der anderen Hand über das Display.

»Tolle Titten!«, rief Checker dazwischen, der seitlich an ihr vorbeischaute und den Eindruck machte, als habe er das Foto zum ersten Mal gesehen.

Chica schlug ihm die Base-Cap vom Kopf.

»Zeig mal«, sagte Mia. Schwarze Pünktchen tanzten vor ihren Pupillen auf und ab. Jetzt nur nicht blind werden.

Chica hielt ihr das Smartphone entgegen. Das Display war verkrustet und eine Brutstätte von Abermillionen Sexorgien feiernden Bakterien und Bazillen. Mia lehnte es ab, es anzunehmen und selbst zu schauen, und so entstanden durch Chicas Wischen neue Zufallspaarungen.

»Da, die Stressbombe!« Chica tippte darauf. Das Foto vergrößerte sich. »War der im Rage-Modus, fuck!«

»Alter Finne!« Checker wippte hektisch.

Mia war kurz sprachlos, als sie aufs Display sah.

Noch immer feierte sich Chica für die gelungenen Aufnahmen. »Crank, wie sich der aufgeführt hatte. Voll aggro. Hat den Meister Proper herb zugetextet.«

Mia sah ein weiteres Foto, das leider verwackelt war. Sie konnte nur einen gut durchtrainierten Mann von schräg hinten erkennen. Die Aufnahme war eindeutig unterbelichtet. In der Hand hielt er einen Plastikbeutel hoch. Leider wurde das Foto pixelig, als Chica es vergrößerte. Auf dem nächsten reichte der Mann dem Weißgekleideten den Beutel. Sie standen vor dem Strandkorb, in dem Rika tot aufgefunden worden war. Das erkannte Mia am Picknickkorb mit der Flasche Sekt davor. Es sei denn, sie hatten später den Strandkorb gewechselt. Die Nummer des Korbs sah sie leider nicht. Das spielte aber auch keine besondere Rolle. Das Foto musste vor dem Stelldichein gemacht worden sein.

»Wo ist Rika Claassen?«, fand Mia zur Sprache zurück.

»Eyecandy kam später, viel, viel später«, sagte Chica. »Sie wischte zum *Tittenfoto*.

Checker bekam einen Wutanfall. »Du Spartaner bist nicht wach geblieben? Oberfail! Fette Beute verpasst. Hättest den Rübezahl in Action filmen können, anstatt das Wackelvideo von seiner Flucht zu machen. Deswegen haste mir die Fotos vom Strandkorb net gezeigt.«

Mia ließ sich noch einmal das verschwommene Video zeigen, mit dem die beiden im *Inselcafé* angegeben hatten. Auch wenn es aus weiter Entfernung gefilmt worden war, erkannte man den riesigen Ubbo sofort. Danach hatte sie ihn gewarnt und er hatte sich das Versteck gesucht. Erneut kochte Wut in ihr hoch.

»Stop! Stop! Stop! Ihr Hirnis!«, rief Mia. »Ihr wisst nicht, wer Rika Claassen umgebracht hat, aber ihr verdächtigt einfach jemanden, der euch Stunden später ins Bild rennt? Habt ihr sie noch alle, den Utkieker zu verdächtigen? Ihr verbreitet es in der ganzen Welt, rennt damit zur Polizei, obwohl ihr euch nicht sicher seid? Euch hat man doch ins Gehirn ge…!«

»Cool story, Bro, write a book!«

»Du kannst mich mal! Ihr mit eurem dummen Gelaber. Nix in der Birne, aber die Hirnisprache könnt ihr euch merken. Ihr seid es schuld, wenn noch jemand sterben muss.« Mia schnappte nach Luft.

Chica hatte rote Wangen. »Ist ja gut, bleib mal cremig. Der Blaue kriegt mein Handy nicht. Forget it. Das wollte der einkassieren. Bin dann abgehauen.”

»Ey, Chica! Geh spielen und halt die Fresse.« Checker zog sie am Arm.

»Denkt mal über eure beschissene Handysucht nach, an dieses befickte Fotografieren und Ins-Netz-Stellen!«

»Fick dich selbst!«, rief Chica, die sich noch einmal umgedreht hatte. Hand in Hand liefen sie stolpernd davon.

35. Ebbe im Gehirn!

Mia hatte sich selbst nicht wiedererkannt. Solche Menschen, die aus ihren Fehlern nichts lernten, machten sie rasend. Regelrecht blind vor Wut wurde sie bei denjenigen, denen es vollkommen egal war, was sie anderen Menschen mit ihrem Verhalten antaten. Die nur auf sich, ihren Spaß und Verdienst fixiert waren, ohne Rücksicht auf Verluste. Beispiele gab es leider sehr, sehr viele und es betraf nicht nur junge Leute. Es war das, woran die Gesellschaft krankte. Nein, sie konnte nicht die Welt retten, aber sie musste den Utkieker retten. Das wiederholte sie gerne immer und immer wieder, weil es so wichtig war.

Mia musste zunächst dringend mit Enna Weert sprechen, damit sie mehr über Immo herausbekam. Den würde sie sich vorknöpfen, sobald sie mehr Fakten zusammenbekommen hatte. Einfach würde es nicht werden, da Enna und sie nicht die besten Freundinnen waren. Viel mehr als einen weiteren Fluch würde sie ihr wohl nicht entlocken können, es sei denn …

Mia schleppte ihre Einkaufstüten in die Wohnung. Als sie an Ulles Tür vorbeikam, hielt sie kurz ihr Ohr daran. Drinnen war es ruhig. Sie wischte den Abdruck mit einem Taschentuch weg. Reine Routine, seit sie mal im Internet gelesen hatte, dass keine zwei Ohr- und Lippenabdrücke identisch waren und wie Fingerabdrücke ausgewertet werden konnten.

Auch Fee schien nicht zu Hause zu sein.

Während sie das Eingekaufte auspackte, übermannte sie der Hunger. Mia schnippelte sich Obst auf einem Teller zurecht. Dazu wollte sie Wasser trinken. Mineralwasser hatte sie auch besorgt, aber nur die kleinen Flaschen. Für die 1,5-Liter- PET-Flaschen hatte sie sich nicht stark genug gefühlt. Mia genoss das saftige Obst und hielt einen Moment inne. Achtsamkeit hieß das Zauberwort. Nicht einfach alles in sich hineinschlingen, sondern den Moment achten und genießen.

Jetzt aber. Zähne putzen und dann ab durch die Mitte, zu Enna. Sie stolperte über ihr Handyladekabel, das noch immer in der Steckdose steckte. Apropos. Sie sollte mal wieder einen Blick auf ihr Handy riskieren. Wäre sie wie Chica und Checker, müsste sie es den ganzen Tag in der Hand halten und mindestens dreißigmal in der Minute auf das Display schauen. So alt konnte sie nicht werden, dass sie das machte.

Da schau an. Zwei ungelesene Nachrichten.

Mario war nicht dabei. Stattdessen Ulle und der Utkieker.

Erste Nachricht: *Hallo, Mia. Sie haben den Einstich in der Mundhöhle gefunden. Tommssen war bei mir. Bin auf der Wache.*

Die SMS hatte Ulle vor zwei Stunden abgesetzt. Shit. Zu gerne wäre Mia dabei gewesen. Bevor sie zu Enna ging, musste sie unbedingt mit Ulle gesprochen haben. Warum war die denn noch nicht zu Hause oder hatte bei ihr geklopft? Nur nicht verrückt spielen, Mia. Sie mahnte sie sich zur Ruhe.

Zweite Nachricht: *Morgen ist es so weit! – Utkieker*

Mia ging wie auf glühenden Kohlen zum Kühlschrank und holte die Packung mit den Schokoküssen heraus. Sie brauchte dringend süße Nachdenknahrung. Nach dem dritten Kuss und einer Flasche Wasser wusste sie, wo es lang ging. Sie räumte alles an Ort und Stelle. Die leere 0,5-Liter-Wasserflasche ohne Etikett warf sie in den Mülleimer, weil sie der Supermarkt so nicht zurücknehmen würde. Egal, die wenigen Cent, die ihr dadurch entgingen, waren zu verkraften. Jetzt aber hurtig.

Auf dem Weg zum Hof begegnete sie Ulle in einer weißen Jeans und hellblauen Leinen-Tunika. Sie sah aus, als käme sie direkt von der Krankenstation – als Schwester auf der Flucht.

Von Weitem rief sie Mia zu: »Komm mit! Frag nicht! Komm einfach! Wir müssen hier weg!«

Die beiden liefen Richtung Strand, weil er am nächsten war. Mia hatte den Eindruck, dass das Wasser an diesem Strandabschnitt nicht so hoch gestiegen war. Die Sandfläche war immer noch gigantisch und ragte weit in die See.

Nach vielen Metern strammen Gehens beugte sich Mia nach vorne und atmete schwer, um nicht zu sagen, sie japste. So mussten sich Kettenraucher nach der dritten Packung Zigaretten fühlen. Ihr Herz raste, unter den linken Rippen stach es in regelmäßigen Abständen.

Auch Ulle konnte nicht mehr. Sie stützte sich mit den Händen auf ihren Knien auf, kam wieder hoch.

»Ich habe im Wellness-Tempel ein Gespräch mitbekommen«, hechelte Ulle, »als ich auf der Liege lag.« Geheimnisvoll hob sie den Zeigefinger dabei.

Mia nickte. »Habe ich auch schon mal.« Mehr fiel ihr nicht dazu ein. Ihr Gehirn war mit der Beschaffung von

Sauerstoff beschäftigt, da konnte es nicht auch noch denken, geschweige denn kombinieren.

Auch Ulle schien es schwerzufallen. Es kam alles unsortiert über ihre Lippen. »… brauchte dringend eine Massage. Habe sie auch sofort bekommen, bis die Furie reinkam und sie nach nebenan gingen und stritten.«

»Moment, Moment«, sagte Mia. »Du hast eine Massage bekommen. Von dem starkbehaarten Blonden? Im Wellness-Tempel?«

»Genau! Seinen Namen habe ich mir nicht merken können, obwohl er auf seinem Shirt stand.«

»Jelko!«, sagte Mia. Sie richtete sich langsam wieder auf. »Das ist der Besitzer.«

»Der hatte Besuch von seiner …«

»… Kundin!«, half Mia, die richtige Wortwahl zu treffen, und lag prompt daneben.

»… seiner Freundin!«

»Ach!«

Ulle klopfte sich den feinen nassen Sand vom Hosensaum.

»Hab schon nasse Füße. Wir sollten zurückgehen«, sagte Mia.

»Zieh die Schuhe aus«, antwortete Ulle. »Hör dir erst an, was ich gehört habe.« Sie setzten den Spaziergang ganz langsam fort. Immer der See hinterher. »Es muss seine Freundin gewesen sein, so aufgebracht wie sie war. Es ging um ihre gemeinsame Zukunft. Um ein neues Massage-Studio. Sie wollten sich vergrößern. Doch es dauerte wohl zu lange.«

»Kenn ich«, sagte Mia.

»Jetzt halt dich fest!« Ulle riss die Augen auf, als sie Mia ansah. »Diese Frau sagte … und das sagte sie wirklich … Ich kann mich nicht verhört haben, ich lag ja direkt nebenan, wenn auch ohne …«

»Ulle!«

»Sie sagte, dass sie nicht wisse, wieso es eine zweite Leiche gibt, und sie schaffe es nicht alleine, Immo loszuwerden. Dieser Jelko beruhigte sie. Dem folgenden Stöhnen und Schmatzen nach küssten sie sich sehr lange. Als sie damit fertig waren, sagte er mehr als nur ›Ich liebe dich!‹«

Mia fühlte an ihrer Stirn. Die Temperatur war im grünen Bereich. »Mehr als ›Ich liebe dich‹? Was gibt es denn da noch? Ich fi… finde nicht das passende Wort.«

»Er sagte, dass Tido sich drum kümmern muss.«

»Wer war die Frau, wie sah sie aus?«, fragte Mia und bückte sich nach einer Muschel. Sie hielt sie ans Ohr. Die Muschel blieb stecken.

»Keine Ahnung, wie sie hieß. Sie hatte einen dunklen Pagenkopf, mittelgroß, um die vierzig. Ach so, sie fluchte zwischendurch immer wieder, fürchterlich laut. Über dich hat sie auch gesprochen und gesagt, dass du verschwinden sollst. Das hätte sie dir auch geschrieben.«

36. Lauf um dein Leben

Mia musste sofort zum Hof gehen und mit Enna reden, zumindest versuchen, etwas herauszubekommen.

Ulle zierte sich noch: »Nein, das kannst du nicht machen. Das ist viel zu gefährlich!«

»Wenn du mitkämst, ja. Aber ich erledige das besser alleine.«

Ulle schlug die Hand vor den Mund. »Was? Nein! Sie ist und bleibt eine Mörderin. Sie will ihren Mann umbringen! Ich gehe noch mal zum PHK, damit er endlich etwas unternimmt.«

»Toller Witz«, sagte Mia. »By the way, was wollte er denn von dir? Du warst doch heute Morgen bei ihm.«

»Es ging um das Untersuchungsergebnis. Er teilte mir mit, dass sie die Einstichstelle gefunden haben, aber keine Überdosis Insulin im Körper war. Also könnte sie nichts beweisen. Der Stich alleine reiche nicht. Ich soll mich endlich damit abfinden, dass meine Schwester tot ist. Egal, ob sie einen Täter finden oder nicht. Lebendig werden würde sie davon nicht.«

»Geht's noch? Er ist bei der Polizei! Tommssen oder die aus Aurich haben sich gefälligst darum zu kümmern. Ruf dort an, oder verlange gleich den Polizeipräsidenten.«

Ulle winkte ab. »Ach …«

»Wir müssen dranbleiben. Ich knöpfe mir diese Enna vor. Glaube mir, ich weiß, was ich mache. Das wäre nicht mein erster Fall. Also, ich meine, bisher ging es immer gut«, sagte Mia und patschte in ihren Sandalen durch die Pfützen.

Ulle überkreuzte die Arme und drückte sie an den Körper. Auch sie hatte nasse Füße bekommen.

»Ich erkläre dir, wie ich vorgehen …« Mia blieb stehen, weil es nicht mehr weiterging. Ringsum waren sie vom Wasser, von der Flut umschlossen.

»Sandbank!«, rief Mia. »Wir sind auf einer Sandbank gelandet! Zieh auch deine Bluse aus.« Sie machte es ihr vor, wie man damit winkte.

Schaulustige versammelten sich am Ufer. Sie sahen aus wie Püppchen, die mit ihren Armen wedelten. Der Wind fegte Wortfetzen zu ihnen herüber: »Die Flut! Flut kommt! Kommt! Flut! Zurück! Po… li…zei kommt.«

Mia und Ulle nahmen sich bei der Hand und zitterten um ihr Leben.

Bevor Mia zu Enna ging, musste sie sich schnell frischmachen und umziehen, vor allen Dingen trockene Schuhe anziehen. Das Zittern hatte sie erst unter der Dusche verloren. Sie durfte sich nicht ausmalen, was passiert wäre, wenn sie niemand gesehen hätte. Klar, sie hatte ihr Handy dabei und auch Ulle führte eins mit sich, aber wie hätten sie ihre Position beschreiben können? Wie lange hätte es gedauert, bis sie gefunden worden wären? Hätte Tido so schnell einen Hubschrauber oder Rettungsboot alarmieren können, vor allen Dingen wollen? Auch wenn die Situation vielleicht doch nicht so lebensgefährlich gewesen war, wie sie es sich ausgemalt hatten, so sollte es Mia eine Lehre sein: Nie, nie und nie bei aufkommender Flut weit rausgehen, schon gar nicht auf eine erhöhte Sandbank, die plötzlich vom Wasser umflutet wird, was kein Vor und Zurück mehr zulässt. Durch den entstehenden Sog können dann selbst geübte Schwimmer nicht mehr an Land kommen.

Wenn man die Sandbank denn als solche erkannte und nicht mit seiner Begleitung tief im Gespräch war. Augen auf beim Strandlauf!

Auf dem Tranpad, so ziemlich vor dem letzten Haus, sah Mia eine alte, weißhaarige Frau reglos auf der Bank sitzen – Ü 80, aber U 100. Mia trat ein Stück näher heran und hielt ihr zwei Finger auf die Halsschlagader ihres überernährten Körpers. Doch da bewegte sich die Alte plötzlich: »Was fällt dir denn ein?«, keifte sie. »Warum kommst du jetzt erst? Musste alles selbst kochen! Sag doch was, Wiebke!«

Mia musste sich erst von dem Schrecken erholen. Sie blieb stehen. Die Alte kniff die Augen zusammen und beugte sich vor. Ohne Brille erkannte sie wohl nicht viel. Mia war Wiebke? Sie spielte mit. Da wollte sie die alte Frau nicht enttäuschen. Nun ja, wenn sie ehrlich war, gab es andere Gründe dafür.

»Entschuldige. Ich wurde aufgehalten«, sagte Mia. »War etwas ganz Wichtiges. Schön, dass du dich selbst versorgt hast.«

Die Alte winkte ab. »Nicht mehr lange, dann bist du mich los. Wenn wir auf dem Hof wohnen, sorgt Tido für mich. Schon gehört? Immo muss endlich aufgegeben. Der hat sin Fru zum Düvel gejagt. Wo sie hingehört. Schnappt die sich meinen Jelko, die alte Hexe!«

»Wenn sie sich lieben …?«, sagte Mia, also Wiebke. Sie freute sich, es offensichtlich mit der Mutter von Jelko und Tido zu tun zu haben. Sehr gut. Das passte und erleichterte ihr vieles.

Die Alte spuckte aus. »Phhh, lieben? Die? Nie im Leben! Die will nur sein Geld!«

»Sie verdient selbst Geld – mit ihrem Wasser«, sagte Wiebke-Mia und »Du trinkst es doch auch.« Sie schlug sich auf den Bauch. »Also, ich habe schon fünf Kilo abgenommen!«

»Ich trinke es nur, weil ich so gut davon auf Toilette gehen kann.« Sie strahlte, als würde sie es noch immer genießen. Sie sah Mia von der Seite an: »Aber sag mal, wie redest du denn mit mir? So hochgestochen. Steht dir nicht!«

»Ich habe ... einen Rhetorik-Kurs ... mitgemacht«, stotterte Mia.

»Reet ... was?«

»Rhetorik-Kurs. Besser reden. Also flüssiger ... leichter ...«

»Leichter? Als was?«, fragte die Alte.

Schnell das Thema wechseln. »Wann ziehst du auf den Hof?«

Nun lächelte die alte Dame ein paar Falten mehr herbei. »In fünf Wochen. Möbel sind bestellt. Aus dem Internetz. Alles neu. Hat Tido gemacht. Aber er gefällt mir in letzter Zeit nicht. Er ist so blass und so zittrig. Will ja nie zum Arzt gehen. Kann nicht zugeben, dass er Zucker hat. Bedient sich lieber bei meinen Spritzen.«

Mia hatte es bereits vermutet. »Oha! Hat Immo schon gesagt, ob er mit Rika aufs Festland zieht?« Sie forderte das Schicksal jetzt heraus. Sie hatte bewusst Rika gesagt, weil sie wissen wollte, was die Alte über diese Frau wusste.

Die alte Frau nahm ihre knorrige Hand hoch und wischte damit vor ihrem Gesicht hin und her. »Rika! Haha! Rika! Wiebke, wer von uns beiden ist denn alt und tüddelig? Du schmeißt jetzt alles durcheinander. Rika ist längst tot. Das war auch so eine, die den Männern den Kopf verdreht hat. Der Immo lief hinter ihr her wie ein räudiger Straßenköter. Die Zunge fast auf dem Boden. Für den wurde Pfigara nicht erfunden.«

Mias Wangen fühlten sich gut durchblutet an. Sie war bestimmt rot geworden. Sie wurde immer rot, wenn Frauen Ü 80 über Sex sprachen. Gar nicht mal so selten.

»Ist doch wahr! Jetzt ist es vorbei. Na, das war vielleicht ein Liebespärchen. Furchtbar! Vielleicht war er der ...«

»Wie soll er das wohl gemacht haben?«, forderte Mia sie weiter heraus.

»Na, mit dem vielen Sekt. Immer nur Sekt, Sekt, Sekt. Habe ich gehört, wenn er mir die Wasserflaschen brachte. Da klimperten die Glasflaschen. Plastikwasserflaschen klimpern nicht. Es sei denn, sie haben wieder so einen Müll erfunden. Zu meiner Zeit …«

»Und mit dem Sekt ist er dann zu Rika gegangen?«

»Jo. Für seinen Schatz, hat er jedes Mal gesagt, wenn ich ihn darauf ansprach.«

»… und der Sekt war vergiftet?«

»Jo! Mit Alkohol! Aber, das weißt du doch. Habe ich dir schon mal erzählt. Sag mal … Warst du schon beim Doktor?« Die Alte sah tatsächlich besorgt aus.

»Das ist eine gute Idee«, sagte Mia. »Werde ich gleich mal machen.« Wiebke-Mia gab ihr die Hand und verabschiedete sich. »Ich wünsche euch alles Gute in eurem neuen Zuhause. Bleib schön gesund.«

»Du hast kalte Hände, Wiebke! Du brauchst mehr Ruhe.«

»Ja, brauche ich auch«, seufzte Mia und hatte nicht einmal gelogen. Sie machte sich auf den Weg.

»Wiebke! Andere Richtung!«, rief ihr die Alte hinterher. »Da geht es zum Weert! Weißt du das nicht mehr?«

37. Der Rosenkrieg

Noch nie hatte Mia jemandem so lange hinterhergewinkt. Alle paar Meter drehte sie sich um. Wie sonst wohl sollte sie mitbekommen, ob Mutter Tommssen immer noch auf der Bank saß und ihr hinterherschaute? Diesmal tat die Alte es nicht, sie griff stattdessen in ihre Strickjacke, holte einen Gegenstand heraus und beschäftigte sich damit. Die Gelegenheit für Mia, die richtige Richtung einzuschlagen.

Auf dem Hof herrschte Stille. Hoffentlich war Enna Weert zu Hause. Sicher, Mia hätte die Rufnummer herausbekommen und mit ihr telefonieren können. Nun wusste sie ja den Nachnamen der Fluchenden, aber ob es dann noch zu einem Treffen gekommen wäre? Das bezweifelte sie.

Diesmal ging Mia direkt zum Haupthaus. In einem der Nebengebäude rumpelte es gewaltig. Sie riskierte einen vorsichtigen Blick durch die offenstehende Tür, weil sie nicht von einer fliegenden Katze getroffen werden wollte. Da sah sie ein komplett eingerichtetes Wohnzimmer und Immo, der wie ein weißer Wirbelwind Schuhe durch die Gegend schleuderte. Schuhe, Schuhe und nochmals Schuhe, mal im Karton, mal ohne, mal hochhackig, mal flach. Als würde das nicht genügen, flogen nun weibliche Kleidungsstücke und danach ein Koffer, schon bald darauf altes Geschirr. Letzteres überlebte Immos Wurftechnik jedoch nicht.

Wie in einem Bauerntheater kam plötzlich eine Furie aus der linken Türe, die mit dem Haupthaus verbunden sein musste. Enna trug kurze Shorts mit einer dünnen Hemdbluse darüber, an den Füßen Sandalen. In der

Hand hielt sie einen Leinenbeutel. Die Flaschen darin zeichneten sich deutlich ab. Wie es aussah, war sie auf dem Sprung zu einer Kundin. Das dürfte sich nun erledigt haben.

Mia brauchte dringend einen versteckt liegenden Logenplatz. Am besten hinter dem Rosenbusch, passend zum Ehekrieg, doch dann:

»Hiergeblieben!«, riefen Enna und Immo in seltener Einigkeit.

Mia stotterte: »Ich … ich komme später noch mal wieder. Ist jetzt höchstwahrscheinlich nicht so passend.«

»Du bleibst!«, rief Enna. Ihre Aufforderung machte aber nicht den Eindruck, als habe sie Angst, mit Immo alleine zu bleiben. Es musste einen anderen Grund haben. »Du bist meine Zeugin!«, rief sie. Ihr Tonfall war krächzend.

Mia trat näher, wahrte dennoch einen Sicherheitsabstand.

Immo störte Mias Anwesenheit nicht. Er hatte nur Augen für Enna, im negativen Sinne. »Mach, das du wegkommst, du notgeile Schlampe! Nimm deinen Müll mit! Ich will nichts mehr von dir sehen. Nichts mehr! Hau endlich ab!«

»Ausgerechnet du nennst mich notgeil? Du, der sich mit dieser Rika herumgetrieben hat? Von wegen Geschäfte! Kein Wunder, dass du abends müde und abgearbeitet warst. Ich weiß jetzt auch, wovon.«

»Das mit Rika war nur eine …«

»… eine unbedeutende Nummer!«, ergänzte Enna. Sie grinste ihm spöttisch ins Gesicht.

»Ja, verdammt, das war es. Sie wollte mehr. Ich aber nicht! Hätte ich gewusst, dass *du* dich mit Jelko amüsierst … Du Miststück! Hat der dir auch das mit Rika und mir erzählt?«

Mia sah hin und her.

»Merke dir eins«, sagte Enna. »Im Gegensatz zu Rika und dir lieben Jelko und ich uns. Wir planen unsere gemeinsame Zukunft. Du kommst nicht drin vor. Übrigens, nur, damit du Bescheid weißt ...« Enna tippte sich mit dem Zeigefinger auf die Brust: »*Ich* werde den Hof übernehmen! Der gehört mir!«

Immo schüttelte heftig den Kopf. »Irrtum! Ich habe mein ganzes Erbe reingebuttert und ihn umgebaut, sonst wäre er zu Staub zerfallen. Schon vergessen?«

»Ja!«, rief Enna in Orkanstärke. »Mach, dass du Land gewinnst. Festland am besten. Sonst hat es Konsequenzen.«

»Das will ich sehen!«

»Das kannst du sehen! Pack schon mal das Nötigste zusammen: Zahnbürste, Waschzeug und so weiter. Es geht in den Knast. Ich werde Tido informieren, dass du Karla getötet hast, weil sie euch im Weg stand. Ich wäre wohl die Nächste gewesen, was?«

Immo wurde weißer als weiß. »Wie soll ich das denn gemacht haben?«

»Das weißt du selbst am besten.«

»Oh, nein, nicht so. Damit kannst du mir nicht kommen.«

Enna wandte sich an Mia: »Seine Tabletten hat er ihr gegeben. Die todsicheren Bluthochdruck-Tabletten. Alle auf einmal und so getan, als seien es ihre Psychopharmaka-Pillen. Nur die leere Packung hat er ihr in die Handtasche geworfen. Einen Abschiedsbrief hat er sie schreiben lassen. Nein, welche Qualen für die arme Frau! Musste ihren eigenen Abschiedsbrief schreiben. Das ist so schlimm wie das eigene Grab schaufeln oder den eigenen Sarg zimmern.«

»Du Giftnatter! Jetzt weiß ich, wo die Tabletten geblieben sind. Wolltest mir weismachen, dass ich sie verlegt habe, dabei hast *du* sie ... und dann bist *du* ...«

Immo hob einen Highheel auf und drohte mit dem zehn Zentimeter hohen Stiletto-Absatz.

Enna nahm viel Schwung mit dem Stoffbeutel und ließ ihn auf Immos Handgelenk sausen. Der wich in letzter Sekunde aus. Der Beutel knallte gegen ihr Schienbein. Sie schrie auf.

Mia wollte keinesfalls dazwischengehen. Im richtigen Moment die passenden Worte finden, das half wohl eher. Aber erst einmal mussten die Emotionen und Informationen heraussprudeln.

»Was glotzt du so?«, sagte Enna zu Mia. »Ruf die Polizei! Mach schon! Er hat mich bedroht! Tommssen soll kommen. Tido Tommssen!«

»Lass Tido aus dem Spiel!« Immo stürzte auf Mia zu, entriss ihr das Handy und lief nach draußen. Im hohen Bogen flog es ins Gebüsch.

Er kam zurück und stellte sich breitbeinig vor Mia. »Jetzt kannst du glotzen.«

Mia rutschte die Hand aus. Sie fühlte sich anschließend verstaucht an. »Oh, so fest wollte ich nicht ...«, sagte sie.

Er rieb sich die glühend rote Wange und wandte sich wieder an Enna: »Das weiß ich zu verhindern, dass du dich mit Jelko hier einnistest! Den Hof überlasse ich dir nicht! Das haben schon andere versucht und sind gescheitert.« Er lief nach draußen.

Enna hinterher. »Bleib stehen! Bleib sofort stehen!«, rief sie. Nur den Blick nach vorne gerichtet, übersah sie im Eifer das zerschlagene Porzellan, stolperte und rutschte mit den nackten Beinen in die spitzen Scherben. Blut, wohin man sah.

Immo hatte das Rumsen gehört und sich im Gehen umgedreht. Er lachte schallend und verschwand um die Ecke.

Mia suchte das Festnetztelefon. Vergeblich. Ihr Handy im Gebüsch zu suchen, würde noch länger dauern. Erst nach Ennas drittem Aufschrei fand sie den Hörer des Telefons.

Schweißgebadet wählte Mia den Notruf und sah währenddessen, dass sich Enna eine tiefsitzende Scherbe aus dem Bein zog. Sofort spritzte noch mehr Blut heraus. Mia zerrte ihren Gürtel von der Hose und band Enna das Bein ab.

Glücklicherweise dauerte es nicht lange, bis der Rettungswagen mit dem Notarzt kam. Enna hatte viel Blut verloren. Alles musste schnell gehen. Beim Heraustragen keuchte Enna dennoch gut hörbar: »Das ist alles deine Schuld! Du bist die Schlampe, nicht ich! Hoffentlich verreckst du bald!« Dann verdrehte sie die Augen nach oben und fiel in Ohnmacht.

Die Sanitäter liefen mit der Trage zum Wagen. Der Notarzt, bepackt mit Taschen, ging an Mia vorbei und sah sie vorwurfsvoll an. Mia hob unschuldig die Hände. »Ich habe nichts gemacht!«

38. Sag doch was!

Mia hatte nichts mehr auf dem Hof verloren. Obwohl ... wenn die Tür zum Wohnzimmer schon mal offen stand und niemand sonst hier war ... Wie leicht konnte da jemand einbrechen! Sie musste zumindest nach dem Rechten schauen und die Tür später hinter sich zuziehen. Vorsichtig stieg sie über die Scherben und bemühte sich, nicht in Ennas Blut zu treten.

Unter dem Tisch – zugegeben, in einer Tasche – fand Mia einen Kissenbezug, in dem ein Beutel steckte, dessen Inhalt sie erröten ließ. Würde das ihr gehören, sie hätte schlaflose Nächte. Es waren Bündel mit Fünfhunderter-, Zweihunderter- und Einhunderterscheinen. Sie überschlug eine fast sechsstellige Zahl! Lief wohl bestens mit dem Wunderwasser. Denen stand das Wasser durchaus nicht bis zum Hals. Von einer Zwangsversteigerung waren sie weit entfernt. Mia verstand überhaupt nichts mehr.

Sie sah sich immer wieder um. Plötzlich hörte sie Geräusche durch die angrenzende Wand zum Haupthaus. Jemand ging über eine knarrende Treppe. Schritte nach oben, wenn sie das Fußgetrappel richtig deutete. Dem Knarren nach war es kein Leichtgewicht. Ein Mann vielleicht. Die Tür wurde ins Schloss geworfen. Das war eindeutig weiter oben. Erste Etage, Dachgeschoss? Mia durfte sich auf ihre Wahrnehmungen nicht verlassen. Nicht nach dem, was sie gerade erlebt hatte. Ein Schock verschleierte vieles. Lieber den Rückzug antreten. Das Türknallen deutete nicht auf einen friedlichen Menschen hin. Sie stopfte schweren Herzens das Geld wieder zurück in die Tasche und stellte sie unter den Tisch. Beim Hinausgehen zog sie die Tür nicht zu, damit niemand auf die Idee kam, es sei geschnüffelt worden.

Sie ging nicht über den frei einsehbaren Weg, sondern wählte die Wiese am Rosenbusch. Ihr Handy! Sie benötigte dringend ihr Handy. Es war die einzige Verbindung zum Utkieker.

Der dichte, etwa zwei Meter hohe und vier Meter breite Busch bestand bei näherem Betrachten aus mehreren Rosenstöcken. Erste Blüten zeigten sich apricotfarben, prallgefüllte Knospen würden aufspringen, sobald das nächste Hoch über die Insel zog. Es musste sich um eine altenglische Rosensorte handeln, weil sie den typischen Duft vibrierte ... vibrierte ... das Handy vibrierte! Ihr Handy! Sie war gerettet. Mia musste es nur noch orten und hoffen, dies rechtzeitig zu schaffen, bevor die Melodie erklang.

Ihre *Autschs* und *Hhhhhhhs* unterdrückte sie. Es blutete und schmerzte zugleich. Doofe englische Rosen, sie hatten besonders kräftige Dornen. Da! Mit ihren spitzen Fingern war sie auf einen harten Gegenstand gestoßen. Das Vibrieren hatte gleichzeitig aufgehört. Stille. Mia griff beherzt zu und zog das Handy unter Qualen heraus. Sie drückte den Ausknopf.

Schnell weg hier. Ab zur Pension.

»Wie soll ein Mensch das ertragen?«, kam aus dem Radio, das Mia im Vorbeigehen angestellt hatte. Sie fuhr ihr Handy wieder hoch und erschrak, weil es sofort klingelte.

»Wo steckst du?«, überfiel Ulle sie, deren Namen sie im Display gelesen hatte. An der flehenden Stimme hätte sie die nicht erkannt.

»Das wollte ich dich fragen. Wo bist du?« Mia stellte das Radio aus.

»Bin dir gefolgt, zum Hof ...«

»Das solltest du doch nicht tun!« Mia holte die Flasche

Apfelschorle aus dem Kühlschrank und öffnete den Schraubverschluss.

»Ich musste es machen!«, sagte Ulle. »Hatte mich verlaufen und sah nur noch den Notarztwagen vom Hof fahren. War erleichtert, oder auch nicht, als ich sah, dass du wieder ins Haus gingst.«

»Ach, du Schreck! Gut, dass du nicht nachgekommen bist. Im Haupthaus war noch jemand.«

»Ich weiß, das war Immo Weert. Ich sah ihn mit zwei Benzinkanistern über den Hof gehen …«

»Mit was? Benzinkanistern? Ach, du je. Ich muss schnell weg …«

»Mia, warte! Hör dir das noch an. Wollte dich warnen, bist nicht ans Handy gegangen … Dann fuhr Tido Tommssen mit dem Fahrrad auf den Hof und ging ins Haus. Hatte der ein Tempo drauf! Wir müssen die Polizei …«

»Soll das ein Witz sein? – Ich lauf hin und schau es mir an. Wenn der Hof brennt, rufe ich die Feuerwehr. Ich melde mich.«

»Ich habe Angst, Mia!«

»Wo bist du jetzt?«

»Hol mich hier raus!«

»Wo bist du denn?«

Stille – Geraschel - Ein dumpfer Knall.

»Ulle … Ulle? Sag doch was!«

39. Feuriges Finale

Mia rief nicht zurück. Wenn Ulle immer noch in ihrem Versteck saß, würde das Handyklingeln sie verraten. Mit Schwung stellte Mia die Flasche auf den Tisch und verließ das Zimmer.

Flammen schlugen aus der Luke des Dachgiebels, der mit grünen Holzbrettern verkleidet war.

»Ulle! Wo bist du?«, rief Mia. Sie musste Ulle retten. Sie lief, entgegen der Natur des Menschen, direkt auf das brennende Haus zu, obwohl sie hätte fliehen müssen.

»Ulle! Wo bist du? Ulle!« Mia rannte hin und her. Vor der Haustür blieb sie keuchend stehen. Vielleicht war sie nicht abgeschlossen, aber es wäre tödlich, da reinzugehen. Sie könnte – je nachdem, wo sich der Brandherd befand – durch den Luftzug eine explosionsartige Feuerwalze auslösen, wenn sie die Sache richtig in Erinnerung hatte. Feuerwehr! Sie entfernte sich wieder vom Haus und griff zum Handy. Doch da hörte sie bereits die Insel-Sirene und die der Feuerwehrwagen, die auf den Hof zurasten. Wer hatte die denn …?

Männer sprangen aus den Wagen und arbeiteten Hand in Hand. Sie teilten sich auf. Einer suchte den Hydranten. Er fand ihn sofort. Vermutlich gab es Pläne darüber. Ruckzuck schlossen die Feuerwehrleute die C-Rohre an und standen in Hab-Acht-Stellung.

»Zwei Männer müssen sich im Haus befinden«, rief Mia ihnen hinterher, so laut sie konnte. »Vielleicht auch eine Frau!« Die Namen taten nichts zur Sache. Es war Eile geboten.

»Bitte treten Sie zur Seite!«, kam es aus allen Richtungen.

Schreie!

Eine Gruppe Männer mit vollem Schutzgerät und Äxten in den Händen lief auf den Innenhof. Pferde schrien, oder waren es Menschen? Die Rettung von Mensch und Tier ging vor.

Mia setzte sich erschöpft auf einen Findling neben den Rosen. Dies war der geringste Abstand zum Haus, der ihr erlaubt worden war. Sie hatte darauf bestanden zu bleiben. Das Angebot einer Beruhigungsspritze von dem hinzugekommenen Notarzt lehnte sie ab.

Unaufhörlich schlugen die Flammen aus dem Dach des Haupthauses. Motoren pumpten das Wasser mit Radau zu Tage. Die Männer kämpften gegen die Zeit. Es knisterte und knackte, hier und dort rumste es. Verrußte Dachbalken kamen zum Vorschein. Sie sahen aus wie ein Gerippe, das langsam aber gewaltig zerfiel. Es wurde immer schwieriger, dem Feuer Einhalt zu gebieten, weil es nun auch an anderen Stellen ausbrach.

»Ulle!«, flüsterte Mia. Sie sah alles verschwommen. Die Tränenflüssigkeit brannte in ihren Augen.

Aus dem Nebengebäude kamen zwei Feuerwehrmänner zurück. Einer von ihnen trug irgendwelche Taschen und der andere stützte eine Person, die vollständig in eine nasse Decke eingehüllt war. Mia sprang auf und lief zu ihnen.

»Ulle! Ulle, du lebst!« Mia bückte sich ein wenig, um in das von der Decke und der Sauerstoffmaske verdeckte Gesicht zu sehen. Sie taumelte zurück.

Ein Feuerwehrmann streckte den Arm aus und stoppte sie. Sie gingen weiter zum Rettungswagen. Die Person in der Decke riss sich die Maske vom Gesicht und hustete stark. Es war Immo.

Als er wieder Luft bekam, rief er: »Ich habe ihn nicht getötet! Verdammt, ich war es nicht! Ich habe nur den Schlüssel nicht gefunden!«

Mia verstand nicht, was Immo damit sagen wollte. Nachfragen ging nicht. Der Rettungswagen brauste davon. Traurig darüber, dass Ulle immer noch nicht gefunden worden war, setzte sie sich zu den beiden völlig erschöpften Feuerwehrmännern ins Gras. Sie hatten die von Schweiß und Ruß geschwärzten Köpfe gesenkt und stierten auf den Boden.

Mia sah zum Haus. Es loderten keine Flammen mehr heraus. Die Feuerwehr stellte das Löschen ein. Das Feuer schien besiegt. Nur deshalb traute sich Mia, die Männer neben sich anzusprechen. Normalerweise würde sie geschickter vorgehen, aber ihr war in Anbetracht der Lage jegliche Diplomatie abhandengekommen.

»Haben Sie im Haus … Tote gesehen?«, fragte sie. Wenn sie eine weitere Person lebend geborgen hätten, hätte sie das mitbekommen müssen.

»Ja, haben wir«, sagte der anscheinend Jüngste, was sie an seiner zierlichen Figur und der jugendlichen Stimme ausmachte. Obwohl sein Gesicht verrußt war, sah sie die Blässe darunter. Zwei Tränenflüsse zogen weiße Bahnen. »Da drinnen ist ein Mann … Handschellen … verkohlt! So etwas habe ich noch nie …« Er bekam einen Ellbogen in die Seite gerammt. Es schien, als sei dies sein erster Großeinsatz gewesen. Schon während des Löschens war er gemaßregelt worden. Sie hatte ihn an der Helmfarbe wiedererkannt.

»Bist still!«, mahnte der ältere Kollege, und an Mia gerichtet: »Bitte gehen Sie zum Ortsbrandmeister. Das ist der mit dem schwarzen Helm. Er wird Ihre Personalien aufnehmen. Sie hören dann wieder von der Polizei.«

»Polizei?« Der Junge lachte hysterisch und zeigte auf das Haus. »Tido ist tot!«

Feuerwehrkollegen kamen an ihnen vorbeigerannt.

»Jetzt qualmt es in der Scheune mit dem Heu und der Misthaufen brennt. Das müssen Brandsätze sein.«

»Brandsätze?«, fragte Mia.

Der Jüngere sprang auf und wischte sich über das feuchte Gesicht. »Ja, das kann vieles sein. Brennt die Kerze ab, löst sie …«

»Halt die Klappe und komm«, sagte sein Kollege und schubste ihn.

Mia fiel das Atmen schwer. Nachdem sie ihre Angaben gemacht hatte, ging sie zu Fuß zur Pension. Auch wenn sie Stunden dafür benötigte, sie brauchte die Bewegung. Beim Gehen inhalierte sie ausgiebig die kühle Abendluft, schmeckte den salzhaltigen Wind auf ihren Lippen. Ruhe bewahren. Gesehenes sortieren – nachdenken. Immo hatte also höchstwahrscheinlich den Bauernhof angezündet. Warum? Bestimmt nicht, weil er einen Versicherungsbetrug begehen wollte. Angeblich gehörte Enna der Hof. Sie hatte Immo loswerden und mit ihrem Jelko einziehen wollen. Waren die Geldscheine, die Mia unter dem Tisch gefunden hatte … Hilfe, die schönen Scheine! Das Geld! Warum hatte sie es nicht den Feuerwehrleuten gesagt? Sie hätten es retten können. Aber es war alles so schnell gegangen, Menschenleben waren wichtiger. Sie war überfordert, hatte nicht mehr daran gedacht.

War das Geld als Entschädigung für Immo gedacht gewesen? Für seine angeblichen Umbauten? Damit er endlich die Insel verließ? Könnte sein, wäre aber entgegen Ennas Natur. Sie neigte eher zur Raffgier. Warum hatte das Geld überhaupt dort gelegen, so frei zugänglich? Versteckte man es nicht in einem Tresor oder woanders? Es sei denn, man hatte es gerade gefunden und war beim Zählen gestört worden. Das passte wiederum zu Enna.

Mia hustete sich die Seele frei. Sie hatte das Gefühl, Ruß hätte jedes einzelne Lungenästchen verklebt. Ruhe bewahren. Einatmen, ausatmen. Nur keine Panik.

Mit immer größeren Schritten näherte Mia sich der Pension. Unter Ulles Tür war kein Lichtschein zu sehen. Sie rieb sich die Augen. Es blieb dabei.

»Ulle schläft schon!«, flüsterte Mias Selbsterhaltungstrieb.

40. Ahoi!

Mitten in der Nacht weckte Mia der Alarmton des Handys. Sie griff blind danach. Es fiel auf den Teppichboden. Sie ließ es liegen, robbte an die Bettkante und öffnete die SMS.

Vielen Dank für die Frikadellen. Sie sind meine Henkersmahlzeit. In acht Stunden ist es so weit. Ich danke dir, dass du es zumindest versucht hast, mich zu retten. Lebe wohl! Dein Ubbo.

An Einschlafen war nicht mehr zu denken, bis alle Schafe, die sie gezählt hatte, sich auf sie gelegt hatten.

Am anderen Morgen wachte Mia mit höllischen Kopf- und Bauchschmerzen auf. Ihre Augen brannten wie Feuer. Feuer!

Normalerweise hätte Mia heute fröhlich ihren Koffer gepackt und sich auf die Rückreise an den Niederrhein gefreut. Auch darauf, Mario in Neuharlingersiel in die Arme laufen zu können. Zu Hause hätten sie erst einmal ausgiebig Wiedersehen gefeiert, an dem Ort der Liebe, der überall sein konnte. Wobei zunächst eine Versöhnung angestanden hätte, was nicht minder prickelnd

gewesen wäre. Ja klar, sie hatte ihm verziehen. Männer
ließen sich immer ein Hintertürchen offen, wollten auf
die Annehmlichkeiten dieser Welt nicht verzichten – und
wenn Mia tief in sich hineinhorchte, war sie im Prinzip
auch nicht anders. Niemand war das! Gut, dass Fee die
Sache selbst in die Hand genommen hatte. Dafür war
sie ihr dankbar.

Normalerweise wäre Mias Heimfahrt so abgelaufen,
aber was war hier schon normal? Ach, du Schreck, wie
sollte sie von Neuharlingersiel aus nach Hause kommen? Notfalls mit dem Zug. Bitten und betteln, dass
Mario sie nun doch an der Fähre abholte, wollte sie
nicht. Aber das war das geringste Problem.

Mia räumte flüchtig das Zimmer auf und packte
vorsorglich ihren Koffer. Fertig.

›Ab zur Fähre‹, würde sie hoffentlich noch heute sagen
und dann alles hinter sich lassen. So weit die Theorie.

Die Praxis sah anders aus. Sie kramte im Geiste in ihrem Informationskoffer, suchte nach den Bruchstücken,
die richtig zusammengesetzt die Lösung ergaben. Hatte
sie auch wirklich alle Teile beisammen?

Fest stand, sie brauchte dringend einen starken Kaffee.
Ihr Plan war es, die letzte Fähre zu nehmen – wenn
alles gut ging.

Mia sah am Fenster die Regentropfen abperlen. Der
Himmel weinte. Sie nahm ihre Handtasche und packte
den Taschenschirm ein. An Ulles Tür blieb sie stehen.
Sie klopfte, bemüht, nicht schon wieder in Panik zu
geraten. Für alles gab es eine Erklärung. Auch wenn das
bei Todesfällen nicht unbedingt weiterhalf.

»Ulle? Ulle! Bist du da? Ulle!« Sie legte ihr Ohr an die
Tür. Die Dusche rauschte! Mias Herz kam vor Freude
kurz aus dem Takt. Sie riss ein leeres Blatt aus ihrem
Kalender und kritzelte mit Kuli die Nachricht darauf.

Bin im Inselcafé. Komm bitte nach. Deine Mia. Uhrzeit nicht vergessen. Sie schob den Zettel unter der Tür durch.

Als Mia die Tür zum *Inselcafé* öffnete, staunte sie. Am Stammtisch saßen die üblichen Verdächtigen, obwohl es nicht ihre Uhrzeit war. Die vier Ostfriesen hätte sie gerne mit nach Hause genommen, so sehr waren sie ihr ans Herz gewachsen. Sie mochte ihren ganz eigenen Humor, den sie so gut verstand und der ihrem ähnelte. Auch sie schienen Mia vermisst zu haben. Ein mehrstimmiges »Moin« erklang. Zauberhaft. Ihre Stimmung hellte sich ein wenig auf.

»Nanu, es ist noch keine elf«, sagte Mia. »Wieso seid ihr schon hier? Gibt es auch ein Achtührtje?«

Die Männer sahen sich an und grinsten. Janto, der Älteste sagte: »Tee kann man immer trinken!«

Der weißbärtige Lian wurde ernst: »Wir beraten uns. Es geht um den Brand. Auf dem Bauernhof. Komplett abgebrannt ist er. Tido Tomınssen konnte nicht mehr gerettet werden. Enna befindet sich im Krankenhaus und Immo in U-Haft.«

»Oh«, sagte Mia. »Tatsächlich? Komplett abgebrannt und Immo in U-Haft? Meine Güte.«

»Ja, Immo hat gestanden, den Brand gelegt zu haben. Blieb ihm auch nichts anderes übrig. Aber weder den Mord an Karla noch an Rika oder Tido hat er zugegeben«, sagte Janto.

»Woher weißt du das?«, fragte Mia.

»Sag ich nicht«, antwortete er. »Will ihr keine Schwierigkeiten bereiten.«

Die Männer nickten und wirkten sehr ernst. Es war nicht geschwindelt.

Maiko dachte laut nach: »Wenn Immo es nicht war, wer soll es sonst gemacht haben?« Er zog seine runde Brille ab und rieb sich über die Augen.

»Vor allen Dingen: Wenn der Mörder noch frei herumläuft, wird er wieder töten? Wenn ja, wen?« Lian raufte sich den Bart. »Ich bleibe dabei: Es war der Utkieker. Er ist seitdem verschwunden, treibt bestimmt auf dem Festland sein Unwesen, bis er wieder auf der Insel zuschlägt.«

»Nein, für ihn würde ich meine Hand ins Feuer legen!« Mia bedankte sich bei Suzana für den gebrachten Cappuccino. Und wieder an die Männer gerichtet: »Ubbo ist kein Mörder. Er liebt die Menschen, will sie schützen. Aber sie haben Angst vor ihm.«

»Blabla«, sagte der Jüngste. »Wir sollten diese Handy-Junkies fragen. Die wollten sich mit Frikadellen auf die Lauer legen und Aufnahmen von ihm machen. Sie hatten eine Vermutung, wo er sein könnte.«

Lian triumphierte: »Klar, warum sind wir nicht eher darauf gekommen? Der kann sich nicht ewig verstecken, der muss doch was zu essen und zu trinken bekommen.«

Ab sofort waren Mia die Männer nicht mehr sympathisch.

Sie holte tief Luft, wollte ihnen die Meinung tuten, da ging die Tür auf. Ulle kam herein. Puterrot im Gesicht, mit verheulten Augen, nahm sie direkt Kurs auf Mia.

»Lass uns nach draußen gehen«, sagte Mia. »Hier ist es ungemütlich.«

Mia spannte den Sonnenschirm auf. So waren sie etwas geschützt gegen den Regen. Die blonde Suzana nickte zustimmend. »Kein Problem, wenn Sie lieber draußen sitzen möchten. Habe das Gespräch mitbekommen und den Jungs ordentlich Bescheid gesagt. Die kennen Ubbo über zwanzig Jahre. Er hat noch nie einer Fliege etwas zu Leide getan. Verstehe nicht, wieso sie plötzlich alle gegen ihn sind.«

Mia drückte ihren Arm. »Danke! Wollte glatt den Glauben an die Menschheit verlieren.«

Ulle hatte sich gefangen. Sie bestellte einen Tee.

»Du hast mir einen Schrecken eingejagt«, sagte Mia. »Wo warst du nur? Wie siehst du überhaupt aus?«

Ulle blickte an sich herunter.

»Deine Augen«, erklärte Mia. »Sie sind so verheult. Erzähl schon.«

Ulle griff in die Tasche und schob Mia einen Brief rüber.

Mia faltete das DIN-A6-Blatt auseinander.

Ich, Karla Dickmann, scheide freiwillig aus dem Leben. Ich bin ein schlechter Mensch. Habe mein Leben verpfuscht!

Ulle schluchzte. »Es muss der Text sein, den Rika Karla diktiert hatte.«

»Wo hast du das her?«, fragte Mia, die den Wortlaut des Briefes anders in Erinnerung hatte.

»Er war in Rikas Notizbuch, in ihren persönlichen Sachen, die ich bekommen habe. Zwischen Ledereinband und Futter. Sie hatte es mir mal am Telefon gesagt, dass dort ihre Pin-Nummern und Passwörter zu finden sind, falls ihr etwas zustoßen sollte.«

»Sie hatte damit gerechnet, dass etwas passiert?«

»Ja, als der Streit wegen des Geldes losging.« Ulle vergrub das Gesicht in ihren Händen und klagte. »Rika hätte von Anfang an Anzeige gegen Karla erstatten sollen. So wurde sie vom Opfer zur Täterin.«

»Leider muss immer erst etwas passieren«, sagte Mia. »Die Polizei kann nicht jeder Drohung nachgehen. Es hätte also nichts gebracht, wenn Rika Karla angezeigt hätte.« Sie zog den Reißverschluss ihrer Jacke zu.

»Ja, kann sein. ›Familienstreitigkeiten‹, hätten die nur gesagt.«

Mia drehte den Zettel hin und her. »Hm. Seltsam.

Wieso hat sie den Zettel aufbewahrt? Ich hätte ihn zerrissen.«

Ulle zuckte mit den Schultern.

41. Gute Besserung

Mia fasste zusammen: »Es ging also um Geld, viel Geld. Karla hatte nicht eingesehen, dass es nun verloren sein sollte. Als sie mitbekam, dass Rika, ihre Tochter aus erster Ehe, sich mit dem Erbe auf Spiekeroog abgesetzt hatte, verfolgte sie sie. Sie könnten ein Treffen zur Aussprache am Bahnhof vereinbart haben. Beide schlaflos, deshalb so früh. Es kam wie immer zum Streit. Rika musste sich von ihr aufs Übelste beschimpfen lassen. Sie wusste, dass ihre Mutter nie locker lassen würde und deshalb war sie mit dem Plan zum Treffen gekommen, sie auszuschalten. Ich frage mich nur, woher Rika die Psychopharmaka hatte.« Mia rieb ihr Kinn.

Ulle winkte ab. »Das kann ich beantworten. Die Packung mit den Pillen trug Karla immer bei sich, weil sie nicht in falsche Hände geraten sollten. Das wusste Rika natürlich.« Sie beugte sich zu Mia: »Aber ich frage mich, wo das Geld jetzt ist.«

»Ich fürchte, es ist mit dem Hof verbrannt. Überall waren Brandsätze versteckt, die nacheinander abbrannten«, antwortete Mia. »Falls es Rikas Scheine waren, die ich dort gesehen habe. Sie befanden sich in einem Plastikbeutel, verpackt in einer Kissenhülle, die wiederum in eine gewöhnliche Einkaufstasche gesteckt war. Diese lag unter dem Tisch im Wohnzimmer.« Mia senkte den Kopf. »Hätte ich sie doch nur mitgenommen.«

»Mach dir keine Vorwürfe, Mia. Es ist besser so.«

»Ich muss dir noch etwas sagen …« Mia war es unangenehm, weil sie es viel eher hätte sagen müssen. »Ich erzählte dir ja, dass ich Rika am Todestag von Karla, genauer gesagt am gleichen Abend, im *Alten Inselhaus* getroffen hatte. Sie sprach nicht nur davon, hier auf Spiekeroog ein neues Leben beginnen zu wollen, sondern auch von ihrer … eurer Mutter. Rika war betrunken und sehr aufgebracht. Sie habe eine fürchterliche Kindheit gehabt und sei nie von ihrer Mutter geliebt, aber später von ihr terrorisiert worden. Nun sei sie froh, dass es endlich vorbei sei. In keiner Sekunde habe ich daran gedacht, dass sie von Karla erzählte. Wie auch, zu dem Zeitpunkt wusste ich ja nicht einmal, dass sie Rika heißt und Karla ihre Mutter war, bis du es mir dann erzählt hattest.« Mia legte einen Arm um Ulle. »Es tut mir so leid!«

Ulle erschrak und wandte sich aus der Umarmung: »Sie hatte am Morgen Karla getötet und sich abends seelenruhig ins Restaurant gesetzt und … gegessen? Warum hat sie nicht die Insel verlassen? Schnell weg vom Tatort!«

»Weil sie sich sehr sicher war, nicht als Täterin entlarvt zu werden. Ihr Plan, auf Spiekeroog ein neues Leben mit ihrem Traummann zu beginnen, konnte verwirklicht werden. Sie hat zwar nicht Immos Namen genannt, aber wir wissen mittlerweile, dass er der Auserwählte war. Alle anderen Männer könnten sie mal, hat sie gesagt und dass sie sich zu lange von denen hat ausnutzen lassen. Sie werde demnächst eine eigene kleine Familie haben, meinte sie. So, oder so ähnlich, jedenfalls sinngemäß.«

Ulle riss die Augen auf. »Moment mal … eigene kleine Familie? War sie … war sie etwa …?«

»Nein, war sie nicht … Ist mir zumindest nicht bekannt.« Mia sprang auf. »Ich muss dringend zu Enna, damit sie uns die Fortsetzung erzählt. Sie muss es mitbekommen haben, was Immo und Rika vorhatten.«

»Ich komme mit!« Ulle erhob sich.

»Das geht nicht. Ich muss alleine mit ihr reden, sonst macht sie sofort dicht.«

»Dann gehe ich zu Immo!«

»Der sitzt in U-Haft«, sagte Mia. »Wir kommen nicht an ihn heran. Ich melde mich, sobald ich etwas Neues weiß.« Sie sah auf die Uhr. »Du kannst die Zeit anhalten, wenn du mir helfen willst«, sagte Mia und eilte davon.

Mia faltete den Inselplan zusammen.

Noch einmal ging sie zum nahe gelegenen Bauernhof. Ein tragischer Anblick. In Schutt und Asche lag nicht nur der Hof, sondern auch die Existenz von Enna und Immo. Mia kam nicht näher an die Trümmerreste heran. Sie waren mit Flatterband abgesperrt. Die Ermittlung war bestimmt noch nicht abgeschlossen. Ob die Polizeidienststelle neu besetzt war? Musste ja, wenn es dieses Polizei-Absperrband gab, oder hatte das die Feuerwehr übernommen? Der Ortsbrandmeister hatte jedenfalls etwas von seiner polizeilichen Ausübungsgewalt gesagt. Ermittelten sie nun von Aurich aus? Vermutlich. Wenn Mia den vier Ostfriesen Glauben schenken durfte, hatte es auf dieser Insel noch keinen einzigen Mordfall gegeben. Seit sie hier war, gleich zwei.

Sie dachte wieder an Tido. Er hatte Immo angeblich den Tipp mit der Insulinspritze gegeben. Das war sicher keine uneigennützige Idee gewesen. So hatte er Immo in der Hand gehabt und war Rika losgeworden, glaubte, so eher seine Belange durchsetzen zu können. Stimmte es tatsächlich, was seine Mutter gesagt hatte, dass er den Bauernhof für sich haben wollte, damit er dort mit seinem Goldesel – eben der Mutter – einziehen konnte? Das würde auch erklären, warum er nicht um den Fall bemüht gewesen war. Weil er im Hintergrund die Strippen gezogen und Immo gelenkt hatte. »Nimm dich vor der Polizei in Acht«, hatte Ubbo, der Utkieker, gesagt. Hilfe! Der Utkieker! Mia sah auf die Uhr.

Sie schrieb ihm eine Durchhalteparole per SMS und dass er bald wieder ein freier Mann sei und über die Insel wachen könne. Sie stünde kurz vor der Aufklärung und würde sich sofort melden, wenn es so weit sei. *Spieker-oog braucht dich!*, fügte sie hinzu und merkte, wie sich Tränenwasser sammelte. Mia kam nicht dagegen an, sie hatte diesen andersdenkenden Zweimeterundsechsmann in ihr Herz geschlossen. Eine seltene Spezies Mensch, ganz klar, aber eine, die nicht verkannt und zu Unrecht verdächtigt oder womöglich verurteilt werden durfte. Gerade, weil er in dieser besonderen Lage nicht fähig war, sich selbst zu helfen, musste sie es tun.

Wieder in der Ferienwohnung, versuchte Mia sofort, Enna im Krankenhaus auf dem Festland anzurufen. Erst nach langem Zögern hatte sie die Nummer von Ennas Zimmernachbarin von der Dame in der Zentrale bekommen, obwohl die sie ja eigentlich gar nicht hätte herausgeben dürfen, da es unter Datenschutz fiele, aber sie mache da mal eine Ausnahme. Schließlich handele es sich ja bei dem, was gesagt werden sollte, um ein freudiges Ereignis, das sicher zu Genesung beitrage, und so könne sie mit ruhigem Gewissen …

Manchmal zahlte sich Geduld aus, auch wenn man dabei an seine nervlichen Grenzen kam.

Endlich: »Hallo, mein Name ist Mia Magaloff. Ich bin die Cousine von Frau Enna Weert. Wäre es möglich, dass ich sie kurz sprechen kann?«, säuselte Mia mit ihrer Mädchenstimme.

Eine weibliche, fast unverständliche Raucherstimme hustete: »Ja, ja doch. Aber das ist das letzte Mal. Hätte ich einen Job als Telefonistin gesucht, wäre ich sicher nicht ins Krankenhaus gegangen.«

Mia bedankte sich kleinlaut. Meine Güte, die Arme. Wer hatte denn noch angerufen? Mist, sie hätte danach fragen sollen.

»Wer ist da?«, tutete dann Enna als Begrüßung in den Hörer.

Mia wechselte ihn zum anderen Ohr, steckte sich den kleinen Finger ins geschädigte und ruckelte darin herum. Den Tinnitus würde sie nie wieder loswerden.

»Ich bin's, deine Freundin«, sagte Mia und überlegte krampfhaft, wie sie es anstellen konnte, dass Enna nicht auflegte.

»Freundin? Ich habe keine Freundin!«

»Mia Magaloff. Die Verfluchte. Doppelt hält besser, oder?«

»Was redest du da für einen Quatsch? Ich leg gleich auf.«

»Warte, noch nicht. Wie geht es dir? Übrigens, ich habe dir das Leben gerettet und den Notarzt gerufen. Wärst sonst elendig verblutet – auf den Scherben, nach dem Streit mit Immo. Schon vergessen?

»Ach, du bist das. Ja …hm … dann … danke. Aber darauf musst du dir nichts einbilden.«

»Mache ich auch nicht. Aber eine Information wäre ganz gut.«

»Welche Information?«

»Nun … hört deine Nachbarin mit?«

»Moment. – Sie müssen wieder eine rauchen gehen, Frau Brumm!«, rief Enna. »Die fünf Minuten sind um!«

Schon fiel die Tür zu.

»Du bist ja fast so gut wie ich«, sagte Mia. Sie hörte Enna lachen. Wunderbar! Das erleichterte vieles.

»Weißt du es schon?«, begann Mia schonungslos. »Immo sitzt in Untersuchungshaft.«

»Wer sagt das?«

»Ich!«

»Woher weißt du das?«

»Ich war dabei, als sie ihn abgeführt haben. Da warst du bereits im Krankenhaus. Anschließend ist der Hof ... Oh je, das weißt du auch noch nicht?« Mia grinste.

»Hör zu, die haben mich direkt in den OP gebracht – bestimmt nicht zum Nachrichtengucken. In Wittmund sind die zwar auf dem neuesten Stand, aber so weit auch wieder nicht. Also, raus mit der Sprache! Was ist passiert? Ich sag dir gleich, ich habe nichts damit zu tun!«

So schrecklich die Situation war, aber sie würde Mia nun helfen, das zu erfahren, was sie wissen wollte.

»Immo ist in Untersuchungshaft, weil er mit Benzin den Hof angezündet haben soll«, warf ihr Mia an den Kopf. »Tido ist darin umgekommen.«

»Tido Tommssen?«, kreischte sie. »Hat er seine Drohung wahr gemacht?«

»Welche Drohung?«

»Tido hat Immo erpresst. Er wollte den Hof oder Geld von ihm, das er nicht hatte ... also ... Immo sagte zumindest, dass er es nicht hat. Auch mir gegenüber hatte er immer so getan, als müsse der Hof demnächst zwangsversteigert werden. Doch dann fand ich die Scheine, unter seinem Bett, wie simpel. Ich nahm die Tasche mit nach unten und zählte das Geld. Es war viel Geld. Kurz darauf bin ich gestört worden und musste die Tasche schnell unter den Tisch stellen ...«

»... und als Immo gemerkt hat, dass du das Geld gefunden hast, habt ihr Streit bekommen ... und als du gehört hast, dass es Rika gehörte, erst recht.«

»Woher weißt du das? Hast du gelauscht?«

»Nein, ich kann es mir denken. Kurz danach kam ich ja dazu, als Immo die Sachen durch die Gegend warf und du zurückkamst.«

»Ja, er beteuerte, dass er Rika gegenüber alles nur gespielt habe. Fünf Jahre ging das Spiel schon, gestand er. Erst im letzten Jahr hatte mir … jemand … erzählt, dass er Immo mit ihr im Strandkorb erwischt hat. Ich dachte, es sei ein Ausrutscher gewesen, und da ich nicht mehr mit ihm … Jedenfalls war es ihm nur auf den Sex angekommen, beteuerte Immo. Er wollte nie mit der Schlampe zusammenziehen, geschweige denn eine Familie gründen. Trotzdem hatte sie sich wie eine Klette an ihn gehängt, so wie sie sich auch an andere Männer gehängt hatte, von denen sie sich viel erhoffte.«

»Warum hat er nicht Schluss gemacht, wenn sie zu lästig wurde?«

»Das kannst du dir nicht denken? Das Geld! Sie hielt ihm ihr geerbtes Geld vor die Nase. Sagte, sie werde für immer auf der Insel bleiben. Als Zeichen ihrer Liebe sollte er es verwahren, bis er mich vom Hof gejagt hat und der Weg in eine glückliche Zukunft frei ist. Ich könnte kotzen!«, sagte Enna. Mia hörte Metall scheppern und ein trockenes Würgen, danach ein Husten.

Mias Magen grummelte. »Enna? Alles in Ordnung?«

Sie hörte die Krankenhaustür mit einem saugenden Geräusch aufgehen. »Sie haben geschellt? Was haben wir denn?«, fragte wohl die Krankenschwester. »Oh, lassen Sie nur. Ich bringe es weg. Übrigens, Ihre Zimmernachbarin kommt vorerst nicht. Sie liegt auf der Intensiv. Dabei hatten wir sie eindringlich davor gewarnt, mit ihrem Shuntventil zu rauchen. Soll ich den Fernseher anstellen? Na, dann … rufen Sie mich, wenn was ist. Ich mache mal das Licht aus, damit Sie ein wenig schlafen können.«

Mia wusste, warum sie Krankenhäuser lieber von außen sah.

»Mia? Noch da?« Es klang so gar nicht nach Enna. Eher nach einem ängstlichen Teenie.

»Ja, bin ich«, sagte Mia sanft. »Ich will dich auch nicht aufregen, Enna. Aber wenn du uns hilfst, dahinterzukommen, wie alles abgelaufen ist, dann kann ...«

»Immo, der Schweinehund!«

»Ähm, erzähl doch mal von deinem Verhältnis zu Jelko«, sagte Mia.

»Jelko ist ein sehr guter, also ein sehr, sehr guter Freund von mir. Er hat mich getröstet, als es mir so dreckig ging. Mehr war nicht drin, also eine ganze Zeit lang, bis ich mich wirklich in ihn ... also, mehr für ihn empfand und mit ihm gemeinsam etwas auf die Beine stellen wollte. Jelko ist ein treuer und ehrlicher Mann.«

»Bis auf die Waage.«

Enna wusste sofort, worauf Mia anspielte.

»Ja, dazu habe ich ihn getrieben. Er wollte es nicht. Aber er hat es mir zum Gefallen getan. Aber damit ist endgültig Schluss. Sobald wir den Hof wieder renoviert haben ...«

Mia hustete. »Tja, also ... Ich fürchte, mit Renovieren ist es nicht getan.«

»Das schaffen wir. Wir sind beide handwerklich begabt. Wenn nur Immo seine gerechte Strafe bekommt. Womit hat er Tido denn ...«

»Wir wissen es nicht. Es sind halb verglühte Handschellen gesehen worden. Denke mal, das Kriminalkommissariat aus Aurich wird mittlerweile Spuren gesichert haben, falls es noch welche gibt.«

»Was meinst du damit ... falls es noch welche gibt?«

»Na, ja, viel ist nicht mehr vom Hof übrig. Ein paar Dachbalken vielleicht – die verkohlt auf dem Boden liegen, und eine Menge Schutt. Ach ja, die ein oder andere Scheune – vielleicht.«

Die Krankenhaustür ging schmatzend auf.

»Fiebermessen!« Laufgeräusche. »Frau Weert! Was machen Sie da? Nein, Frau Weert, das geht jetzt nicht.

Sie können nicht einfach so aufstehen und sich anzie...«
Es rumste. »Sehen Sie ... ich habe es Ihnen gesagt. Moment.« Ächzen. Stöhnen.

Mia sprang auf, sie wäre am liebsten durch den Hörer gekrochen, um zu sehen, was sich da abspielte. Zu allem Elend klopfte es nun auch noch an der Tür des Krankenzimmers. Kurz darauf erklang eine Männerstimme. Rasche Schritte: »Enna! Was machst du für Sachen?«

Enna jammerte: »Jelko! Der Hof ist abgebrannt! Unser Hof!«

»Ich weiß. Wir kaufen uns einen viel schöneren ... sobald du wieder gesund bist.«

»Bleiben Sie jetzt bei ihr?«, fragte die Schwester.

»Ja, ich passe auf sie auf. Danke.«

Die Tür fiel schwer ins Schloss.

»Wir sind jetzt reich, Enna!«, flüsterte Jelko. Mia musste sich anstrengen, alles mitzubekommen. Sie drückte auf Lautsprecher und höchste Lautstärke. »Ein junger Feuerwehrmann brachte mir heute Morgen die Tasche und hat sich entschuldigt, dass er es gestern nicht mehr geschafft habe. Er sagte, Immo hätte gesagt, er solle sie mir bringen und dass er uns für die Zukunft viel Glück wünsche. Woher hatte Immo so viel Geld?« Stille.

Jetzt wieder Jelko: »Nicht so stürmisch. Enna! Vorsicht, das Telefon! Moment ... Hallo? Hallo, ist da jemand?«, hörte Mia ihn durch den Hörer sagen.

»Gute Besserung!«, piepste Mia und legte auf.

42. Reiche Beute

Mia konnte es unmöglich zulassen, dass Enna und Jelko sich an Geld bereicherten, das ihnen nicht zustand. Es war nur der Unerfahrenheit des Feuerwehrmannes zuzuschreiben, dass der dem Brandopfer einen Gefallen tun wollte und Jelko die Tasche brachte. Normalerweise hätte er sie dem Ortsbrandmeister übergeben müssen.

Doch, doch, sie konnte gönnen, aber nicht dieser Enna, die unzählige Menschen mit ihrem Wunderwasser betrogen hatte. Dafür sollte die auch noch belohnt werden? Niemals!

Sie ging auf Umwegen – weil sie vorher etwas anderes erledigen musste – zum Wellness-Tempel, denn dass Jelko die Tasche im Krankenhaus gelassen hatte, war eher unwahrscheinlich.

Wegen Feierlichkeiten geschlossen stand am Eingang.

Sollte da nicht eher *Wegen Todesfall in der Familie geschlossen* stehen? Mia ging um das Haus herum, wo Jelkos privater Bereich angrenzte, nebst Hintertür, die er sich leider nicht offengehalten hatte. Am Seitenfenster mit den dreiviertellangen blickdichten Gardinen hockte Mia sich hin und sah, vorsichtig und nur von einer Ecke aus, direkt in die Küche. Die Verrenkung hatte sich gelohnt. Die günstige Perspektive ließ es zu, direkt auf den Küchentisch zu schauen, vor dem Jelko stand. Er trank immer wieder aus einem großen Glas Bier und stapelte feierlich und ungeniert das Geld aus der bekannten Tasche, dem Kissenbezug, dem Beutel – 500er, 200er und 100er Scheine. Den Job würde sie jederzeit übernehmen. Mia ließ ihn einen Moment weiterzählen. Sie wollte nicht so sein. Diesen Stapel noch – so – jetzt war Schluss mit lustig.

Mia reckte den Arm weit nach oben und klopfte. Reingefallen. Er sah zur Tür. Hektik kam auf, schnell raffte er alle Scheine zusammen, stopfte sie in die Tasche und zog die Lade unter dem Tisch hervor. Mia kannte solche Tische. Darin hatten sich früher zwei Waschschüsseln zum Geschirrabspülen befunden. Er drückte sie mit Wucht zu und kam zur Tür. Mia musste sich beeilen, hochzukommen. Die Knochen knackten.

Sie schaffte es nicht ganz, rechtzeitig vor der Tür zu stehen, und so sah er sie angesprungen kommen. Jelkos verwunderten Gesichtsausdruck überspielte sie mit einem Gähnen.

»Haaaach, bin ich müde. Ein bisschen Gymnastik macht wieder wach. Entschuldigung, dass ich hier so hereinplatze. Ich hatte vorne geklopft, aber Sie haben es bestimmt nicht gehört.«

»Was wollen Sie?«, fragte er.

Die Fahne schlug ihr entgegen. So barsch kannte Mia ihn nicht. Sagte man nicht, Geld mache glücklich?

»Das lässt sich hier draußen schlecht sagen«, antwortete sie. »Darf ich kurz reinkommen? Dauert nicht lange. Bitte! Es ist sehr wichtig!«

Jelko grunzte. »Ich kann Ihnen frühestens morgen einen Termin geben. Heute habe ich frei und dabei bleibt es. Mache da keine Ausnahme.« Er öffnete Mia dennoch die Tür und führte sie den Flur mit den Toiletten und den Umkleidekabinen entlang zur Anmeldung.

Als sie vor dem Tresen standen, zückte sie ihren Kalender und tat so, als wollte sie wirklich einen Termin. »Oh, ehe ich es vergesse«, sagte Mia, »mein allerherzliches Beileid. Ich kann nicht sagen, wie traurig es mich gemacht hat, als ich davon hörte, dass Tido to... in den Flammen um...«

»Hören Sie auf damit. Sparen Sie sich die Worte.«

»Verstehe. Entschuldigung, wollte keine alten Wunden aufreißen. Obwohl, es ist ja alles noch so frisch.«

»Also wann?«

»Wann was?«

»Morgen. Um wie viel Uhr können Sie? Ich habe nur zwei Termine frei. Einen um acht Uhr und einen um zwölf Uhr.«

»Um acht Uhr ist gut. Ich stehe immer sehr früh auf.«

»Geben Sie mir Ihre Handynummer, damit ich Sie anrufen kann, falls Sie nicht erscheinen, wie beim letzten Mal.«

Mia sagte sie ihm. »Sie können mich auch gerne so anrufen, wenn Ihnen etwas auf dem Herzen liegt. Falls Sie mal jemanden zum Reden brauchen. Außerdem würde ich gerne wissen, wann Enna wieder aus dem Krankenhaus kommt und da Sie ja Kontakt zu ihr haben ... Das war ein sehr bedauerlicher Unfall. Ich war dabei und habe den Notarzt gerufen.«

»Ach ja, haben Sie? Soll ich Ihnen dankbar sein?«

»Nein, es reicht, wenn Enna das ist. Oh ... mir wird soo ... so ... ufff.«

Er stürzte auf Mia zu und hielt sie im Arm. Sie sackte kurz in die Knie.

»Warten Sie, setzen Sie sich. Ich bring rasch ein Glas Wasser.«

»Nicht nötig«, sagte sie. »Es geht schon. Habe kein Mittagessen gehabt. Sollte mich dringend untersuchen lassen, ob ich zuckerkrank bin. Damit darf man nicht scherzen, sonst muss man eines Tages Insulin spritzen. Wer will das schon. Ist viel zu gefährlich.«

Er wurde rot im Gesicht, wandte sich schnell ab.

»Darf ich mich kurz etwas frisch machen?«, fragte Mia. Er nickte, und sie verschwand im Toilettenraum.

Sie wartete ein paar Sekunden, öffnete die Tür einen Spaltbreit und erschrak, als Jelko ihr direkt in die Augen sah.

»Sie müssen … nicht auf mich … warten«, stammelte Mia. »Wenn Sie etwas anderes zu tun haben, machen Sie es. Ich beeile mich.« Sie schloss die Tür wieder und horchte.

Er rief ihr zu: »Die Hintertür steht offen. Ziehen Sie die einfach hinter sich zu. Ich habe einen Anruf bekommen.« Seine Schritte entfernten sich. Mia hörte knarrende Treppenstufen.

Rasch steckte Mia ihr Handy zurück und kam aus der Kabine. Sie zitterte vor Aufregung, als sie die Schublade des Tisches aufzog.

Leer.

»Suchen Sie etwas?«, fragte Jelko.

Mia fuhr herum. »Kann man so sagen. Wo ist es?«

»In Sicherheit.«

»Das ist es erst, wenn ich es habe. Also her damit.«

Er lachte bitter. »Es gehört mir. Also uns, Enna und mir. Immo hat es uns geschenkt.«

»Das heißt nichts. Man kann nichts verschenken, was einem nicht gehört.«

»Können kann man schon«, verbesserte er.

»Man darf es nicht! So besser?« Mia hielt die Hand ausgestreckt. »Ich warte.«

»Warum sollte ich es freiwillig wieder herausrücken?«

»Weil es sonst schlimme Konsequenzen haben würde. Das ist gestohlenes Geld. Es war Rikas Erbe.«

»Sie hatte es Immo vermacht.«

»Sie hat es ihm gegeben, aber nur, damit er es für sie verwahrt – verwahren heißt nicht vermachen. Da das Verwahren nun nicht mehr nötig ist, gehört es Rikas Schwester Ulle.«

»Es hätte verbrannt sein können«, sagte Jelko und trat von einem Bein auf das andere.

»Ist es aber nicht.«

Jelko verzog das Gesicht. »Ich muss erst mit Enna darüber sprechen.«

»Gut, dann sollten wir das auf der Polizeistation tun«, sagte Mia.

»Die ist geschlossen. Der Neue kommt erst morgen früh.«

Mia widersprach nicht, er sollte ruhig im Glauben bleiben. »Macht nichts. Ich habe die Rufnummer vom Kommissariat in Aurich. Moment.« Sie tat so, als würde sie in ihrem Handy unter *Kontakte* suchen. In Wirklichkeit drückte sie noch einmal die Kurzwahltaste, die ihr eingerichtet worden war.

Jelko kam auf sie zu: »Sie rufen niemanden an!« Er umklammerte ihren rechten Oberarm. Mia zog ihn ruckartig zurück, rieb die Stelle mit der anderen Hand, damit sein Blick abgelenkt war. Er bekam nicht mit, dass sie den *Aus*-Knopf nicht drückte, sondern nur, wie sie das Smartphone zurück in die Jackentasche steckte.

»Also, wo ist das Geld?«, fragte Mia.

»Okay, dann bleibt mir wohl keine andere Wahl.« Jelko verschwand die Treppen nach oben. Ziemlich schnell kam er mit dem Beutel wieder und hielt ihn vor seinen Bauch. Als er ihn Mia reichte, gab er den Blick auf sein Jagdmesser frei, das auf ihre Brust zeigte.

»Hören Sie auf mit dem Blödsinn! Wollen Sie sich noch weiter reinreißen?«, fragte sie.

»Wieso noch weiter?«

»Na, das mit Karla geht auf Ennas Konto. Aber ich habe mittlerweile den Eindruck bekommen, dass es eine Gemeinschaftsarbeit war. Karla wurde gezwungen, eine Überdosis Betablocker zu nehmen, die Enna Immo entwendet hatte. Bluthochdruckmittel wirken besser als Psychopharmaka – vor allen Dingen schneller.«

»Ist ja lächerlich!« Er fuhr sich mit der Linken durch die feucht schimmernden Haare und wischte sich die Hand an der Jeans ab. »Wie sollten wir ... Enna ... es wohl geschafft haben, dass sie die Tabletten schluckt?«

»Wieso Tabletten schlucken? Trinken!«, sagte Mia. »Die Pillen wurden gemörsert, weitestgehend in der Wasserflasche aufgelöst und Karla – vielleicht sogar mit vorgehaltenem Messer, aber auf alle Fälle mit einer Waffe – bedroht. Karla sollte die bittere Medizin vor euren Augen trinken, weil es die bessere Alternative war.«

Jelko starrte Mia an, so wie man eine Wahrsagerin in der Kirmesbude anstarrte, die Unheil vorhersagte.

»Das habt ihr euch gut ausgedacht. Aber nicht gut genug«, sagte Mia.

»Warum sollten wir das getan haben?« Jelko sprach schleppend.

»Warum? Enna wurde Immo nicht los. Freiwillig hätte er den Hof nie verlassen. Ihm sollte deshalb der Mord an Karla in die Schuhe geschoben werden. Es ging außerdem um Geld, viel Geld, dass er für Rika verwahrte. Enna wusste von der Existenz des Geldes, zu dem Zeitpunkt nur nicht, wo es versteckt war.«

Jelko ließ das Messer sinken.

Mia lächelte: »Fast hätte ich gedacht, dass Rika ihre Mutter getötet hat, aus Verzweiflung, Rache, Hass, was auch immer. Doch dann behauptete Enna, Immo habe Karla mit den Bluthochdrucktabletten getötet. Ich sagte es PHK Tommssen, aber er war nicht davon zu überzeugen. Im Nachhinein kann ich sein Nicken deuten, als er die etikettlose Plastikflasche am Tatort aufgehoben hat. Tido schien sofort zu wissen, welche Bewandtnis es mit der Wunderwasserflasche auf sich hatte. Es soll nur Leitungswasser darin gewesen sein. Tido schickte mich weg, als der Rettungswagen mit dem Notarzt um die Ecke bog und ließ den Abschiedsbrief und die Psychopharmaka schnell verschwinden. Angeblich soll es die Beweismittel nie gegeben haben. Heute weiß ich, warum.«

»Warum?«, fragte Jelko. »Tido ist … war … ein sehr gewissenhafter Polizist. Er war verpflichtet, für Recht und Ordnung zu sorgen.«

Mia hatte den Eindruck, Jelko verkniff sich ein Grinsen, was sie noch wütender machte. »Stimmt. Er wäre dazu verpflichtet gewesen. Der Arzt untersuchte Karla und kann nichts Auffälliges gefunden haben, sonst hätte er sicher nicht *Natürlicher Tod* angekreuzt.«

»Na, dann ist doch alles in Ordnung«, sagte Jelko spöttisch.

Mia ging aus gesundheitlichen Gründen nicht darauf ein. »Tido war selbst scharf auf den Hof und das Geld. Er wollte Immo und Enna … na sagen wir mal … zur Übergabe überreden. Da kann man seine Dienstbeflissenheit schon mal vergessen.«

Jelko musste sich setzen. Mia blieb stehen, umklammerte den Beutel, dessen Henkel sie sich mehrmals um das Handgelenk gelegt hatte und sprach lieber von oben herab. Außerdem konnte sie so schneller flüchten, falls das mit der Kurzwahl nicht funktioniert hatte.

Mit einem Kiekser in der Stimme fragte er: »Woher sollte Tido denn vom Geld gewusst haben?«

»Ganz einfach. Immo hatte es ihm erzählt und dass er nicht wisse, wie er Rika wieder loswerden kann. Männergespräche. Tido gab Immo den Tipp mit der Insulinspritze. Er sagte ihm, er solle Rika vorher mit Alkohol und Beruhigungstabletten schläfrig machen, um ihr dann die Spritze zu setzen – in die Mundhöhle. Immo ließ sich darauf ein, denn er wollte Rikas Geld, nicht Rika. Er hatte nie vor, Enna zu verlassen.«

Jelko nickte. »Damit konnten wir, konnte Enna nicht rechnen, dass Tido uns dazwischenfunkt. Das war ja unser Pech, dass Immo nicht einfach seine Koffer packte und mit seiner geliebten Rika von der Insel verschwand. Immo ging es nur um den Sex mit einer Jüngeren. Als Rika sich wie eine Klette an ihn hängte und sogar von Kindern sprach, war sie ihm lästig wie eine Zecke geworden.«

»Richtig! Das war die Gelegenheit für Tido.«

Jelko nickte.

Mia fuhr mit ihrer rechten Hand langsam in die Jackentasche und umklammerte die Pfeffersprayflasche, während sie weitersprach. »Tidos Schweigen über Karlas Ermordung und sein Tipp, wie Immo Rika endgültig loswerden kann, hatten natürlich seinen Preis: Geld und Hof. Immo musste sich darauf einlassen. Tido hatte ihn in der Hand. Da wusste Immo übrigens noch nichts von Ennas Verhältnis und den Zukunftsplänen mit Ihnen auf dem Bauernhof. Vielleicht hätte er dann anders reagiert.«

»Das hätte ihm nichts mehr genützt«, sagte Jelko.

Mia konnte sich ein Grinsen nicht verkneifen, obwohl ihr mulmig zumute war und die Henkel des Beutels ihr das Blut abschnürten. Eigentlich hätte sie schon längst aufhören können zu reden. Sie erzählte ihm nichts Neues. Doch sie musste die Zeit überbrücken. Mia wusste zwar viel, aber nicht, wie lange Jelko so friedlich blieb.

»... dann entdeckte Enna Rikas Erbe, das Geld, die Scheine, diesen Beutel«, Mia klammerte sich daran, als sei es ein Kissen, »und wäre der Streit mit Immo und der Unfall mit den Scherben nicht passiert, sie hätte ...«

»Hören Sie auf!« Jelko hielt sich den Kopf mit beiden Händen.

Mia grinste. »Warum sollte ich das? Ihr habt auch nicht aufgehört. Aus reiner Raffgier!« Vom lauten Reden kratzte es in ihrem Hals, ihr drohte die Stimme zu versagen, was viel zu früh gewesen wäre, denn ihr war plötzlich sehr viel mehr eingefallen, was sie loswerden musste.

Sie krächzte: »Tido selbst hat sich nie die Finger schmutzig gemacht. Er hat machen lassen und ihr seid alle darauf hereingefallen.«

»Nein! Nein! So ist es nicht. Wenn es Enna und mir auf das Geld angekommen wäre, dann hätten wir es bestimmt nicht dem Feuer überlassen.«

»Enna wusste aber nicht, dass der Bauernhof abbrennen würde. Außerdem ging alles viel zu schnell. Sie drohte zu verbluten, der Krankenwagen kam und kurz darauf kam Immo mit den Benzinkanistern zurück. Er wollte den Hof vernichten, damit niemand ihn bekommt. Immo hatte keinen anderen Ausweg mehr gesehen. Er hatte Enna an dich verloren und Tido gegenüber war er machtlos.« Mia lehnte sich an den Tisch. Ihr wurde schwindelig. Sie musste Zeit gewinnen, obwohl sie so viel Zeit zu verlieren hatte.

Jelkos Augen wurden immer größer, die Pupillen dunkler. Mia ging nur vorsichtig und Schritt für Schritt, weil er nicht merken sollte, dass sie Angst bekam, rückwärts, Richtung Fenster. Dennoch konnte sie es nicht lassen, weiterzureden: »Ja, dein Bruder Tido hatte Immo in der Hand, bis zuletzt. Deshalb ging auch Tido wieder zum Hof. Was dann geschah, weiß ich nicht, kann es nur vermuten. Man hat halbverglühte Handschellen an Tidos Handgelenken, oder dem, was davon übrig geblieben war, gefunden.«

Jelko weinte leise. »Das glaube ich nicht!«

Mia bekam fast Mitleid. »Klar, ist es erst einmal schwer zu glauben, dass der kleinere und schlankere Immo Ihren durchtrainierten Bruder überwältigt haben soll. Vielleicht hatte Immo ihm etwas Schweres auf den Kopf geschlagen und ihn dann mit seinen eigenen Handschellen gefesselt.« Mia drehte sich seitlich zum Fenster, um abzuschätzen, wie weit es bis zur Tür war.

Sie seufzte laut.

»Vielleicht … vielleicht war es so«, flüsterte Jelko, um dann zu schreien: »Was wollen Sie noch? Sie haben das Geld. Reicht das nicht, um das Maul zu halten?« Er sprang vom Stuhl auf.

»Dass so etwas einmal aus Ihrem Mund kommen würde, hätte ich nie gedacht. So kann man sich täuschen. Der liebe, nette Masseur, der Menschen Gutes tut, für alle Verständnis hat und sich aufopfert … ist das genaue Gegenteil. Pfui!«

»Dann hau doch ab! Hau endlich ab!«

»Nein, ich möchte, dass Sie sich alles anhören. Als der Hof brannte«, sprach sie weiter, »fand ein junger Feuerwehrmann Immo im Nebengebäude. Er saß wie ein Häufchen Elend auf dem Boden und umklammerte diesen Beutel mit Geld …« Mia hielt die Tasche mit der Linken angestrengt in die Höhe. »Immo wollte sich mit dem Geld verbrennen lassen.« Hier hatte Mia etwas übertrieben. Es war ihr gerade so eingefallen.«

Jelko zuckte mit den Schultern.

Mia hätte ihm was antun können. »Wie skrupellos …« Unter der Gardine sah sie draußen Beine vorbeihuschen. Im selben Moment stürmten zwei blau uniformierte Männer durch die Tür und liefen direkt auf Jelko zu.

»Vorsicht, er hat ein Messer!«, rief sie und rannte nach draußen.

Was jetzt kam, wollte sie nicht mehr sehen.

Entschlossen ging sie zum Ferienhaus und klopfte an Ulles Tür.

»Mia! Wie siehst du aus?«

»Wie denn?«

»Als hättest du mit einem Bären gekämpft.«

»Stimmt fast. Er konnte mir nichts anhaben. Andere haben ihn eingefangen.«

»Komm, setz dich. Möchtest du einen Kaffee?«

»Nein danke. Mein Blutdruck bewegt sich bereits im oberen Bereich. Noch höher wäre tödlich. Hier!« Sie reichte ihr den Beutel.

»Was ist das?«, fragte Ulle.

»Schau rein!«

Ulle öffnete vorsichtig die Schlaufen, holte dann den Kissenbezug und daraus den Beutel hervor. Sie öffnete ihn und schrie auf. Mia fasste an eine Ecke und schüttete den Inhalt auf dem Sofatisch aus.

Ehrfürchtig flüsterte Ulle: »Das Geld! Woher hast du …«

»Eine lange Geschichte, die ich dir in Ruhe erzählen muss. Es gehört dir, ein für alle Mal. Lasse es dir nicht mehr abnehmen und vor allen Dingen … schweige darüber, dass ich es dir gegeben habe, dann wird alles gut. Immo wollte es Enna und Jelko schenken, aber er wollte sie damit nur hereinlegen, weil er sich sicher war, dass die beiden damit überführt werden. Erzähle ich dir alles später. Ich muss mich dringend um jemanden kümmern.«

43. Das Ultimatum läuft ab

Mia schrieb dem Utkieker zehn SMS hintereinander, damit er den Signalton auch hörte.

Wo bist du? Der Fall ist geklärt! Melde dich. Mia

Auf eine Antwort durfte sie nicht warten. Das Ultimatum lief in ein paar Minuten ab. Sie ging zu ihrem letzten Treffpunkt, an den Strand im westlichsten Teil der Insel. Die See war gestiegen, der Sandstreifen an dieser Stelle schmaler geworden. Mia sah dort ein Paar Schuhe stehen, die ihr immer größer erschienen, je näher sie kam. Mindestens Größe 56. Daneben lag ein Haufen grüner Kleidung.

Mia steckte die Hände in die Jackentaschen und schüttelte sich kurz. Konzentriert glitt ihr Blick über die Wasseroberfläche. Mit aller Kraft rief sie nach Ubbo. Wind und Wellen trugen ihre Stimme hinaus auf die See.

Mia hatte den Kampf gegen die Zeit verloren. Sie sank auf den Boden. Ein Unschuldiger hatte sich verstecken müssen, weil er fürchtete, eingesperrt zu werden. Nur weil er anders war als die anderen, anders dachte und handelte, hielt man ihn für verrückt und für einen Mörder. Dabei war er ein ehrlicher Mann mit Weitblick wie kein anderer, der niemandem etwas zu Leide tat – und sie hatte ihn nicht retten können. Er hatte sich so auf ihre Hilfe verlassen.

Mia sah auf die See. Kein Land mehr in Sicht.

Aus dem Haufen Wäsche erklang ein gedämpftes Klingeln. Einmal, zweimal, dreimal … Mia schloss die Augen und zählte mit. Es waren ihre Nachrichten.

Im Geiste hörte sie seine Stimme: ›Mia, du hast dein Bestes gegeben. Es musste so kommen. Gut, dass du den Weg nun gemeinsam mit mir gehen möchtest. Zu zweit fällt es leichter. Ich liebe mein Leben, aber nicht ein solches. Komm, gib mir die Hand. Wir bringen es hinter uns.‹

Mia hob wie in Trance ihren Arm und spürte, wie sie jemand an der Hand hochzog. Reflexartig öffnete sie die Augen.

»Was zum Teufel … Ubbo!!!« Er stand in voller Größe vor ihr, wie Gott ihn erschaffen hatte, und lächelte selig.

»Wo kommst du denn jetzt her?«

»Ich war kurz in meinem Versteck und habe einen Brief an dich geschrieben, bevor ich … Konnte ja nicht damit rechnen, dass du es auch willst.« Er hielt eine grünliche Flasche hoch, in der sich ein beschriebener Zettel befand. »Die hätte ich hier liegen lassen, bei meinen Sachen. Aber nun bist du ja hier, und wir können gemeinsam …« Er hielt noch immer ihre Hand. »Möchtest du deine Sachen anbehalten? Ich fände es schöner, wenn nicht. Wie Adam und Eva, weißt du?«

Mia zog ihre Hand zurück. »Zieh dich an! Das Versteckspiel ist vorbei. Wir gehen gemeinsam ins Dorf zurück und dann isst du dich erst einmal richtig satt. Du bist ja nur noch Haut und Knochen.«

Er sah sie an, als sei sie eine Verrückte.

Mia nickte heftig. »Der Fall ist gelöst. Du bist ein freier Mann und kannst wieder ungestört über die Insel wachen. Ich erzähle dir gleich, was passiert ist.«

Sein Blick ging hin und her. »Das wäre ja … wenn das stimmt …«

»Es stimmt!«

Er hob Mia hoch und drehte sich mit ihr um die eigene Achse. Mia hoffte inständig, dass sie jetzt weder fotografiert noch gefilmt oder beobachtet wurden. Sie versuchte, sich loszumachen, aber er hatte alles fest im Griff, bis er sie plötzlich fallen ließ.

»Mia! Mia! Denkst du, ich bin ein Feigling und

Taugenichts, weil ich es nicht geschafft habe, meine Spiekerooger zu retten und weil ich mich versteckt hielt?«

Mia überlegte nicht lange. Sie stellte sich auf die Zehenspitzen und gab ihm einen Kuss auf die Wange. »Nein, du bist kein Feigling. Du hast das gemacht, was für *dich* am besten war.«

Er nickte nachdenklich.

Nachdem Ubbo sich angezogen hatte, ging Mia mit ihm erst einmal zur Ferienwohnung. Dort duschte er sich. In der Zwischenzeit kramte Mia in ihren Sachen, überlegte, womit sie ihm aushelfen könnte. Sie fand ihren King-Size-Schlabberpullover in Pink, der nach jeder Wäsche größer geworden war, und eine orangefarbene Pluderhose, auf deren Hosenbeine sie sowieso immer trat. Ohne zu zögern, schlüpfte Ubbo in die für ihn viel zu kurzen Sachen und umarmte sich selbst, fuhr danach ehrfurchtsvoll mit den Händen über den Nickistoff der Hose, als streichle er eine Katze.

Mia stellte ihm einen vollbeladenen Teller mit Butterbroten hin und gab ihm etwas zu trinken. Sie beruhigte damit ein wenig ihr schlechtes Gewissen, ihn nicht regelmäßig mit Essen versorgt zu haben. Er aß, sie beobachtete ihn, wie genüsslich aber auch hastig er zugriff, als könne es ihm jemand jeden Moment wieder abnehmen.

Keine fünfzehn Minuten später klopfte es an der Tür. Ulle rief Mias Namen. Ubbo sah sich ängstlich nach einem Versteck um.

»Das ist nur Ulle. Eine Freundin. Keine Angst. Ich lasse sie jetzt rein. Sie hat uns bei der Klärung des Falles geholfen.«

Im Vorbeigehen sah Mia ihren Koffer im Schlafzimmer stehen. Sie seufzte.

Ulle ging voran ins Wohnzimmer. Sie trat einen Schritt zurück, als Ubbo aufstand und ihr seine riesige Hand hinhielt.

»Ach, ihr kennt euch noch gar nicht. Das ist Ubbo, der Utkieker. Er wacht über die Insel Spiekeroog. Ihm zu Ehren wurde das Denkmal gesetzt, wie er selbst sagt.«

Ubbo machte sich noch größer.

Erst jetzt reichte Ulle ihm die Hand. »Ich bin Ulle, die Tochter von Karla Dickmann und die Schwester von Rika Claassen.«

Er wechselte die Gesichtsfarbe. »Beide leben nicht mehr«, sagte er. »Ich hätte es verhindern müssen.«

»Auch wir waren nicht dazu in der Lage«, mischte sich Mia ein.

»Niemand hätte das gekonnt, weil niemand in den Kopf des anderen schauen kann. Jeder, der hier frei herumläuft, könnte ein Mörder sein oder zum Mörder werden. Von einer Minute auf die nächste könnte er jemanden umbringen, aus welchem Grund auch immer. Ein Verbrechen an Leib und Leben wird meistens erst hinterher aufgeklärt, oder auch nicht. Je nachdem.«

Ulle seufzte.

Mia trank ein paar Schlucke Wasser aus ihrem Glas, dachte währenddessen an Rika. Eine attraktive Frau, die ihr Leben noch vor sich gehabt hatte. Die mit ihren Reizen und den Männern gespielt hatte, bis sie selbst zum Spielball geworden war, als sie es ernst meinte. Schamlos ausgenutzt von Immo, der nur sein Verlangen stillte. Erst nach Sex und dann nach Geld, ohne Rücksicht auf Verluste.

Mia nahm Ulle in den Arm. »Ich mache uns einen Kaffee und dann erzähle ich euch, was ich bei Jelko erlebt habe.«

Sie verzählte sich beim Kaffeelöffelabzählen. Gedanklich war sie bei Rikas Kalender. Immo könnte vom

246

Kalenderversteck gewusst haben. Wer sagte denn, dass Rika wirklich die Vorlage für Karlas Abschiedsbrief geliefert hatte? Mia wusste zwar nicht mehr den genauen Wortlaut, aber die Satzfragmente, die ihr in Erinnerung geblieben waren, lauteten völlig anders. Hatte Immo den Brief nachträglich zu seiner Entlastung geschrieben, weil er befürchtete, dass Enna ihn hinter Gitter bringen wollte? Mia wollte diese Variante für sich behalten. Es spielte keine Rolle mehr. Die Täter waren gefasst.

Mia knallte die Tasse auf den Unterteller. »Tja, das war es dann. Nun warte ich auf den Auricher Kommissar, für meine Zeugenaussage. Gut, dass er sofort reagiert hat, als ich ihn angerufen und ihm gesagt habe, dass er zur Aufklärung der Spiekerooger Morde in den Wellness-Tempel kommen soll. Er sagte zwar, ich solle nichts unternehmen und es ihnen überlassen, aber die Ereignisse überschlugen sich nun mal. Er riet mir dann, eine Kurzwahl einzurichten, damit ich ihn sofort alarmieren konnte. Er befand sich bereits auf der Fähre, deshalb hatte ich mich schon mal zu Fuß auf den Weg zu Jelko gemacht.« Mia stand auf, räumte die Tassen ab und ging in die Küche.

Ulle half ihr dabei. »Wir können gemeinsam zur Polizeistation gehen«, sagte sie. »Habe auch einen Anruf von ihm bekommen.«

»Prima!« Mia war erleichtert. »Mittlerweile müssten sie auch Enna im Krankenhaus aufgesucht haben. Schade, hätte gerne ihr Gesicht gesehen, wenn die Beamten zur Tür hereinkommen.«

»Ja, ich auch – um reinzuspucken«, sagte Ulle.

»Pscht! Was war das für ein Geräusch?«, fragte Mia.

Sie liefen ins Wohnzimmer. Die Couch war leer. Der Utkieker verschwunden.

»Komischer Vogel«, sagte Ulle. »Komm, wir gehen.«

44. Der Abschied

Der zuständige Hauptkommissar aus Aurich war das genaue Gegenteil von Tido und das nicht nur äußerlich. Klein, dunkelhaarig, leicht untersetzt, aber erstaunlich flott auf den Beinen. Sein spitzbübisches Grinsen – ohne Zahnlücke – war ansteckend. Freundlich, fleißig und glaubwürdig, wenn auch ein wenig schulmeisterlich. Seine Eingangsrede bestand aus den Lektionen: *Wozu ist die Polizei da? Was sind die Aufgaben eines Kriminalkommissariats? Wann sollten sich Mitbürger heraushalten?*

Mia konterte mit den Lektionen: *Schau nicht weg, wenn es anderen dreckig geht. Lass dir nichts gefallen* und *Von der Hilfe zur Selbsthilfe.*

Nachdem das geklärt war und alle Aussagen gemacht waren, fragte Mia: »Was wird jetzt aus Immo?«

Ulles Gesicht verdüsterte sich.

»Er wird seinen gerechten Prozess bekommen. Erst einmal wegen Brandstiftung und wenn die Untersuchungen und Vernehmungen abgeschlossen sind und wir zu dem Ergebnis kommen, auch wegen Mord.«

»Und Enna?«, fragte Mia.

Der Kommissar lächelte. »Ich müsste es Ihnen nicht sagen, aber da Sie sich so intensiv mit dem Fall beschäftigt haben und Sie unmittelbar davon betroffen sind ...«, er räusperte sich, »werde ich es tun. Enna Weert hat alles gestanden. Nicht nur den Mord an Karla Dickmann, sondern auch den versuchten Mord an Tido Tommssen. Es geht um Schlüssel und ein Betäubungsmittel ... aber das gestaltet sich etwas schwierig. Wenn Sie keine Fragen mehr haben ...«

Mia und Ulle sahen sich sekundenlang schweigend an, als betrieben sie Telepathie.

»... dann habe ich noch eine«, sagte der freundliche Kommissar.

»Es war während der Vernehmungen von einer Tasche mit Geld die Rede. Wissen Sie – rein zufällig – etwas darüber?«

Ulle stützte den Kopf in beide Hände. Eine verräterische Geste, wie Mia fand. »Hm ... ja, die Tasche«, stotterte sie.

»Soweit ich weiß ...«, mischte sich Mia hastig ein, »soll sie sich auf dem Hof befunden haben und der ist ja bekanntlich ...« Sie hatte nicht gelogen, wenn man ihre Antwort wörtlich nahm.

Er sah Mia mit seinen wasserblauen Augen eindringlich an. »Hm ... so wird es wohl gewesen sein. Mal abwarten, ob unsere Spezialisten etwas finden.« Er stand auf und verabschiedete sich.

Als er Ulle die Hand reichte, sagte er: »Möchten Sie einen Schluck Wasser oder wollen Sie einen Moment hier bleiben, bis es Ihnen wieder besser geht?«

Mia antwortete wieder für sie: »Danke. Ich kümmere mich um sie. Es wird schon gehen. Es ist die Aufregung, wissen Sie.«

»Also dann. Ihre Personalien habe ich. Sie hören von uns.«

Auch für Mia war es nun an der Zeit, sich zu verabschieden. Ulle hatte sich erst wieder beruhigt und ihre Sprache wiedergefunden, als sie die Polizeistation verlassen hatten und in Mias Ferienwohnung angekommen waren.

»Warum haben wir ihm nichts vom Geld gesagt?«, fragte sie. »Das würde bei den Ermittlungen helfen. Unterschlagen wir da nicht etwas?«

»Dann würden sie den Beutel erst einmal sicherstellen und du bekämst ihn erst nach vielen Wochen und

Monaten ausgehändigt. Sie müssten prüfen, woher das Geld stammt, ob du erbberechtigt bist – klar, du hast bis dahin einen Erbschein … wird auch geprüft und … und … und. Das sehe ich nicht ein. Du hast es verdient, und du sollst damit ein neues Leben beginnen. Das Wichtigste aber ist: Die Täter sind gefunden.«

Ulle blieb skeptisch, was das Geld anging, wie Mia deutlich an ihrem Gesichtsausdruck erkannte. Sie redete auf Ulle ein wie auf einen kranken Gaul: »Aber wenn genügend Zeit verstrichen ist und du es sinnvoll nutzt, es auf mehrere Banken verteilst und es gescheit anlegst, hast *du* etwas davon … und glaube mir, Immo, Enna und Jelko werden es nicht mehr wagen, wieder davon anzufangen, dass der Beutel mit dem Geld noch existiert. Das würde ihr Strafmaß nur verschlimmern.«

Mia sah auf die Uhr und anschließend auf das Handy. »Wo mag nur der Utkieker stecken«, dachte sie laut. »Keine Nachricht. Ich hatte es ihm doch groß und breit erklärt, dass er ein freier Mensch ist und sich nicht mehr verstecken muss. Bestimmt steht er an seinem Aussichtspunkt und wacht über Spiekeroog.«

Aber das war nur eine Vermutung. Ungern würde Mia die Insel verlassen, ohne zu wissen, ob es ihm wirklich gut ging.

Sie rieb sich die Schläfe. Kopfschmerzen kündigten sich an. »Weißt du was, die letzte Fähre fährt erst in zwei Stunden. Lass uns etwas essen gehen«, sagte sie zu Ulle. »Noch ein wenig reden.«

»Sehr gerne!« Ulle strahlte wieder.

Mia wurde anders, wenn sie an den Abschied dachte. »Zugegeben, es fällt mir nicht leicht, die Insel und alle, die ich kennenlernen durfte, so einfach zu verabschieden. Nach all dem, was ich hier erlebt habe. Okay, genug geredet, mein Magen knurrt. Let's go.«

Sie schlug das *Inselcafé* als letzte Anlaufstelle vor.

Wo alles begonnen hatte, sollte es auch enden. Einen Sanddorn-Eisbecher zum Schluss. Sie schnappte ihren Koffer, ließ den Türschlüssel des Zimmers im Schloss stecken, wie ihr gesagt worden war.

Ulle und Mia gingen den Flur entlang.

»Ich bedaure es, bis morgen gebucht zu haben«, sagte Ulle. »Mich hält hier nichts mehr und Rikas und Karlas Überführung nach Hamburg ist veranlasst.«

Bevor Mia antworten konnte, verschwand Ulle mit einem »Komme gleich nach, geh schon mal vor« in ihrer Wohnung.

Mia trollte sich zu Fee. Die Tür stand sperrangelweit offen. Sie sah direkt in die ostfriesische Küche. Fee saß am Mittagstisch. Vor ihr ein großer Teller mit Kartoffeln, Fisch und Salat. Auf dem Stuhl neben ihr ein großer, braungebrannter, sehr braungebrannter, junger Mann mit schneeweißen Zähnen im Lächeln.

Fee sprang auf und bat Mia herein. Sie sah auf ihren Koffer.

»Oh, ist es schon wieder so weit? Wie die Zeit vergeht. Hoffe, dir hat der Aufenthalt bei uns gefallen. Entschuldige. Darf ich dir Akono vorstellen?«

Er sprang auf und gab Mia die Hand, machte einen angedeuteten Diener und sprach einen holländischen Akzent. »Wünsche Ihnen einen angenehmen Tag. Akono ist Nigerianisch und bedeutet in eurer schönen deutschen Sprache ›Ich bin an der Reihe‹.«

»Das ist ein sehr schöner Name«, sagte Mia, »und so passend.«

Sie bedankte sich bei Fee für alles und noch viel mehr und wünschte ihr für die Zukunft alles erdenklich Gute. ‹ … und viele schokobraune Kinder›, lag ihr auf der Zunge, aber das verkniff sie sich lieber. Sie waren ein sehr schönes Pärchen. Mia war ein klein bisschen neidisch.

»Bestell Mario bitte ganz liebe Grüße von mir!«, rief Fee ihr hinterher.

»Werde ich machen!«, sagte Mia und leise: »Wenn ich ihn sehe.«

Mia ging, den Koffer laut hinter sich herziehend, zum *Inselcafé*.

Unterwegs sah sie die Millionärin Zarah Leander mit einem weißhaarigen Mann eng an ihrer Seite. Er führte zwar einen Gehstock mit sich, doch sein Gang ließ nicht darauf schließen, dass er den Stock nötig hatte. Entweder war ein Dolch zur Verteidigung darin oder Alkohol zum Überleben.

Die beiden wirkten sehr glücklich und verliebt. Er schien, seiner Kleidung nach, sehr wohlhabend zu sein. Da haben sich die Richtigen gefunden, dachte Mia.

Zarah hatte keine Augen für sie. Ihrer beider Blicke waren nur auf die Schaufenster gerichtet und so ging Mia ungesehen an ihnen vorbei. Sie wollte das junge Glück nicht stören.

Mia war froh, am *Inselcafé* angekommen zu sein. Der Himmel zog sich wieder mit dunklen Regenwolken zu. Wo hatte sie eigentlich ihren Schirm gelassen? Bestimmt ganz unten im Koffer, wo er hingehörte.

Sie öffnete umständlich die Tür. Der Koffer war schuld.

Da saßen sie wieder. Die vier Ostfriesen, aber diesmal nur zu zweit. Sie hockten beim Nachmittags-Tee und begrüßten Mia mit einem lauten »Moin!« Sie grüßte fröhlich zurück. Maiko (der mit der Brille) und Janto (der Älteste) fehlten.

Ihr Magen knurrte. Wo blieb nur Ulle? Mehr Aufregung vertrug Mia heute nicht. Sie musste mal so langsam zur Ruhe kommen. Mit dem leckeren Eisbecher würde sie es vielleicht schaffen. Beiläufig erzählte sie Suzana, dass dies ihr letzter Tag auf der Insel sei. Vielleicht bildete Mia es sich ein, aber Suzana wirkte traurig, bis sie dann doch lächelte. »Dann kommen Sie aber im nächsten Jahr wieder!«

Mia versprach es ihr, und Suzana ging zufrieden zu den anderen Gästen.

»Wieso seid ihr heute nur zu zweit?«, fragte Mia, die fand, dass sie dringend mit ihrer Neugierde in Therapie gehen sollte.

»Die anderen sind bei der alten Tommssen.«

»Aha. Bekommt sie ihr Haus renoviert?«

»Nein, sie warten auf den Hubschrauber.«

»Hubschrauber?«

»Die alte Tommssen ist gestürzt.«

»Oh je, hat sie sich was gebrochen?«

»Alles.«

»Wie, alles?«

»Oberschenkel, Rippen, Arme, Füße, Schädel … Ist fraglich, ob sie durchkommt.«

Mia wünschte ihr, dass sie für immer friedlich die Augen schließen würde.

Nach ungefähr der Hälfte des Sanddorn-Eisbechers kam Ulle zur Tür herein. Das hieß, erst einmal ging die Tür nur auf, man sah ein Hinterteil und hörte ein Ächzen und Stöhnen, bis sich Edo erbarmte, aufsprang und ihr half, den schweren Koffer ins Café zu bekommen.

Mias Tag war gerettet. Sie hätte Ulle ungern alleine auf der Insel zurückgelassen, schon gar nicht mit dem vielen Geld im Beutel.

»Da bist du ja! Lass mich raten. Du reist ab?«, fragte Mia.

»Nein, ich habe hier ein Haus gekauft, ich bleibe für immer hier.«

Die Hälse der zwei Ostfriesen wurden länger.

Mia sah in Ulles Gesicht. Am Zucken der Mundwinkel erkannte sie es. Sie prustete. »Beinahe wäre ich drauf reingefallen. Das kam sehr überzeugend. Du hättest Schauspielerin werden sollen.«

Die Ostfriesen lachten mit.

»Vielleicht bin ich eine«, sagte Ulle.

Mia blieb das Lachen im Hals stecken. Sie bekam eine Gänsehaut.

»Ich habe alles, was ich wollte«, sagte Ulle. »Bin froh, wenn ich wieder zu Hause bin. Hm ... was esse ich denn? Die Rumflockentorte hört sich gut an.«

Sie bestellte und sie genossen beide ihre Spiekerooger Spezialitäten, bis zu dem Moment, in dem die Tür aufging und ein Pärchen sich in die Mitte stellte und krakeelte.

»Ey, Leute, bin geflasht!«, grölte Chica.

»Am Strand, toter Wal«, piepste Checker. »Porno. Wir ham ihn gecheckt.«

Die beiden klatschten sich ab. Alle Augen richteten sich auf Chica, die hektisch auf ihrem Handy rumwischte.

Mia sprang auf. Der Stuhl fiel nach hinten. Sie sah ihr über die Schulter. Chica hatte kaum das Wort »Da!« ausgesprochen, da riss ihr Mia das Mobilteil aus den Händen. Mit zwei Fingern vergrößerte sie das Foto und sah es ganz deutlich. Es war der leblose Utkieker! Neben ihm lag eine Flasche mit einem Zettel darin.

Nun stellten sich alle um sie herum.

Chica rappte: »Voll crank. Wir hin. Kein Wal! Das war der Klatschkaspar! So dünn is kein Wal. Nur der Spartaner ist so dünn. Der pure Ranz, der Mörder, der die hier alle auf dem Gewissen hat. Yeah, yeah. Was geht ab.«

»Los, Chica, hör auf zu möpen«, rief Checker. »Time is Money.«

Mia holte tief Luft, ging mit dem Handy zum Tisch

und schlug mit dem Blumentopf auf das Display ein. Es zersprang, als habe man darauf geschossen. Mit zittrigen Fingern schob sie die Hartschale nach unten und fingerte mit ihren langen Nägeln die SIM-Karte heraus. Sie nahm das Messer vom Nachbartisch und zerschnitt das metallene Feld kreuz und quer, warf die SIM in ihren Eisbecher.

Die Ostfriesen, die Bedienung Suzana und Ulle wichen zur Seite, als Mia wie eine Dampframme auf Chica und Checker zuging. Sie atmete noch einmal tief ein und hatte Chica unter der Nase hängen. Sie hielt sie fest am Polyesterkragen und schüttelte sie hin und her. »Ihr macht jetzt mal ganz schnell, dass ihr von der Insel kommt. Solche Pisser wie euch braucht kein Mensch! Haut ab, haut endlich ab, wenn euch euer beschissenes Leben lieb ist!«

Chica trottete mit hochrotem Kopf und ohne Stimme zum Tisch, wollte ihr Handy einstecken. Mia rammte das spitze Messer in den Tisch. Chica nahm Reißaus, Checker hinterher. Sie rannten gegen die Tür, behinderten sich gegenseitig. Suzana öffnete ihnen und schubste sie nach draußen.

Mia saß zitternd und laut heulend auf der Eckbank. Niemand nahm sie in den Arm. Suzana bewegte sich als Erste. Sie räumte das Messer weg, brachte das Eisbecherglas zurück in die Küche. Als sie zurückkam, bat sie Mia, mit nach hinten zu kommen, in den privaten Aufenthaltsraum, damit sie sich beruhigen konnte. Mia war es sehr recht.

»Setzen Sie sich einen Moment hierhin. Bitte!«, sagte Suzana und zeigte auf die Couch. Sie selbst ging zur Küchenzeile und schüttete eine orangefarbene Flüssigkeit in ein Likörglas. Sie reichte es Mia. »Das wird Ihnen gut tun. Es ist ein Sanddornrezept der Chefin, Frau Gerdes.«

Mia trank und kniff die Augen zusammen. Sie hustete,

doch dann entspannten sich die Gesichtszüge fließend. Gedämpftes Rauschen. Nur ein bisschen ausruhen, gleich geht's wieder. Sie sank zur Seite aufs Kissen. Wie durch Watte bekam sie mit, dass ihre Beine von Suzana auf die Couch gehoben wurden.

»Gut, dass der Utkieker schon ein Denkmal hat«, murmelte sie.

45. Die Heimfahrt

Langsam erwachte Mia wieder aus ihrem kurzen Tiefschlaf. Treue Freunde saßen neben ihr: die Bedienung Suzana und Ulle.

»Hallo!«, flüsterte die besorgt dreinschauende Ulle.

»Alles gut?«, fragte Suzana. Ängstlich sah sie aus.

»Ist das ein Teufelszeug!« Mia setzte sich und richtete ihre Haare wieder. Ihre Zunge klebte am Gaumen fest. Suzana brachte ihr ein großes Glas Wasser. Mia war unendlich dankbar dafür. Mittlerweile hatte sich auch die Chefin dazugesellt, um nach ihrem Gast zu sehen.

»Gibt es das Heilmittel auch in Literflaschen im Sechserkarton?«, fragte Mia sie. Ihr Galgenhumor bekam wieder Oberwasser. Natürlich erinnerte sie sich an alles, was gewesen war. Leider. An Ubbos Tod würde sie lange zu knabbern haben.

»Nein, noch nicht«, antwortete Frau Gerdes. »Vielleicht sollte ich damit in Produktion gehen.« Die Chefin verabschiedete sich und wünschte alles Gute.

»Wie lange habe ich gedöst?«, fragte Mia.

»Fünfzehn Minuten.« Ulle schob den Ärmel über ihre Uhr.

Mia ging mit Ulle wieder in die Gaststube, Suzana hinterher.

»Ob wir die Fähre noch bekommen?«, fragte Ulle.

»Bestimmt.« Entschlossen und mit einem lauten Klack zog Mia den Griff ihres Trolleys in die Höhe.

Suzana öffnete den beiden Frauen die Caféhaustür, wünschte ihnen eine gute Reise und hoffte auf ein Wiedersehen. Ulle lief vor. Suzana rief Mia zurück.

»Einen Moment bitte!« Sie steckte ihr ein Fläschchen *Sanddornglück*, wie sie es nannte, in die halb offenstehende Handtasche.

»Ach, eh ich es vergesse! Ich muss noch bezahlen!« Mia griff in ihre Hosentasche. »Ich hatte einen Eisbecher, ein Messer und ein Wasser. Ach ja, und einen Blumentopf. Das von Ulle übernehme ich auch.«

»Geht alles aufs Haus, sagt die Chefin.«

Mia folgte Ulle auf wackligen Beinen zum Fährhafen. Ein wenig schwindelig war ihr auch. Das legte sich bestimmt gleich wieder, wenn ihr der Wind um die Ohren wehte. Die See lag ruhig, die Regenwolken hatten sich verzogen. Ja, sogar die Sonne kam zum Vorschein. Bestes Urlaubswetter.

Sie betraten die Fähre und suchten sich einen Platz am Fenster. Jede hing ihren Gedanken nach. Mia unterbrach das gemeinsame Schweigen zuerst. »Sag mal, Ulle ... Habe ich dich jemals gefragt, wo du wohnst?«

»Weiß ich nicht mehr. Ich wohne in Berlin. Habe vorher in Hamburg gelebt. Ist beides reizvoll.«

Mia konnte es nicht beurteilen. Sie war Krefeld treu geblieben. Schwor sich aber, mehr zu reisen und sich Deutschland gründlich anzuschauen.

Schweigen.

Mia kämpfte mit den Tränen. Trennung! Das war ihr großes Thema gewesen. Trennung und Tod. Tod und Trennung … Nur nicht weinen. Denk an was anderes, befahl sie sich. Wie sollte sie nach Hause kommen? Vor ein paar Stunden noch hätte die Frage sie in Stress versetzt. Nun blieb sie gelassen. Sie würde sich in Neuharlingersiel in ein Taxi setzen und zum nächsten Bahnhof bringen lassen, egal in welchem Ort der nächstgelegene war. Von da aus nach Krefeld und die Zugfahrt nutzen, um weiterzudösen, vielleicht mit einem weiteren Schluck Sanddornglück, um den Kopf ein wenig freizubekommen.

Angekommen. Mit einem Ruck legte die *Spiekeroog II* am Hafen von Neuharlingersiel an. Der Aufstieg wurde zum Abstieg ausgefahren.

Hier hatten sich Mario und sie innig geküsst. Hier hatte alles angefangen. Hatte er ihr das Geschenk überreicht. Es befand sich immer noch in Mias Handtasche – unausgepackt. Das sollte noch eine Weile so bleiben. Allein dafür müsste sie einen Orden bekommen.

Mia und Ulle blieben gleichzeitig am Pier stehen.

»Wir bleiben in Verbindung«, sagte Ulle und quetschte Mias Rippen. »Danke für alles, was du für mich getan hast. Ich weiß es sehr zu schätzen. Ohne deine Hilfe hätte ich es nicht geschafft.«

Mia winkte ab. »Och, das meint man immer nur …« Sie dachte an den Utkieker und gab Ulle doch recht. Hätte sie ihn nur nicht aus den Augen gelassen … »Dir konnte ich wenigstens helfen. Hast du den Beutel? Du weißt schon.«

»Ach, du Schreck!« Ulle schlug sich vor den Kopf.

Mia griff sich ans Herz.

»Natürlich habe ich ihn. Als wenn ich den vergessen könnte.« Ulle lachte.

Mia lächelte milde. Völlig überreizt, die Frau.

Mia wünschte sich, mit einem Wimpernschlag sofort zu Hause anzukommen. Es half nicht.

Schwerfällig ging sie die Straße entlang. Eine Rolle des Koffers streikte spontan. Die anderen drei, und Mia natürlich, mussten sie mit durchziehen.

Kurz blieb sie stehen und schaute über den Parkplatz. Hier hatte Mario mit dem Wagen gestanden. Heute wäre sie froh gewesen, wenn sie zumindest einen Taxistand gefunden hätte.

»Taxi?«, kam eine Stimme von hinten.

Mia drehte sich um. Es war nicht Mario, obwohl sie es für eine kurze Sekunde gedacht hatte, auch wenn die Stimme heller geklungen hatte.

»Ja, gerne. Woher wissen Sie?«

»Ich erkenne meine Fahrgäste auf zehn Meter.« Der südländische Typ war sehr gepflegt und nett anzusehen. Mia stieg gerne ein.

»Kommen Sie von der Insel?«

»Ja. Sieht man das?«, fragte Mia verunsichert und klappte den Beifahrerspiegel herunter. Sie zuckte zurück.

»Ja. Sie sehen so erholt aus.«

Das hätte er nicht sagen sollen. Mia wusste nun, dass er gelogen hatte. Der Rest der Fahrt verlief stumm. Am Bahnhof gab Mia ihm abgezähltes Geld und verabschiedete sich mit einem »Tschüß».

Auf dem Bahnsteig war es zugig. Was sonst. Mia wickelte die Strickjacke, die sie sich in weiser Voraussicht übergezogen hatte, enger um ihren Körper. Noch zehn Minuten warten. Wie sollte sie das überleben? Blödsinn, sie hatte viel schlimmere Situationen bewältigt.

Mia stieg in den pünktlich angekommenen Zug, setzte sich ans Fenster und stellte den Koffer neben sich. Sie war die Einzige im überhitzten Abteil. Das würde sich bestimmt bald ändern.

Abfahrt. Heimfahrt.

Während der Zug über die Schienen raste, überlegte Mia viele Stationen lang, ob sie Mario eine SMS schicken sollte. »Melde dich«, hatte er ihr gesagt. Was waren sie beide nur für Sturköpfe. Fürchterlich. So gab das nie was. Sie fasste sich ein Herz und schrieb ihm.

Hallo, du Kommissar, Lust auf einen Kaffee? Bin voraussichtlich um 20 Uhr an meiner Kaffeemaschine. Meine Adresse hast du hoffentlich noch nicht auf deiner Bio-Festplatte gelöscht. Entspannte ... sie löschte es wieder ... *Liebe Grüße Mia*

Drei Stationen später kam die Antwort. *Hallo Mia, oh, das ist jetzt schlecht. Habe Nachtdienst und muss mich hier langweilen. Wir sehen uns morgen, wenn du willst. Melde dich einfach noch mal. Grüße Mario*

Mia tobte innerlich. Was war das denn jetzt? Sie hatte wieder eingelenkt und er wollte nicht mit ihr das Wiedersehen, die Versöhnung feiern? Die Arbeit ging vor? Warum hatte er nicht den Dienst mit einem Kollegen getauscht? Er wusste doch, wann sie zurückkam.

Fast wäre sie eingeschlafen, da ertönte ihre Handy-Melodie.

»Mia?«

»Mario!«

»Ich muss dir etwas sagen, bevor du zu Hause ankommst. Es ist so ... und bitte, glaube es mir. Ich mache es nicht gern am Telefon, aber wenn ich dir gegenüberstehen würde ... wäre es nicht gut.«

»Was denn? Himmel noch mal! Rück raus mit der Sprache!«

»Ich habe es mir anders überlegt. Das mit uns, das Zusammenziehen ... Ich möchte es nicht ... erst mal nicht. Fee hat mich runtergezogen. Es war so, als habe sie mich noch einmal verlassen ...«

Mia schluckte. »Was verlangst du von mir? Dass ich dich tröste?«

»Nein, aber dass du …«

»Nein, mache ich nicht.«

»Du weißt doch nicht, was ich sagen will.«

»Ich kann es mir denken. Du möchtest dich erst nach einer zweiten Fee umschauen, bevor du zu mir zurückkommst. Vergiss es!«

»Blödsinn! Ich kann nur nicht … jetzt nicht … mit dir …«

»Ich werde dir deine Entscheidung abnehmen. So, wie Fee es gemacht hat. Mein Angebot ist gestrichen! Ein für alle Mal.«

»Mia!«

»Mario!«

Mia legte auf. Sie sah auf die Uhr. Noch zwei Stunden Fahrt. Sie hob ihre Handtasche auf den Schoß. Ein Schluck Sanddornglück und sie könnte die Welt für eine halbe Stunde vergessen. Sie fuhr mit der Hand in die Tasche und stieß als erstes auf Marios Geschenk. Fahrig riss sie das Papier ab und öffnete den Schmuckkarton. Ein silbernes Amulett an einem Lederhalsband befand sich darin und ein Kärtchen:

Meine geliebte Mia,
dieser Anhänger soll dir Glück bringen, wo du gehst und stehst.
Freue mich auf unser Zusammenleben und die roman-
tischen Nächte. Umarme und küsse dich,
Dein Dich liebender Kommissar

Mia hielt das Amulett am Lederband mit zwei Fingern hoch und drehte es. »Kinderkram!«, sagte sie.

Sie brauchte dringend Frischluft.

Mia öffnete das Fenster und hielt den Kopf ein wenig

nach draußen. Die Haare wehten ihr ins Gesicht. Sie strich sie mit der Hand wieder zurück. Das Amulett zwischen ihren Fingern rutschte heraus und flog davon.

Mia hatte sich vom Krefelder Hauptbahnhof mit dem Taxi bis vor die Tür ihres Hauses fahren lassen. Unterwegs hatte sie sich daran erfreut, wieder in Krefeld zu sein. Je weiter sie aus der Innenstadt herauskam, desto ländlicher wurde es. Üppige Wiesen, saftig grüne Weiden und fruchtbare Felder, wohin man sah.

Alles hatte seinen Reiz. Wie sehr hatte sie sich vor ihrer Abreise nach dem Meer, nach der See, gesehnt … Sich auf die langen Barfußspaziergänge am Strand gefreut, den Sonnenuntergang, die Möwen, den fangfrischen Fisch – und wie sehr hatte sie dies alles wirklich genießen können?

Jetzt war sie jedenfalls froh, wieder heil zu Hause zu sein.

Mia öffnete die Haustür, die nicht zweimal abgeschlossen war, so wie sie es immer machte, wenn sie das Haus verließ. Es beunruhigte sie nicht. Sie ging durch bis auf die Terrasse und atmete tief durch, sah in ihre grüne Hölle.

Kein Wind. Kein Sand. Kein Salz. Auch schön!

Auf dem Rückweg bemerkte sie auf dem Beistelltisch neben der Couch den gelben Gerbera-Strauß. Sie mochte diese Beerdigungsblumen nicht.

Eine Karte lehnte an der Vase: *Verzeih mir! Lass uns Freunde bleiben. Mario*

Daneben lag der Zweitschlüssel der Wohnung, den sie Mario gegeben hatte. Er hatte auch die Blumen gegossen, die Zeitung und die Post reingeholt, solange in ihrer Wohnung gelebt, wie sie es verabredet hatten.

Mia drehte die Karte um.

Positiv denken. War es nicht zehnmal besser, einen

guten Freund zu haben, als einen liebestollen Lebensgefährten? Nein!

Scheiße – schöne Scheiße.

Am nächsten Morgen würde die Welt wieder anders aussehen. Mia packte in der Nacht noch den Koffer aus, füllte die Waschmaschine und fegte den mitgebrachten Sandstrand auf. Danach nahm sie ein Schaumbad, obwohl sie sonst eher duschte, und überflog dabei die Tageszeitungen von sieben Tagen. Bevor sie in der Wanne einschlief, wurde es Zeit, ins Bett zu gehen.

46. Neues Spiel – neues Glück

Mia hatte ausgesprochen gut in ihrem eigenen Boxspringbett geschlafen und genoss die sandfreie Dusche. Wie immer stellte sie sich nach der Morgentoilette auf die Waage.

Sie hatte sechs Kilogramm abgenommen!

Sie wusste auch warum. Auf Spiekeroog hatte sie, im Eifer des Gefechts, die von Zarah Leander geschenkte Flasche Wunderwasser selbst getrunken.

Na ja, es lag wohl eher an den Aufregungen und den vielen Kilometern, die sie zu Fuß gegangen war.

Der kleine Zeiger der Küchenuhr stand auf der Acht. Mia öffnete den Kühlschrank. Leer, wie in Ostfriesland.

Nicht schlimm. In Traar gab es eine Bäckerei mit einem leckeren Frühstücksangebot und bequemen Sitzplätzen. Sie rupfte die *Westdeutsche Zeitung* aus dem Kasten. Weil das Wetter so schön war, schwang sie sich nicht in ihren Materia, sondern aufs Fahrrad und radelte ins Dorf. Für die nächsten Tage schwor sie sich, nicht mehr zu Fuß zu gehen. Zumindest nicht, bevor ihre Blasen an den Füßen verheilt waren.

Mia wurde von der Bäckereifachverkäuferin wie immer freundlich begrüßt. »Hallo, Frau Magaloff. Habe Sie lange nicht gesehen.« Sie musterte sie. »Oh je, waren Sie krank?«

Mia schüttelte den Kopf. »Nein, in Urlaub. Sieht man das etwa nicht?«

»Doch, doch, jetzt wo sie es sagen. Wo waren Sie denn?«

»Auf Spiekeroog.«

»Ah, kenne ich. Da gibt es leckeren Sanddornsaft.«

»Genau!«, sagte Mia. »Ich hätte gerne das Schlemmer-Frühstück. Ich setze mich schon mal.«

»Kommt sofort. Cappuccino?«

»Cappuccino!«

Mia betrat den angrenzenden lichtdurchfluteten Raum, der mit seiner Ornament-Tapete in dezent metallischen Farben etwas Luxuriöses hatte. Die dick gepolsterten roten und dunkelbraunen Sitzbänke und Stühle, deren Samtrücken die Muster der Tapete aufnahmen, wirkten wie immer einladend. Die dunklen Holztische rundeten das Ambiente bestens ab und hatten die richtige Höhe für sie.

In einer Ecke saßen wie immer die vier Traarer Rentner beim Kaffee, vor sich ein niederrheinisches Frühstück: Rosinenstütchen, Butter und Kirschmarmelade, dazu frischer Gouda.

»Tach, Mia. Wie süst du denn ut? Warse krank?«

Mia nickte. »Ja, ich war verschnupft.«

»Musse 'nen heißen Tee trinken – mit Honig.«

Die anderen lachten. »Oder ins Bett legen – mit dem Schatz und sich verwöhnen lassen, ne?«

»Ihr nun wieder. Immer nur eins im Kopf.«

»Halb so wild. Den Rest haben wir vergessen«, sagte der Älteste. »Prost, Mia.« Das war Fritz mit der runden Brille.

Sie hoben die Kaffeetassen und tranken.

Mia setzte sich auf die Bank direkt vorm Fenster und vertiefte sich in die aktuelle Tageszeitung. Im Augenwinkel sah sie eine Frau mit dem Fahrrad vorbeifahren, die eine Vollbremsung hinlegte. Erst als jemand zur Tür hereinstürmte und laut Mias Namen rief, sah sie auf.

»Mia! Da bist du ja endlich. ZUM GEBURTSTAG VIEL GLÜCK! ZUM GEBURTSTAG VIEL GLÜCK …« Die Rentner stimmten mit zittriger Stimme ein.

»Da hast du uns Mädels ja ein schönes Ei gelegt. Bist einfach abgehauen«, sagte Gitti. Sie war keine gute Schauspielerin. Ihre finstere Miene hielt nicht lange an. Die Frauen drückten und küssten sich. Mia lud sie spontan zum nachträglichen Geburtstagsfrühstück ein und die Welt war wieder in Ordnung – bis, ja bis …

»Stell dir vor, Mia! Ich habe gewonnen! ICH habe ge-won-nen! Eine Reise für zwei Personen! Fährst du mit? Wir gehen auf Männersuche!«

Mia stutzte. »Wie, auf Männersuche? Du bist doch glücklich mit deinem Tunesier Maruan zusammen.«

Gitti winkte ab. »Ach, der war mir zu intelligent und abgehoben. Ich brauch was Bodenständiges. Also, was ist? Fährst du mit?«

Ihr fielen bald die Augen raus vor Spannung.

»Wohin geht die Reise denn?«, fragte Mia.

Epilog

Der Bauernhof ist abgebrannt, das besprochene Abnehmwasser vernichtet und der Wellness-Tempel geschlossen worden.

Enna Weert und Jelko Tommssen leben getrennt voneinander in verschiedenen Haftanstalten und sitzen ihre Strafe ab.

Immo Weert hat seine Tat zutiefst bereut und beging in der Untersuchungshaft Suizid.

Chica und Checker machten ihr Hobby zum Beruf und gründeten ein seriöses Fotostudio in Köln, nachdem sie einen Volkshochschulkurs in Deutsch erfolgreich absolviert hatten.

Das Ferienhaus *Grüne Fee* wurde verkauft. **Fee** wanderte mit ihrem holländischen Freund nach Afrika aus. Sie bekamen zwei wunderschöne Kinder, eines hell- und eines dunkelhäutig.

Ulle gab ihrer toten Schwester **Rika** ein letztes Geleit auf hoher See. Karla bekam ein anonymes Urnengrab auf dem Friedhof. Nur wenige Monate später fuhr Ulle wieder nach Spiekeroog, um ihrer Schwester Rika spirituell möglichst nah zu sein. Es dauerte nicht lange, da lernte Ulle einen Ferienhausbesitzer kennen, den sie ein halbes Jahr später heiratete. Heutzutage ist sie nicht mehr wiederzuerkennen, es sei denn, man schaut ihr in die großen, grünen Augen.

Die vier Ostfriesen treffen sich immer noch regelmäßig zum Elführtje. Einmal im Jahr legen sie, gemeinsam mit der Bedienung **Suzana** vom *Inselcafé*, einen Blumenstrauß ans Utkieker-Denkmal.

Zarah Leander ist mit ihrem Schatz nach Florida ausgewandert.

Sie könn(t)en ihren Urlaub auf der Insel Spiekeroog also sorgenfrei genießen. Es lohnt sich!

In Acht nehmen sollten Sie sich jedoch vor skrupellosen Handy-Filmern, die mit dem Leid anderer Geld machen wollen, und vor Menschen, die Ihnen die Scheine aus der Tasche ziehen möchten, indem sie Wunder versprechen.

Oh doch, Wunder gibt es – aber kostenlos.

DANKE

Mein Dank geht an Heike und Peter Gerdes, die mich gefragt hatten, ob ich mir vorstellen könnte, meine niederrheinische Mia auf den Ostfriesischen Inseln ermitteln zu lassen. Auf die Idee wäre ich im Leben nicht gekommen. Umso spannender und schöner war die Recherche für das Buch. Ein herzlicher Dank geht an die Mitarbeiter der Touristeninformation, insbesondere an Herrn Wilken und Herrn Kösters und Herr Ruben Franz für die Begeisterung am Projekt und die großzügige Unterstützung. Das Schreiben der Geschichte und Einfühlen in das Leben der Spiekerooger und Insulaner hat mir außerordentlich viel Spaß bereitet. Ein Danke geht an den Künstler Hannes Helmke, der mich mit seiner Skulptur »De Utkieker« zum Roman inspiriert hat.

Vielen Dank an Herrn und Frau Gerdes, die u.a. die Besitzer des Inselcafés und der Inselbäckerei sind. Es war spannend, durch die »geheimen Räume« des Cafés geführt zu werden. Nicht vergessen möchte ich die sympathische Bedienung Suzana, die es tatsächlich gibt und nach der Sie bei einem Besuch Ausschau halten können.

Danke an Thurit Basold vom Inselkino, für die nette Aufnahme und ihren Mann Andre, für die großartigen Einblicke in die Polizeiarbeit auf der Insel. Herzlichen Dank, liebe nervenstarke Lektorin!

An alle meine Freundinnen und Freunde. Ich bin unendlich froh und dankbar, dass ihr die achtsamen Begleitschiffe in meinem Leben seid.

Ich danke meiner geliebten Tochter, dass sie mir die Sorgen genommen hat und nun mit ihrem fabelhaften Freund glücklich die Häfen der Weltmeere ansteuert.

Nicht zuletzt danke ich meinem Seemann für das

zufriedene und fröhliche Leben im mittlerweile 34-jäh-
rigen Ehehafen, der so manche Stürme überstanden hat.
Uns kann nichts mehr erschüttern.

Ingrid Schmitz
Liebeskiller
Mia Magaloff
ermittelt
978-3-936783-56-8

Peter Gerdes
Langeooger
Lügen ·
Inselkrimi
978-3-86412-067-1

Peter Gerdes
Langeooger
Serientester
Inselkrimi
978-3-86412-092-3

Monika Detering
Witwenlust auf
Spiekeroog
Inselkrimi
978-3-86412-015-2

Monika Detering
Langeooger
Liebestöter
Inselkrimi
978-3-86412-002-2

Barbara Wendellen
Tod an der
Blauen Balje
Inselkrimi
978-3-939689-78-2

Ulrike Barow
**Endstation
Baltrum**
Inselkrimi
978-939689-09-6

Ulrike Barow
**Dornröschen
muss sterben**
Inselkrimi – Baltrum
978-939689-14-0

Ulrike Barow
**Baltrumer
Bärlauch**
Inselkrimi
978-939689-31-7

Ulrike Barow
**Baltrumer
Dünengrab**
Inselkrimi
978-3-939689-62-1

Ulrike Barow
**Baltrumer
Bitter**
Inselkrimi
978-3-86412-000-8

Ulrike Barow
**Baltrumer
Bescherung**
Inselkrimi
978-3-86412-014-5

Ulrike Barow
**Baltrumer
Maskerade**
Inselkrimi
978-3-86412-070-1

Ulrike Barow
**Baltrumer
Kaninchenkrieg**
Inselkrimi
978-3-86412-083-1

Peter Gerdes
**Wut und
Wellen**
Inselkrimi
978-3-939689-34-8

Peter Gerdes
Sand und Asche
Inselkrimi
Langeoog
978-3-939689-11-9

Peter Gerdes
Solo für Sopran
Inselkrimi
Langeoog
978-3-939689-63-8

Peter Gerdes
**Der Fluch der
goldenen Möwe**
Inselkrimi
978-3-86412-013-8